이
앞

인연-일타 큰스님 이야기 1

초판 1쇄 발행일 2008년 4월 25일
개정판 2쇄 발행일 2015년 1월 30일
지은이 정찬주 | **펴낸이** 박진숙 | **펴낸곳** 작가정신
편집 김종숙, 황민지 | **디자인** 정인호
마케팅 김미숙, 박성신 | **디지털 콘텐츠** 김영란 | **재무** 윤서현
인쇄·제본 한영문화사
주소 413-120 경기도 파주시 문발로 207 2층
전화 031 955 6230 | **팩스** 031 944 2858 | **이메일** editor@jakka.co.kr
홈페이지 www.jakka.co.kr | **출판등록** 1987년 11월 14일 제1-537호

ISBN 978-89-7288-548-1 (04810)
　　　978-89-7288-550-4 (세트)

이 도서의 국립중앙도서관 출판시도서목록(CIP)은 서지정보유통지원시스템 홈페이지(http://seoji.
nl.go.kr)와 국가자료공동목록시스템(http://www.nl.go.kr/kolisnet)에서 이용하실 수 있습니다.
(CIP제어번호 : CIP2014027519)

인연

일타 큰스님 이야기 1

정찬주 장편소설

작가
정신

일타 큰스님은 충남 공주에서 아
버지 김봉수 거사와 어머니 김상남 보살의 몸을 빌려 1929년 9월
3일(음력 8월 1일) 태어나 어린 시절을 불문佛門에 든 외가와 친
가 친족들의 영향을 받고 자랐다. 5세 때는 집에 자주 오는 탁발
승의 천수경 염불 소리를 듣고서 따라 외우기도 했다. 형제들과
어머니가 모두 차례차례 삭발하자, 스님도 보통학교를 졸업하고
나서 14세에 대강백 고경 스님을 은사로 출가하였으며, 1946년
18세에 송광사 삼일암 선원 효봉 스님 회상에서 첫 안거를 시작
으로 깨달음을 향한 스님의 정진은 계속되었다.

이후, 6·25전쟁 중임에도 불구하고 스님은 금오 스님, 동산 스
님, 성철 스님 회상에서 정진하며 참선의 묘미를 얻었다. 전쟁이
끝나자 스님은 다시 통도사로 돌아와 자운 스님의 권유로 율장
전서를 2년간 열람한 후, 26세에 참선 공부의 목마름으로 오대산
서대 염불암으로 달려가 혜암 스님과 생식하면서 장좌불와 수행
을 했다. 그때 스님은 적멸보궁에서 오직 중노릇 잘하고 숙세의
업장을 없애겠다는 발원으로 오른손 네 손가락을 연비, 소신공양
을 했다.

다음 해에는 더 깊은 청산을 찾다가 태백산 도솔암으로 숨어들어가 6년 동구불출, 장좌불와 수행을 했다. 스님은 그때 자신과 화두가 한 덩어리가 되는 체험을 오도송으로 읊조렸고, 하산한 후에는 전강 스님, 서옹 스님, 경봉 스님 회상에서 깨달은 경계를 보임하다가 마침내 수좌의 걸망을 내려놓고 중생제도의 길을 걸었다. 중생들에게 입었던 시은을 갚고자 깨달은 진리를 되돌리는 회향이었다. 몸을 돌보지 않았음인지 병고病苦가 왔으나 스님은 약봉지를 몰래 버리고 오히려 칠불암 아자방으로 들어가 철저한 수행으로 극병克病했다.

한편으로는 세상인연이 다해가는 것을 승속의 제자들에게 무심히 얘기하곤 했다. 스님의 말씀을 증명이라도 하듯이 71세 때는 일정 기간 입원해야 할 위급한 상황이었으나 스님은 굳이 퇴원하기를 원했고, 당신이 바라는 대로 미국 하와이로 건너가 1999년 11월 29일에 와불산 금강굴에서 상좌들이 지켜보는 가운데 편안하게 원적圓寂에 들었다. 스님은 미국에서 태어나 명문학교를 졸업한 뒤 한국으로 출가하여 반드시 부처를 이루어 중생을 제도하겠다고 원력을 세운 바 있었던 것이다.

스님의 입적은 세상 나이 71세, 법랍 58년이 되는 해의 일이었다. 스님의 법구는 제자들이 미국에서 모셔와 그해 12월 5일 은해사에서 다비하니 542과의 사리가 나왔고, 이를 지켜보는 대중이 5만여 명이었고 오색 만장이 팔공산을 덮었다.

추천사

어느 누가 합장하지 않으리오

이 세상에 태어나 67년 동안을 살면서
인연 맺은 사람 중에
가장 기억에 남는 사람이 누구냐고 질문한다면
소납小衲은 일타 큰스님이라고 할 것이며
그다음,
어린 시절부터 지금까지
참으로 존경스럽고 본받을 만한 사람이 누구였느냐고 질문한
다면
역시 일타 큰스님이라고 할 것이며

혹시 친구나 도반道伴 중에

그런 분이 또 계시느냐고 하면
수덕사 설정 스님이라고 대답할 것입니다.

사람은 이름을, 짐승은 가죽을 남긴다고 하였던가요,
과연 우리는 어느 장소에 어떻게 그 이름을 남기고 가야 할 것
인가
만나는 사람과 사람의 가슴과 머릿속에 영원히 지울 수 없는
아름다운 이름을 새기고 가는 멋진 인생

아, 그리운 님
그분이 세상을 떠나서 흙이 되고 한 줌의 재가 되더라도
살아생전에 베풀어주신 은혜와 고마움
그리고 따듯한 마음, 친절한 미소가 아직도 심금을 울리며
내 마음 향기가 되어주시는 나의 스승님
일타 큰스님을 진정 사랑하고 존경합니다.

14세에 출가하시어 20세 전에 팔만대장경을 섭렵하시고
26세 젊은 나이에 당신의 손가락 네 개를 모두 불태우시면서
모든 욕망과 명예를 다 내려놓으시고
초지일관 철저한 수행을 하시면서 포교에 신명을 다 바치신
스승님께 어느 누가 합장하지 않으리오.

일타 큰스님께서 입적하신 지 10년 만에
당신의 자취를 더듬어 두 권의 책으로 출간하여
세상에 선을 보인다고 하니 정말 기대가 큽니다.
지대한 관심을 가지고 연재 지면을 제공한 법보신문과
소설을 집필해주신 정찬주 작가 선생의 노고에
고맙고 감사한 마음을 전하며
보다 많은 사람들이 『인연』이란 책자를 통하여
일타 스님을 다시 한 번 만나보면서

독한 마음이 있는 자는 독을 제거하고
미소가 적은 자는 활짝 웃으면서 살아가는 사람이 되고
이해와 용서가 부족한 사람은 아무리 분하고 억울하더라도
덕德과 관용으로 이 세상을 살아가는
제2의 일타 스님이 되시기를 바라면서
스승님 대신 부족한 혜인이 합장합니다.

                    혜인慧仁(동곡 일타 스님 문도 대표) 합장

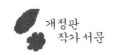

오직 크나큰 자비를 드리우시어
저의 미혹한 구름을 열어주소서

　가을 장맛비가 원왕생 원왕생 내리고 있다. 암막새 끝에서 떨어
지는 동글동글한 빗방울을 보니 그런 느낌이다. 빗소리도 알게 모
르게 인연 맺은 이 땅의 생명들을 위해 왕생극락을 기원하는 소리
같다. 이 순간 문득 1999년에 입적하신 일타 스님이 떠오른다. 스
님은 내게 화두를 던져주셨다. 해인사 금강굴에서 불일증휘佛日增
輝라는 휘호를 주셨던 것이다. 작가인 나에게 이보다 더 가슴에 와
닿은 법어는 없을 듯하다. 부처님 지혜를 더 밝게 퍼뜨리고 빛나
게 하라는 휘호이니 말이다.
　일타 스님을 생각하면 늘 송구한 마음이 앞선다. 스님의 일대
기 소설인 『인연』이 생각보다 불자들에게 알려지지 않아서이다.
스님의 헤아릴 수 없는 자비심이 사람들의 마음에 전해져 거듭나는 계기가 되기를 바랄 뿐이다. 혹시 거친 내 문재文才 때문이 아닌가도 싶다. 그러나 위안이 되는 것은 스님께서 살아생전에 나를 지목하셨다는 점이다. 만상좌 혜인 스님과 선승 혜국 스님의 전언에 의하면 스님이 당신의 이야기를 정 선생이라면 잘 쓸 것이라고 여러 번 말씀하셨다는 것이다.

책을 낸 지 벌써 6년이 흘러갔다. 얼마 전에 『인연』을 꺼내 다시 읽어보니 일대기 형식을 취한 소설인데도 스님의 족적인 행장이 빠져 있었다. 소설 속에 그려진 스님 행보와 사실의 기록인 행장을 비교해 읽으면 스님의 구도여정이 정리되고 감동이 배가될 수도 있는데 몹시 아쉽지 않을 수 없었다. 그런데 때마침 다행스럽게도 출판사에서 개정판을 내겠다는 연락이 온 것이다.

나는 스님의 행장을 작성하여 혜국 스님이 주석하시는 충주 석종사로 가지 않을 수 없었다. 그만큼 개인사의 객관적 기록인 행장이 중요해서였다. 사실관계를 바로 잡으려면 일타 스님을 모셨던 제자의 눈을 반드시 거쳐야 했다.

또 하나의 이유가 더 있다면 선풍도골仙風道骨의 혜국 스님을 뵐 적마다 신선한 감흥이 일고 좋은 기운이 전해오기 때문이었다. 이를 법향法香이라 해도 좋으리라. 광대무변한 허공에서 떨어지는 한 점의 빗방울도 느끼는 이의 것이고, 선승의 미묘한 법향도 알아차리는 이의 것일 터이다.

혜국 스님이 지적한 부분은 행장 속의 게송 번역이다. 일타 스

님이 오른손 네 손가락을 연비하기에 앞서 허공에 가득한 불보살
들에게 당신의 서원을 고하는 게송이다.

> 허공과 같은 법신에 절하오며
> 평등한 일심으로 간절히 아룁니다
> 오직 크나큰 자비를 드리우시어
> 저의 미혹한 구름을 열어주소서

　혜국 스님은 첫 행을, 허공은 모양이 없으니 '가없는 허공 청정
법신에 절하오며'라고 바꿨으면 좋겠다고 하신다. 게송은 성격상
직역보다는 의역이 더 적확할 수도 있는 것이다. 이미 출간한『인
연』2권 본문에 소개한 게송도 바꿔야겠다. 단 한 줄의 지적이지
만 스승의 게송을 얼마나 절절하게 마음에 담아두고 계시는지 절
로 느껴진다.

　새삼, 일타 스님이 입적에 들면서 제자들에게 하셨다는 말씀이
가슴을 먹먹하게 한다.

　"미국 땅에서 태어나 명문학교를 졸업하고 다시 한국 땅에 돌
아와서 발심 출가할 것이네. 필경에 확철히 깨달아서 미국은 물론
이고 전 세계에 불국토를 건설하는 데 한몫을 담당하고 싶은 거
지. 금생에는 말 있는 말을 가지고 포교를 했지만 다음 생에는 말
없는 말로 불법을 전할 수 있었으면 하는 간절한 바람이네."

세세생생 수도자로 사시겠다는 스님의 원력 앞에 고개가 숙여진다. 미국인으로 환생하여 공부한 뒤 한국 절에 출가하여 깨달음을 이루시겠다는 스님이 오늘따라 더욱 그립다. 한국에 온 벽안의 미국 청년은 어느 절 일주문 앞에서 서성일지 궁금해진다.

산맥이 되려면 고봉준령이 이어져야 한다. 법맥도 마찬가지다. 스승 문하에 빛나는 제자들이 앞서거니 뒤서거니 해야 가능해진다. 석종사 대웅전에서 도량을 내려다보니 혜국 스님의 수행기운이 홀연히 다가온다. 도량에 머물기만 해도 수행자들이 말하는 도道가 닦아질 것 같다. 언젠가 스님은 한 줌 재가 되면 석종사 숲에 뿌릴 것이라고 단언하셨다. 도량에 직립한 나무들의 말 없는 나뭇잎이 생사리生舍利라고 말씀하셨다. 저잣거리의 사람들이 새겨들어야 할 말씀이 아닐까 싶다.

2014년 가을에 이불재에서
벽록 정찬주

신심이 샘물처럼 솟구치어 발심하기를

　바람이 차고 응달인 내 산방 주변의 꽃들은 계절을 유난히
탄다. 동백도 겨우 내내 고생하더니 봄이 무르익어가는 요즘에야
피었고, 연못가 진달래도 겨우 꽃잎을 열었다. 나는 글을 쓰는 동
안 저 꽃나무들을 무심히 응시하곤 했다. 글이 막히거나 풀리지
않으면 연못가를 돌거나 꽃나무 그늘 아래서 혼자 농성도 했다.

　문득, 나 혼자 소설 『인연』을 쓴 게 아니라는 생각이 든다. 나에
게 휴식을 준 저 나무들, 아무 때나 눈길을 받아준 허공, 내 주변
의 모든 유무정물, 일타 큰스님과 상좌 분들의 가피가 있었다고
생각한다.

　일타 큰스님과의 인연은 1997년으로 거슬러 올라간다. 해인사
금강굴에 계시는 불필 스님을 뵈러 갔는데, 그때 일타 스님께서

무슨 일로 와 계셨고, 나는 스님의 친필 '불일증휘'라는 휘호를 받았던 것이다.

佛日增輝.

평소에는 잊고 있다가도 해인사에만 가면 화두처럼 들렸던 듯하다. 스님께서 당시 모 일간지에 연재하던 『암자로 가는 길』이나 성철 스님의 일대기 『산은 산 물은 물』을 보셨던 것일까. 나에게 합당한 휘호 같아서 지금까지 나는 '부처님 지혜를 더 밝게 퍼뜨리고 빛내라'는 의미로 받아 지니고 있다.

그때 나는 스님 일대기를 언젠가 소설로 구상해보겠다는 마음까지는 내지 못했던 것 같다. 휘호를 받은 지 2년 뒤, 스님께서 입적하셨을 때도 한 출판사로부터 제의를 받았으나 나는 마음을 내지 않았던 것이다. 고승이 입적하자마자 전기소설을 발간하는 다소 상업적인 출판 풍토가 내심 못마땅해서였다.

그러나 2002년 월드컵 열기가 온 나라를 뜨겁게 달구고 있을 무렵이었다. 일타 스님의 이야기를 소설화하겠다는 시절인연은 물길이 트이듯 자연스럽게 다가왔다. 그때 나는 또 모 일간지에 『선방 가는 길』을 연재하느라 열광의 경기장을 피해 선원禪院이란 고요한 공간을 순례하고 다녔다. 그런 식으로 균형을 지키는 것도 나름대로 깨어 있는 삶이라고 생각했던 것이다.

제주도 남국선원으로 취재 갔을 때, 일타 큰스님의 상좌 혜국 스님으로부터 큰스님의 얘기를 듣고 마음속에 해일이 일듯 뭔가 격동됐던 것이 있었다. 또 얼마 후 서울로 돌아와서는 일타 큰스님의 맏상좌 혜인 스님이 일찍이 해인사 장경각에서 1백만배를 했다는 얘기를 전해 들었는데, 108배도 잘 못하는 나로서는 경이를 느끼지 않을 수 없었다.

이후, 주말만 되면 어느 새 나는 일타 스님의 수행처를 돌아다니고 있었다. 상좌 분들 모습 속에서 큰스님의 그림자를 언뜻언뜻 발견하는 기쁨이 컸다. 해인사 지족암과 백련암, 통도사 안양암과 극락암, 범어사, 송광사, 은해사, 수덕사, 진주 응석사, 단양 광덕사, 충주 석종사, 태백산 도솔암 등 큰스님의 자취가 배인 곳을 2년여 동안 간단없이 찾아다녔다. 큰스님의 수행처를 다니면서 상좌 분들로부터 알려지지 않은 여러 일화도 들었다.

소문이 나자 불교전문신문인 법보신문에서 소설 연재를 제의해 왔다. 준비를 해왔던 나는 흔쾌히 응했고, 연재는 1년 5개월 동안 계속되었다. 일타 스님의 자비로운 일화를 대할 때마다 신심이 울컥울컥 솟구쳐 원고지 한 매에 일배하는 마음으로 사경寫經을 하듯, 스님께 형상 없는 사리탑을 쌓아올리는 마음으로 글을 썼다.

지금 돌아보니 그래도 손을 더 내밀 수 없는 허전함은 남는다. 하늘에 떠 있는 달을 그리려고 했지만 겨우 강에 비친 달그림자 하나를 그린 것은 아닌지 하는 아쉬움 같은 것이다. 그러나 일타 스님 이야기를 집필하는 시간이 내게는 정진하는 순일한 시간이었다는 것만은 분명하다. 큰스님 자료를 쌓아놓고 펼쳐보는 내 책상이 선방이고 법당이었다. 누군가 내게 현대 고승 중에 일타 스님은 어떤 분이었느냐고 묻는다면 나는 이렇게 대답할 것이다. '경봉 스님은 멋들어지게 사신 지장보살이셨고, 성철 스님은 우리에게 지혜를 주신 문수보살, 일타 스님은 한없이 자비로웠던 관음보살이셨다'라고.

스님의 자비로움과 인연의 바다 속은 나로서는 정말 헤아릴 길이 없다. 최근에 도락산 광덕사로 혜인 스님을 뵈러 갔을 때 스님께서 웃으시면서 "우리 큰스님께서 생전에 정 선생의 글을 보셨는지 저에게 좋은 뜻으로 몇 번 말씀하신 것을 분명히 기억합니다"라고 전해주었던 것이다.

인연이란 것이 얼마나 소중하고 고맙고 두려운 것인지를 되돌아보게 하는 대목이다. 인연을 생각하면 자신이 하는 일에 진실과 열정을 담지 않을 수 없을 터. 인연은 내가 짓는 업의 결과요, 업의 보이지 않는 그림자이며 들리지 않는 메아리이기 때문이다.

독자 여러분들도 이 소설 속의 일타 스님을 친견함으로써 신심이 샘물처럼 솟구치어 자신에게 주어진 생을 어떻게 살 것인지 발심하고, 나보다는 남을 위해 살겠다고 원력을 세워 누구에게나 자애롭고 배려할 줄 아는 따뜻한 자비보살이 되기를 갈망해본다.

끝으로 좋은 만남의 여러분들에게 이 지면을 빌려 고마움을 표하고 싶다. 인터뷰에 응해주시고 격려해주신 혜인 스님, 혜국 스님, 법타 스님, 선혜 스님, 자료를 보내주신 대원성 보살님께 거듭 감사드리고 법보신문사, 송영방 화백님 그리고 말없이 기다려준 아내 무량광 보살, 몇 달 동안 『인연』의 출간을 위해 정성을 들이고 애써준 작가정신 여러분에게도 감사를 드린다.

불기 2552년 봄, 이불재에서

정찬주 합장

차례

추천사 — 어느 누가 합장하지 않으리오 · 혜인 스님   7

개정판 작가 서문 10

작가 서문 14

지족암 가는 길   21

출가, 멀고도 가까운 여행   61

일주문   121

구도의 길   163

물소리 바람 소리   203

무소의 뿔처럼   243

날마다 좋은 날 1   331

날마다 좋은 날 2

차 달이고 향 사르는 곳

발심수행

오대산 연비

태백산 도솔암

선지식의 향기

마음이 곧 부처

인연

발문 — 은사스님께서 다시 오신 듯합니다 · 혜국 스님

동곡 일타 스님 행장

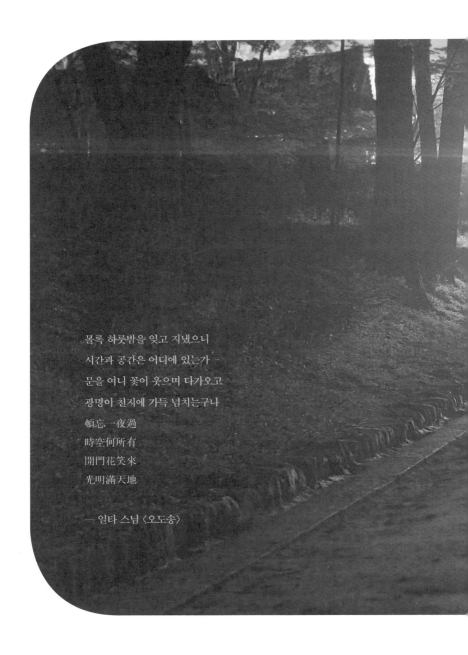

몰록 하룻밤을 잊고 지냈으니
시간과 공간은 어디에 있는가
문을 여니 꽃이 웃으며 다가오고
광명이 천지에 가득 넘치는구나
頓忘一夜過
時空何所有
開門花笑來
光明滿天地

― 일타 스님 〈오도송〉

일타 스님이 태백산 도솔암에서 하산한 후 보임을 한 가야산 해인사

지족암 가는 길

가을은 해인사 가는 산길에도 발자국을 남기고 있었다. 붉고 노란 만추의 낙엽들이 산길에 점점이 떨어져 바람이 불 때마다 뒹굴었다. 산길 왼쪽으로는 홍류동 계곡물이 허연 반석 위를 차갑게 흘렀고, 계곡 가에는 낙락장송들이 능구렁이 같은 통통한 허리를 드러낸 채 우우우 소리치고 있었다.

평일이어서인지 해인사 가는 길은 한산했지만 이따금 관광버스와 승용차가 나타났다가 급히 사라지곤 했다. 저잣거리의 빠른 속도가 산중의 산길에까지 전염된 느낌이었다. 아스팔트로 포장된 산길은 이미 자연의 질서에서 벗어나 부자연스러운 표정을 짓고 있었다.

승용차에서 내린 사내는 나무다리를 이용하여 천천히 계곡을 건넜다. 계곡 저편 송림 사이에는 기와를 얹은 정자 하나가 있었다. 사내는 벌써 20년이 지났건만 정자의 이름을 아직도 외우고 있었다.

농산정籠山亭.

천여 년 전에 신라인 최치원이 가족을 이끌고 입산했던 것을 후세 사람들이 추모하여 지은 정자다. 정자 앞 계곡의 화강암에 붉은 한자로 '최치원 선생 둔세지崔致遠先生遁世地'라고 새긴 표지석도 예전 모습 그대로였다. '둔세遁世'란 세상에서 물러나 숨는다는 뜻이니 최치원은 가야산에 입산하여 다시는 세상에 나가지 않았던 것이다.

시작하기보다 어려운 것이 일을 끝내는 것이고, 태어나기보다 어려운 것이 죽는 일이리라. 마찬가지로 누구나 앉고 싶어 하는 자리에 나아가기보다 그 자리를 미련 없이 물러서는 것이 더 어려운 일이 아니던가. 지혜로운 사람은 물러날 때를 알지만 어리석은 사람은 물러나기를 거부하여 인생을 망치고 만다. 그러고 보면 최치원은 물러남의 지혜를 깨달은 현인이 분명했다.

사내는 몹시 피곤하여 정자 기둥에 몸을 기대고 잠시 눈을 감았다. 노모가 운명한 날부터 삼우제까지 거의 숙면을 취하지 못해서 몸이 땅에 박힌 바윗덩어리처럼 무겁기만 했다. 그런가 하면 일주일 전에는 미국의 북동쪽인 로드아일랜드에 있었고, 무려

열일곱 시간이나 비행기를 타고 날아와 닷새 전부터는 서울 땅에 있었기에 이동한 그 공간이 전생과 금생의 거리감처럼 멀고도 아득했다.

그런데 사내는 해인사를 향해 내려오면서 이상한 일을 겪었다. 육신과 영혼이 분리된 것 같은 느낌을 떨칠 수 없었다. 영혼이 잠시 몸을 떠나는 것 같아 승용차 안에서 룸미러나 백미러로 가끔 뒤를 살피곤 했는데, 노모의 죽음에서 비롯된 충격과 허망함에서 연유한 것인지도 모를 일이었다. 사내는 눈을 감은 채 노모가 묻힌 묘 앞에서 무의식적으로 했던 혼잣말을 다시 중얼거렸다.

'어머니의 혼은 어디로 간 것일까.'

노모의 혼이 사라진 곳을 알고 싶다기보다는 노모와 영영 이별했다고 생각하니 너무나 허전했던 까닭이었다. 혼이라도 잠시 붙잡고 싶은 절절한 마음이었다. 대학 시절 윤리시간에 배운 바로는 혼魂은 하늘로 날아가는 기운이고, 백魄은 땅으로 들어가는 기운이라 했으니 영혼이란 것은 혼에 가깝고 썩어 사라지는 육신은 백과 비슷한 것일 터였다.

사내는 자신의 발끝에까지 날아와 우짖는 물까치 소리에 놀라 일어나 계곡으로 내려갔다. 물까치는 아름다운 이름과 달리 사납게 깍깍깍깍 하고 울었다. 사내는 두 손을 둥그렇게 오므려 찬물을 떠서 얼굴에 뿌렸다. 여태까지 몽롱하던 정신이 조금은 또렷해졌다. 승용차와 함께 빠르게 이동하던 육신을 미처 따라오지 못했던 영혼이 돌아온 것도 같았다.

'아, 미국의 슈퍼에서 보았던 그 신문 기사 때문이었군.'

사내는 해인사로 내려올 때 백미러를 필요 이상으로 자꾸 보았던 이유를 그제야 알아채고는 싱겁게 웃었다. 아주 오래전에 로드아일랜드의 한 지역신문을 보다가 휴식 없이 앞만 보고 달리는 현대인을 위한 어느 작가의 고정칼럼 난에서 인디언의 지혜에 관한 얘기를 인상 깊게 읽었던 것이다.

옛날 인디언들에게는 말을 타고 달리다가 말에서 내려 뒤를 돌아보는 오래된 의식이 있었다는 기사였다. 인디언들은 자신이 달려온 길을 반드시 한참 뒤돌아보고 나서야 다시 말을 타고 달리는데, 그 이유는 지친 말을 쉬게 하거나 자신이 쉬려는 게 아니라 너무 빨리 달려 영혼이 말을 탄 육신을 따라오지 못했을 것 같아 영혼이 돌아올 때까지 기다리곤 했다는 글이었다.

구두와 양말을 벗고 찬 계곡물에 다리를 담그자 온몸이 부르르 진저리가 쳐졌다. 며칠째 온전하게 자지 못했지만 머릿속이 개운해진 것인지 영혼과 육신이 맑은 계곡물에 빨래처럼 헹궈진 듯했다.

사내는 다시 나무다리를 건너 승용차에 올라탔다. 농산정을 갔다 온 사이에 낙엽들이 차창에 달라붙어 있어서 와이퍼를 작동했다. 해인사까지 가려면 아직도 5분 정도는 더 가야 했다. 사내는 차창을 열고 가야산의 축축한 공기를 들이켜며 차를 몰았다.

조금 올라가자 국립공원 매표소가 나타났다. 카키색 제복을 입은 직원이 손을 내밀어 정차시키더니 물었다.

"어디로 가십니까."

"해인사 종무소에 볼일이 있어 갑니다."

"신도 분이군요."

제복 차림의 직원은 턱을 들어 통과하라는 시늉을 했다. 사내는 출입제한이 엄격한 검문소를 통과한 것처럼 다행이라고 여겼다. 누구를 만나러 종무소에 가느냐고 물었다면 난처할 뻔했던 것이다. 그렇다고 사내가 입장료를 내지 않기 위해 거짓말로 둘러댄 것은 아니었다. 노모의 영혼을 위해 불교에서 할 수 있는 것이 무엇인지를 알아보려고 해인사에 내려왔기 때문이었다.

두 기둥에 지붕을 얹은 일주문에 이르자, 그제야 삼삼오오 무리지어 오가는 참배객들과 관광객들이 보이기 시작했다. 그래도 경내는 깊어가는 가을 때문인지 썰물이 빠져나간 바닷가처럼 적적하고 을씨년스러웠다.

일주문 앞에서 길은 세 갈래로 갈라지고 있었다. 사내는 좌측으로 난 길가에 차를 세워두고 관광객이 오가는 정면의 길을 이용해 올라갔다. 종무소를 찾으려면 아무래도 경내로 깊숙이 들어가야 할 것 같았다.

사내는 또다시 무엇이 자신을 뒤따라오는 것 같아 뒤를 돌아보았다. 허연 물체가 새처럼 허공을 스치는 느낌도 들었지만 찬

찬히 살펴보니 거기에는 자신과 인연 있는 존재는 아무것도 없었다. 스님들은 장삼 자락을 펄럭이며 절집의 일상도 바쁘다는 듯 총총히 오갔고, 20년 전에 보았던 가야산의 산자락들도 거기 그 자리에서 묵묵할 뿐이었다.

뒤쫓아 오는 것이 자신의 영혼이 아니라 노모의 혼이 아닐까 하는 생각이 문득 들었지만 사내는 도리질을 했다. 그럴 리가 없었다. 조금 전에 보았던 물까치 한 마리가 허공으로 날아가며 생긴 잔영일지도 몰랐다. 노랗게 단풍이 든 은행나무 가지 위에서 물까치 한 마리가 큰 소리로 울고 있었던 것이다.

종무소는 텅 비어 있었으므로 사내는 어정쩡하게 두리번거려야 했다. 컴퓨터 자판을 두드리는 아가씨 혼자 사무실을 지키고 있을 뿐이었다. 슬리퍼 끄는 소리를 듣고서야 잿빛 개량한복을 입은 아가씨가 고개를 돌려 물었다.

"다들 공양하러 가셨는데요. 누구를 찾으시는지요."

"스님을 뵈러 왔습니다."

"약속을 하고 오셨습니까."

"아니요."

아가씨가 비로소 자리에서 일어나 소파에 앉으라고 단주를 찬 손으로 안내했다. 아무 스님이라도 만나기 위해 왔다는 사내를 보고 흥미 있어 하는 눈치였다.

"어디서 오셨습니까."

"서울에서 왔습니다. 스님을 만나려면 한참 기다려야 합니까."

"조금만 기다리시면 오실 겁니다."

아가씨가 커피 한 잔을 빼오는 동안 더 기다릴 것도 없이 사십대 초반의 젊은 스님이 호주머니에 손을 넣은 모습으로 들어왔다. 눈망울이 또록또록하고 얼굴빛이 맑아 왠지 기도를 잘할 것처럼 보이는 스님이었다. 사내가 고개를 숙이면서 일어나자 스님이 호주머니에 찔렀던 손을 자연스럽게 빼내며 합장했다.

"저를 만나러 왔습니까."

"네."

자신 없이 대답하자 아가씨가 대신 말해주었다.

"국장스님, 아무 스님이라도 뵈러 왔다고 합니다."

"그렇습니까."

"국장스님의 소임이 포교하는 것 아닙니까. 그러니 포교국장스님의 손님인 셈이지요. 호호호."

젊은 스님은 해인사의 포교국장이었다. 스님도 사내에게 호감이 가는 듯 대뜸 저녁공양부터 챙겼다.

"공양은 했습니까. 절에서는 공양 목탁 소리를 잘 들어야 합니다. 그래야 굶지 않습니다."

"고맙습니다만 저녁을 먹지 않은 지 오래됐습니다."

"하하하, 우리 스님보다 낫습니다. 오후불식午後不食이군요."

"감히 제가 스님보다 나을 수 있겠습니까."

"여기에 있을 것이 아니라 제 방으로 가서 차나 한 잔 합시다. 시간이 괜찮겠습니까."

스님의 방은 종무소 왼쪽에 있었다. 지붕에 풀이 듬성듬성 자랄 만큼 오래된 가람으로, 출입구에는 옹색하게 사립문이 달려 있었다. 대여섯 칸 정도의 가람인데 해인사에서 소임을 맡은 종무소 스님들이 각각 방을 하나씩 차지하고 있는 듯했다. 스님이 기거하는 곳은 두 번째 방이었다.

스님이 자물쇠를 풀자 길쭉한 방 안이 드러났다. 스님은 음악을 좋아하는지 일본제 앰프 좌우로 클래식 시디들이 가득했다. 그러고 보니 스님의 목소리는 테너 가수처럼 미성이었다. 방문 옆에 놓인 찻상을 끌어당기며 스님이 말했다.

"방이 지저분합니다. 신도 분들을 상대하다 보니 방을 치울 새가 없습니다. 밤에는 저 산자락 너머에 있는 지족암으로 올라가서 자고 내려오지요."

"지족암이라면 일타 큰스님께서 계시던 곳 아닙니까."

"그렇습니다. 그런데 무슨 차를 드시겠습니까."

"아무 차나 좋습니다."

"날씨가 차가워진 것 같으니 따뜻한 발효차를 우리겠습니다."

전기 포트에 담긴 물은 금세 비등점으로 올라 끓었고, 스님은 능숙한 솜씨로 황금빛의 발효차를 우려내 찻잔에 부었다. 사내는 커피를 마시듯 홀짝홀짝 차를 마셨다. 스님의 말대로 차는 식도를 타고 넘어가 속을 따뜻하게 적셔주었다. 차의 기운을 받아서인지 목말라하던 세포들이 서서히 고개를 쳐드는 느낌도 들었다. 스님이 어깨를 좌우로 흔들며 말했다.

"무슨 일로 해인사에 오셨습니까."

"사실은."

"관광이 아니시군요."

"그렇습니다. 사실은 어머니께서 타계하셨습니다. 삼우제를 지내고 바로 이곳으로 내려왔습니다."

"그랬군요. 무슨 종교의식으로 장례를 치렀습니까."

"천주교 장례미사도 보고 유교식으로 발인제사도 지냈습니다."

"그렇다면 자식으로서 할 바를 다한 것 아닙니까."

"아닙니다."

"어머니의 신앙대로 장례를 치러주는 것이 자식의 도리가 아니겠습니까."

"그건 그렇습니다만 어머니는 원래 불교에 가까운 분이었습니다. 절을 정하고 다니신 적은 없지만 초파일이 되면 절을 찾곤 하셨으니까요."

"그런데 왜 천주교식으로 장례를 치르셨는지 이해가 되지 않습니다."

"치매에 걸리신 뒤 아마도 사촌동생들의 권면이 있었거나 천주교에서 운영하는 치매요양원의 분위기 때문에 요셉피나라는 세

례명을 받으신 것 같습니다. 유교식으로 한 것은 조문객 중에서 나이 든 집안 어른들이 많아서 그랬던 것이고요."

"하하하."

스님이 웃음을 터뜨리면서 말했다.

"돌아가신 보살님은 복이 많은 분입니다. 천주교와 유교, 이제는 불교에까지 인연을 맺으려고 하니 말입니다."

그때였다. 범종 소리가 방문을 잡아당길 듯이 가까운 곳에서 크게 들려왔다. 첫 번째 범종 소리가 들리자 스님은 사내에게 양해를 구한 뒤 저녁예불에 참석하려는 듯 방문을 열고 나갔다. 범종 소리는 일정한 간격을 두고 스물여덟 번이나 계속해서 들려왔다.

사내는 찻잔을 들었다가 맥없이 놓았다. 범종 소리의 긴 여운에 자신도 모르게 눈물이 났다. 처음에는 눈물이 한두 방울 얼굴을 적시더니 곧 주체할 수 없이 흘러내렸다. 뿐만 아니었다. 범종 소리의 여운마저 다 타버린 재처럼 스러지자 20년 전 구광루에서 손가락 없는 주먹손으로 분필을 잡고 법문하던 고승 일타의 모습이 떠올랐다.

그때 사내는 절에서 기도하겠다는 어머니를 모시고 해인사에 들렀는데, 해인사 구광루에서는 전국불교학생회 회장단 140여 명과 재가신도들이 일타의 법문을 듣고 있었다. 사내도 어머니

옆에 앉아 스님의 법문을 듣고자 했으나 성능이 나쁜 스피커 음질 때문에 앞뒤 법문이 이해가 되지 않는 부분이 많았고, 옆자리에서 웅성거리는 경상도 아주머니 신도들의 잡담이 귀에 거슬려 집중하는 데 애를 먹었다.

"친가 외가 할 것 없이 마흔 몇 분이 출가한 집안이라카니 부처님 은혜가 얼마나 크겠노. 그러니 일타 시님같이 큰시님이 나올 수밖에 없는 기라."

"저기 보그래이. 당신 손가락을 태워 주먹손이 된 기라. 바늘만 쬐끔 찔러도 아플 긴데 우째 손가락을 모다 태웠을꼬."

스님은 법상法床에서 내려와 주먹손으로 분필을 쥐고 당신 집안의 가계도를 그리고 있었다. 집안사람들이 부처님과 어떻게 인연을 맺었는지 이야기하려는 듯했다. 스님의 법문을 잘 들을 수는 없었지만 법당에 앉아 있는 것은 참을 만했다. 구광루 화단에 옥잠화가 만발한 한여름이었고, 은모래가 깔린 경내에는 한 발짝만 떼어도 땀이 삐질삐질 나올 만큼 더위가 기승을 부리고 있었다. 그런데 법당 안은 특별한 냉방 시설이 없어도 가람의 높은 천장과 마룻바닥 사이에 냉기가 감돌았다. 천장을 떠받들고 있는 둥근 기둥은 얼음주머니처럼 차가웠다. 사내는 어깨에 내려앉는 서늘한 냉기가 좋았기 때문에 아주머니들의 시시콜콜한 잡담에도 불구하고 법당 밖으로 나가지 않고 버티었다.

가람의 검은 토기와에 난반사하는 불볕 햇살 때문만은 아니었다. 스님의 법문이 시작된 지 얼마 되지 않아 구광루 법당 안은 빈자리 없이 꽉 들어찼다. 미처 들어오지 못한 신도들은 문 밖에서 울긋불긋한 양산을 쓰고 스님의 법문을 들었다.

아주머니 신도들의 웅성거림도 어느새 잦아들고 스님의 또렷한 음성이 들려오고 있었다. 재가신도들과 학생 불자들은 스님의 법향法香에 젖어 합장한 채 귀를 기울이고 있었다. 불연佛緣이 없던 사내도 스님이 당신의 아버지를 얘기하는 대목에서 가슴이 뭉클해졌다.

"우리 아버지 김봉수金鳳秀는 한마디로 쑥떡이라. 봄바람같이 이래도 좋고 저래도 좋은 양반이라 마을에서 부르는 별명이 '부처'라고 했어요. 할아버지가 재산을 나눠줄 때도 욕심이 없어 고라실 골짜기 논 스무 마지기만 달라고 해 어머니에게 핀잔을 받았다고 해요. 욕심이 없을 뿐더러 노래도 참 잘하셨어요. 춘향가도 잘하고 심청가도 잘 부르셨어요. 이런 아버지가 나를 가지려고 생남불공生男佛供을 드리러 마곡사 대성암을 다녔지요."

생남불공이란 아들을 낳게 해달라고 드리는 불공을 말했다. 생남기도라고도 하는데, 스님의 아버지 법진 거사는 생남불공을 드리러 공주 읍내 집에서 마곡사 대성암까지 80리 길을 지게에다 곡물을 지고 다녔던 것이다. 대개 할머니나 어머니가 불공을 드리러 다니는 것이 신도들의 풍습인데 아버지가 다녔다는 것은 당시로서는 아주 특이한 풍경이었다.

그날도 법진 거사는 지난해 논에서 수확한 쌀을 읍내의 물레방 앗간에서 막 정미하여 지게에 지고 80리 길을 쉬엄쉬엄 걸어가는 중이었다. 그냥 가는 것이 아니라 '관세음보살'을 중얼거리면서 걷고 있었다. 그런데 마곡사까지 10여 리를 남겨두고 언덕길을 오르던 중 개울을 만나 징검다리를 건너다가 그만 방귀를 뀌고 말았다. 법진 거사의 얼굴이 노래졌다. 대성암 부처님께 올릴 불 공쌀에 방귀 냄새가 닿아서 불경스럽게 돼버린 탓이었다. 그렇다 고 집으로 돌아가자니 산굽이를 몇십 군데나 돌아야 하는 70리 길이 아찔하게 느껴졌다.

법진 거사는 지게를 내려놓고 한참을 망설였다. 그러자 자나 깨나 "대광불화엄경" 하고 외는 아내 김상남金上男의 사나운 얼굴 이 떠올랐다. 사실 생남불공도 아내가 등을 떠밀어 다니고 있는 중이었다. 아내는 틀림없이 불공쌀을 다시 장만하여 대성암에 다 녀오라고 할 터였다.

할 수 없이 법진 거사는 다시 집으로 돌아와 불공쌀을 준비하 여 다음 날 지게에 얹었다. 또다시 공주 집에서 80리 길을 걸어 마곡사 대성암으로 가 불단에 쌀을 놓고 불공을 드렸다. 그날 밤 아내는 대성암 뒤에서 웅크리고 있는 고양이를 안고 오는 꿈을 꾸었다. 사내아이가 들어설 태몽이었다.

법진 거사의 불공과 어머니의 태몽을 인연으로 결국 스님은 공 주읍 우성면 동대리 182번지에서 태어났다. 스님의 사주四柱로서 태어난 해는 1929년 기사년己巳年이고, 달은 음력 8월, 날은 초하루, 때는 오시午時였다.

"선경 노스님의 말에 따르면 스님의 가까운 전생은 마곡사 강사스님이라고 해요. 선경 노스님이 불공 드리러 다니는 우리 아버지를 자주 보았다고 하는데, 내가 꼭 그 강사스님을 닮았다고 해요. 그러니까 내가 마곡사 강사스님의 후신이라는 것이지요. 그건 선경 노스님의 얘기고 나도 내가 전생에 중이었다고 느껴요."

스님의 속가 이름은 김사의金思義였다. 김사의가 다섯 살 무렵이었다. 스님의 속가는 마을에서 '중여관집'이라고 불렸다. 탁발하는 스님들이 날이 저물면 으레 스님의 속가에서 자고 갔기 때문이었다. 스님의 어머니 김상남은 탁발하는 스님들을 살뜰하게 대접했다. 초가을부터 불을 들여 구들을 늘 따뜻하게 했고, 차가워진 국물은 반드시 다시 끓여 탁발승들에게 올렸다. 마을 사람들은 동네에 탁발승이 오면 아예 김사의 집으로 먼저 안내했다.

어린 김사의는 집에 자주 탁발 오는 노스님을 '중아저씨'라고 불렀다. 노스님들은 탁발 와서 염불할 때마다 반드시 『천수경』을 외웠다. 다른 집에서 탁발할 때도 『천수경』을 외웠다. 어느 날 어린 김사의는 노스님의 뒤를 졸졸 따라다니면서 『천수경』 염불을 흉내 내고 흥에 겨워 어깨춤도 추었다.

원왕생 원왕생 願往生 願往生

원생화장연화계 願生華藏蓮華界

자타일시성불도 自他一時成佛道

극락왕생하소서 극락왕생하소서

연꽃으로 장엄한 극락에 태어나

우리 모두 함께 불도를 이루세

　어린 김사의는 한 번 더 노스님을 따라다니더니 『천수경』을 외워버렸다. 그래서인지 훗날 김사의는 출가해서 『천수경』을 따로 끙끙대며 외울 필요가 없었다. 전생에 외워둔 습이 있어 탁발승이 외는 『천수경』을 쉽게 외웠던 것이다.

　"글자를 한 자도 모를 때 외워버렸으니까 전생에 중이었던 것이 틀림없어요. 내가 여덟 살 때까지 해마다 중아저씨가 우리 집에 왔어요. 그러면 나는 사랑방으로 가서 밤새 얘기를 들었어요. 지옥 얘기, 천당 얘기, 극락 얘기, 인과 얘기를 들었어요. 그런데 나는 혼자만 알고 있는 것이 근질근질했어요. 외갓집 머슴들이 산에 나무하러 가면 따라가서 중아저씨한테 들은 얘기를 들려주었지요. 얘기한 뒤 다리 아프다고 칭얼거리면 머슴은 얘기 값으로 창꽃, 진달래꽃을 꺾어주었고 나는 지게 위에 올라타고 앉아 그것을 뜯어먹으며 집에 왔지요. 여덟 살에 보통학교에 들어갔는데 그전에 중아저씨한테 들은 법문이 또 하나 있어요. '모든 것은 마음이 짓는다'라는 '일체유심조一切唯心造'라는 법문이지요."

보통학교에 들어가기 전 어린 김사의는 달리기를 하다가 무릎이 깨져 피가 철철 흐른 적이 있었다. 눈물이 핑 돌 만큼 아팠지만 어린 김사의는 일체유심조를 외며 통증을 견뎠다. 무릎을 두 손으로 움켜잡고서 '일체유심조인데 뭐가 아프냐' 하고 애늙은이처럼 몸의 통증을 마음으로 다스리려 했던 것이다.

스님의 법문이 조금은 지루해질 무렵, 갑자기 마이크가 고장나 잠시 법문이 중단되고 예정에 없던 휴식이 주어졌다. 학생들은 좌우로 몸을 흔들며 긴장감을 풀었고, 재가신도들은 다시 잡담을 하기 시작했다.

"출가한 시님 집안사람들 얘기는 언제 나오노."

"시님이 손가락을 연비한 오대산 얘기는 아직 멀었나."

마이크가 바로 교체되어 휴식 시간은 5분도 넘기지 못했다. 스님의 법문은 바로 시작되었다. 물 한 컵으로 목을 축인 스님의 목소리는 다시 생기가 넘쳤고, 뜻밖의 반전이 일어났다. 지루해하던 분위기는 금세 사라지고 법당 여기저기서 눈물을 닦고 코를 푸는 소리가 났다.

사내의 어머니도 손수건을 꺼내 두 눈을 찍고 있었다. 어린 김사의가 보통학교 5학년 때 어머니 김상남과 헤어지는 장면에서였다. 김상남은 출가하기 위해 어린 김사의를 속였다. 아들을 속이고 출가하려는 김상남의 매서운 발심보다는 하루아침에 어머니를 잃고 아버지와 함께 살아갈 어린 김사의가 불쌍해 법당 안 곳곳에서 흐느끼는 소리가 났다.

아들 김사의에게 새 운동화를 사준 지 며칠이 지나서였다. 김상남은 아들에게 절에 잠깐 갔다 오겠다고 거짓말을 했다. 김사의는 그것도 모르고 고리짝을 머리에 이고 여동생을 업은 김상남을 따라 버스정류장으로 따라나갔다.

김상남은 아들과 정을 떼려고 작정했다. 실수하면 아들이 함께 버스에 오를지도 몰랐다.

"종섭이 형 좀 데려오너라. 차 떠날 시간인데 아직 보이지 않는구나."

종섭은 김사의의 집에서 기숙하다가 하숙을 정해 나간 친척 형이었다. 종섭의 하숙집까지는 5리나 되었다. 버스가 시동을 걸고 있는데도 김상남은 아들에게 심부름을 시켰다. 물론 거짓말이었다. 어린 김사의는 새 운동화를 신고 달렸다.

종섭은 자전거를 타고 어디론가 가고 없었다. 김사의는 다시 죽기 살기로 뛰어 정류장으로 달려왔다. 그러나 이미 버스는 떠나고 정류장은 텅 비어 있었다. 개미 새끼 한 마리 얼씬거리지 않았다. 김사의는 세상이 허망했다. 어머니가 없으니 세상이 허망하다는 것을 처음으로 느꼈다. 어린 김사의는 어머니가 떠났다는 사실이 받아들여지지 않았다.

어린 김사의는 어머니가 흘리고 간 그림자라도 잡고 싶었다. 어머니가 앉았던 정류장 자리에 앉아도 보고, 고리짝을 놔둔 데 서보기도 하고 만져보기도 했다. 그러나 가슴이 뻥 뚫린 기분은 여전했다. 발을 동동 굴려도 아무 소용이 없었다. 김사의는 어머니에게 속아 종섭 형 집으로 달려간 자신에게 화가 났다. 자신이 바보 같다고 생각하니 눈물이 났다.

어린 김사의는 집으로 오면서 엉엉 울었다. 그날 밤에는 어머니 김상남이 부탁해두었는지 세 들어 사는 아주머니가 밥을 차려주었다. 한동안은 김사의가 벗어놓은 옷을 주섬주섬 챙겨 빨래도 해주었다.

아버지 김봉수와 남게 된 김사의는 6학년 때까지 어머니 없는 외로움을 이겨냈다. 어머니는 동생을 데리고 절에서 한 철만 살고 온다더니 어쩌다 편지를 보낼 뿐 문경 대승사 윤필암으로 출가한 것이 분명했다.

김상남이 보낸 편지의 내용은 아버지도 절로 갈 것이니 너도 학교를 졸업하고 절로 오라는 것이 대부분이었다. 사사로운 편지라기보다는 '세상은 허망한 것이다. 부처님 되는 것이 최고의 출세이니 출가하라'는 법문에 가까운 내용이었다.

마음이 모질지 못한 김사의는 외로움을 탔다. 새 일기장에 자신을 괴롭히는 아이들 이름을 모두 적고 나서 우리 엄마한테 일러줄 거라고 쓰기도 했다. 김사의에게는 낮보다는 밤이 더 괴롭고 길었다. 아버지 김봉수는 벽을 보고 참선한다고 앉아 있다가 한쪽에서 숙제를 하는 김사의에게 불쑥 "니 에미 있는 데가 어디라고" 하고 밑도 끝도 없는 말을 던지곤 했다. "윤필암이요, 윤필암"이라고 말하면 또 "니 에미 편지 온 게 언제지" 하고 혼잣말을 중얼거리곤 했다.

포교국장스님이 저녁예불을 마치고 들어왔다. 사내는 스님이 가사를 벗어 옷걸이에 걸기를 기다렸다가 자신의 명함을 내밀면서 이름을 밝혔다.

"미국에서 조그만 사업을 하는 고명인高明仁이라고 합니다."

"저도 명함을 드리지요. 혜각慧覺이라 합니다. 저는 날빛이 처마 밑으로 파고드는 이 시각을 가장 좋아합니다. 경내를 한번 돌아보시는 게 어떻습니까."

고명인은 혜각의 권유로 사운당을 나와 경내를 걸었다. 벌써 밤안개 같은 것이 스멀거리는지 축축한 기운이 목덜미를 파고들었다.

"저기 저 암자가 지족암입니다. 지족암에서 머무시겠습니까, 아니면 사운당 제 방에서 주무시겠습니까."

"허락하신다면 사운당에서 하룻밤 자겠습니다."

고명인은 인터넷으로 해인사관광호텔에 방을 예약해두었지만 노모의 혼이 깃든 것 같은 구광루가 보이는 사운당에서 자고 싶었다. 일타 스님이 머물렀던 지족암에서 자는 것은 왠지 송구한 마음이 들어 거절했다. 지족암은 벌써 산그늘이 드리워져 깃을 접고 둥지를 찾아든 한 마리 검은 학처럼 그윽해 보였다.

대적광전의 빛바랜 단청 처마에는 잠자리 날개 같은 날빛이 아직 스러지지 않고 있었다. 고명인은 빛바랜 단청 위에 얹힌 저물녘의 날빛을 한동안 바라보았다. 세월의 이끼가 있다면 바로 저런 빛깔이 아닐까 하는 생각이 들었다. 조국의 산사에서만 볼 수 있는 아련하고 은근한 빛깔이었다.

"무얼 그리 넋을 잃고 쳐다보십니까."

"단청 빛깔이 이렇게 아름다운지 몰랐습니다. 도회지의 낡은 건물에서 느껴지는 칙칙한 것과는 차원이 다릅니다."

"해인사의 천 년 역사가 묻어 있어서 그럴 것입니다. 아마도 미국의 어느 건축물도 이처럼 아름다운 연출을 해내지는 못할 것입니다. 그러기에는 미국의 역사가 고작 2백 년 정도밖에 되지 않기 때문이지요."

"스님, 잊고 있었던 아름다움을 되찾은 느낌입니다."

"그러시다면."

혜각은 갑자기 아랫사람 다루듯 고명인에게 다소 강압적으로 말했다.

"대적광전에 들어가 참배를 하십시오. 고 선생께서 참으로 잊고 있었던 것이 무엇이었는지 깨닫게 될 것입니다."

고명인은 스님의 권유를 따르기로 했다. 절에 왔으니 절의 법도를 따르라는 것이므로 선의로 받아들여도 무방할 듯싶었다. 고명인은 스님을 따라서 법당 정면의 가운데 문으로 들어가려다 법당 안에서 기도하고 있던 아주머니 신도에게 제지 당했다.

"신도 분은 측면 문을 이용하십시오."

"아, 네. 죄송합니다."

고명인이 측면 문으로 들어와 유교식으로 어른에게 절하듯 큰절을 넙죽 올리고 나자, 혜각이 다가와 말했다.

"비로자나부처님께서 하룻밤 머물러도 좋다고 허락을 하시네요. 보십시오, 미소 짓고 계시지 않습니까."

"그런 것 같습니다."

"하하하. 농담이고요, 비로자나불은 진리를 상징하는 부처님입니다. 진리를 불교에서는 법法이라고 하니까 법신불法身佛인 셈이지요."

고명인은 진리를 향해 절을 했다고 생각하니 비로자나불을 처음 보았을 때 받은 이질감이 조금은 사라지는 기분이 들었다. 낯익은 것이 주는 편안함은 아니었지만 차츰 적응되는 느낌이었다. 그래도 금빛 비로자나불에 반사되는 전등 불빛은 눈을 아프게 찔렀다.

"금색이 강렬합니다만 왠지 친화력이 느껴지는 부처님입니다."

"고 선생 마음속에 이미 법신불이 존재하기 때문에 친화력이 느껴지는 것입니다. 그런데 고 선생은 마음속에 법신불이 있음에도 불구하고 그것을 잊어버리고 살아온 것입니다."

혜각의 말은 누구라도 고개가 끄덕거려질 만큼 상당히 정교하고 이해하기 쉬웠지만 고명인은 그냥 흘려들었다. 의도적으로 그런 것은 아니지만, 그렇다고 마음에 담아둘 여유도 없기 때문이었다.

"이제 무엇을 진짜 잊어버리고 살아왔는지 아시겠습니까."

"예전에 마음이 부처라는 얘기를 들어본 것도 같습니다."

"그것은 아직 지식의 차원이고요, 불교란 마음이 부처라는 것을 체험하는 종교입니다. 체험하여 진리를 자기화시키는 것이 바로 불교의 핵심이지요."

혜각은 포교국장이란 소임에 충실하려는 듯 설명을 더 하려다가 기도하는 신도들이 싫어하는 눈치를 보이자 합장하며 입을 다물었다. 해인사 신도임을 과시하듯 아주머니 신도들은 혜각에게 스스럼없이 대하고 있었다.

"스님, 이제 나가도 되겠습니까."

"그럽시다."

고명인도 혜각의 목소리가 크고 얘기가 길어질 것 같아 기도하는 아주머니 신도들에게 공연히 미안했다. 고명인의 머릿속에는 별세한 노모의 그림자가 집요하게 어른거렸고, 효도를 다하지 못한 이런저런 생각으로 가득할 뿐이었다.

대적광전 왼쪽에 나란히 선 명부전 앞에서야 혜각이 고명인의 마음을 짐작하고 물었다.

"돌아가신 보살님을 위해 절에서 할 수 있는 의식 중에 천도재라는 것이 있습니다. 일주일 간격으로 일곱 번 재를 지내는 동안 보살님의 영가靈駕를 극락왕생시킨다는 의식입니다."

"그렇습니까. 그런데 저는 49일 동안이나 국내에 있을 시간이 없습니다. 마무리 짓지 못한 사업이 있어 미국으로 돌아가야 합니다."

"보살님이 돌아가신 지 며칠이 됐습니까."

"오늘이 엿새째 되는 날입니다."

"그렇다면 잘됐습니다. 이레째 되는 날 초재初齋를 지내는데, 아직 초재 전이니 오늘밤 안으로 법당에 앉아 기도를 하십시오."

"무슨 기도를 말입니까."

"평소에 보살님은 무엇으로 태어나시고 싶다고 했습니까."

"죄송하지만 생각이 나지 않습니다."

고명인은 명부전에는 들어가지 않고 밖에서만 문을 열고 들여다보았다. 밝고 장엄한 대적광전의 분위기와는 사뭇 달랐다. 향을 태운 냄새가 독하게 코를 자극했고, 'ㄷ'자로 배치된 조각물 뒤로 어둠이 짙게 드리워져 불단에 놓인 국화와 백합마저 생기를 잃어버리고 우울한 표정을 짓고 있었다.

"이왕 기도를 하려면 보살님 소망대로 해주는 것이 좋지 않겠습니까."

"지금 제가 어머니를 위해 할 수 있는 일은 기도하는 것뿐이군요."

"그렇습니다."

"스님, 제가 어머니에게 기도할 자격이 있는 자식인지 용기가 나지 않습니다."

"기도란 정성을 다 바치는 것입니다. 귀신을 부르는 것은 정성이란 말도 있습니다. 간절하게 기도를 하십시오."

고명인은 혜각의 말을 선뜻 받아들이지 못했다. 기도를 해서 어머니의 영혼과 소통할 수 있다는 자신도 서지 않았고, 처음 만난 혜각에게 기도를 부탁할 염치도 없었다.

"스님, 제가 어머니를 위해 할 수 있는 일이 기도밖에 없겠습니까."

"그렇습니다. 정성이 귀신을 부른다고 했는데, 우리 불가식으로 표현하자면 맑은 한 생각이 영가를 부르고 만나는 것입니다."

혜각은 고명인이 명부전에 들어갈 의사가 없음을 확인하고는 돌탑 너머의 응진전으로 발길을 돌렸다. 응진전은 명부전보다 길쭉한 건물로 순한 느낌을 주었다. 선한 암소 한 마리가 편하게 누워 있는 모습을 연상케 했다. 응진전 안에는 아라한과를 얻은 나한들이 봉안되어 있다는 안내판의 설명문에도 불구하고 기도하는 신도는 단 한 사람도 없었다.

"날이 저물어 저는 이만 지족암으로 올라가야겠습니다. 혹시 지족암에서 차를 한 잔 하고 싶으시다면 내일 아침 일찍 올라오십시오. 기다리고 있겠습니다."

"스님, 안내해주시고 호의를 베풀어주신 것에 대해 꼭 잊지 않겠습니다. 내일 아침 사정을 보아 가능한 한 지족암으로 올라가 스님을 뵙겠습니다."

혜각은 곧 자리를 떴고, 고명인은 땅거미가 져가는 경내를 배회했다. 다시 구광루로 가서 기둥을 만져보았다. 기둥은 옛 기둥이었으나 새 단청을 했는지 20여 년 전의 질감과 달랐다. 구광루는 이제 설법전으로 사용하지 않고 절의 보물 같은 것을 보관하는 장소로 쓰이는 듯 문들이 굳게 잠겨 있었다.

혜각의 방으로 돌아온 고명인은 갈증이 나서 전기 포트의 물을 따라 마셨다. 고개를 드는 순간 벽에 붙여놓은 서산대사의 시한 수가 눈에 들어왔다. 혜각이 좋아하여 붙여놓은 것이 틀림없었다.

> 흰 구름은 옛 벗
> 밝은 달은 나의 삶
> 첩첩산중에서
> 사람 만나면 차를 권하리
> 白雲爲故舊

明月是生涯

萬壑千峰裏

逢人卽勸茶

고명인은 다시 한 번 시를 중얼중얼 읊조렸다. 깊은 산중에 머물고 있는 산승山僧이 절을 찾아온 길손과 나눈 차 한 잔의 인연을 노래한 절창의 시 같았다. 시 구절처럼 낯모르는 길손에게 차 한 잔을 권하는 산승의 삶도 밤길을 밝혀주는 둥근 달일 수도 있겠구나 하는 생각도 들었다.

방바닥은 전기보일러로 데우는지 골고루 따뜻했다. 이불을 덮지 않아도 될 만큼 방 안에는 훈기가 돌았다. 고명인은 묵은 책 몇 권을 가져와 베개 삼았다. 눈을 감았지만 잠은 오지 않았다. 산중에 이는 가을바람이 문풍지를 울리고 있었다. 고명인은 혜각이 한 말을 중얼거리며 방문 쪽으로 돌아누웠다.

'맑은 한 생각이 어머니의 영가를 불러올 수 있을까.'

고명인은 어머니를 위해 치른 장례식들이 두서없이 떠올라 혼란스러웠다. 입관 때 삼베 수의를 입힌 어머니 시신 옆에서 가슴을 먹먹하게 했던 천주교 신자들의 위령기도 소리가 다시 들리는 듯했다.

입이 있어도 말을 못하고, 귀가 있어도 듣지 못하고, 발이 있어도 걷지 못하고……. 이제 더 이상 살아생전에 웃고 울던 어머니가 아니라는 사실을 깨닫게 해주는 기도였으므로 그때부터 어쩔 수 없이 눈에 보이지 않는 영혼이라는 것에 지금까지 매달려온 것은 아닐까.

고명인은 아직까지도 어머니의 혼이 어딘가에 고이 안착해 있다고 믿지 않았다. 무종교에 가까운 성향 때문인지 장지에서 입관 때 들었던 천주교 신자들의 기도도 지금까지 건성으로 믿고 있을 뿐이었다.

'전능하신 하느님 아버지, 아버지께 요셉피나를 맡기오니 나약한 인간으로서 저지른 죄를 주님의 자비로 용서하시고, 하느님 나라에서 성인들과 함께 끝없는 기쁨을 누리게 하소서. 우리 주 그리스도를 통하여 기도하나이다.'

혜각은 어머니가 천주교와 유교식으로 장례를 치렀기 때문에 진담 반 농담 반으로 복이 많은 보살이라고 말했지만 고명인은 그 말에도 동의할 수 없었다. 고명인은 벌떡 일어나 앉았다. 그러고는 다구를 끌어당기며 소리 내어 혼잣말을 했다.

'그렇다면.'

문득 고명인은 어머니의 말이 떠올랐다. 신세타령을 길게 하더니 무슨 이야기 끝엔가 "나는 죽어서 하늘을 훨훨 날아다니는 새가 되고 싶구나" 하고 말했던 것이다. 고명인은 바로 그 말이 어머니의 유언이라고 생각했다. 병고의 삶이 고통스러워 죽어서는 홀가분해지고 싶다는 표현을 그리 했겠지만 어머니의 소망은 극락이나 천국이 아닌 허공을 날아다니는 새가 되고 싶었던 것이다.

고명인은 다관에 차를 우려 찻잔에 따랐다. 차 맛은 찻잎을 많이 넣어 우린 탓에 떫었다. 그래도 그는 피로가 가시고 정신이 맑아지기를 바라며 연달아 세 잔을 마셨다. 세 잔을 마시고 나서야 고명인은 다시 소리 내어 말했다.

'법당에 가서 기도를 하자. 어머니가 바랐던 대로 기도를 하자. 맑은 한 생각이 어머니의 영가를 부를 수 있다고 하지 않는가. 혜각 스님이 권유하는 대로 해보자.'

밖으로 나온 고명인은 심호흡을 했다. 경내는 발소리가 공명할 만큼 고요했고, 초승달이 뜬 하늘에는 별들이 또록또록 빛을 내고 있었다. 바람은 서늘했지만 뜨거운 차를 마신 탓인지 견딜 만했다. 고명인은 대적광전으로 들어가려다가 기도하는 신도들의 수가 한층 많아져 있으므로 명부전으로 들어갔다. 좀 전에 보았던 불단에 놓인 꽃들은 누군가의 손에 치워지고 없었다.

고명인은 지장보살 앞으로 가 절을 한 다음 무릎을 꿇고 합장했다. 난생처음 해보는 기도였지만 어색한 기분은 별로 들지 않았다. 어머니를 위한 첫 기도이자 마지막 기도일지도 모른다는 생각 때문에 더 간절해졌다. 눈을 감고 합장한 채 고명인은 이십대 젊은 시절의 예쁜 어머니를 허공에 그려놓고 새 한 마리를 떠올렸다. 무릎이 저려올 때까지 그러한 연상을 물 흐르듯 이어갔다.

기도한 지 두어 시간이 지나자, 부엉이 한 마리가 가까운 산자락까지 날아와 부엉부엉 울었다. 서투르고 경직된 자세 탓에 무릎이 얼얼했다. 고명인은 밤을 샐 각오로 합장한 손을 풀지 않았다.

고명인은 어깨가 차가워 눈을 뜨는 순간 깜짝 놀랐다. 누군가가 홑이불을 덮어주었는지 법당 한쪽에서 자고 있었던 것이다. 간밤 늦도록 기도하다가 잠이 들어버린 모양이었다. 법당은 텅 비어 조금은 무섭기조차 하였다. 마주친 지장보살도 무덤덤하고 위압감이 느껴질 만큼 어제보다 더 크게 보였다.

고명인은 홑이불을 각지게 개놓고 법당 밖으로 나왔다. 6시가 가까워지고 있는데 날은 이제야 겨우 밝아지고 있었다. 밤이 길어졌음을 새삼 실감했다. 서리가 내린 경내 마당은 은가루를 뿌린 듯 반짝이고 있었다.

조금 전까지 꿈결처럼 범종 소리가 들리고 목탁 소리와 염불 소리가 난 것 같았는데, 경내는 정적이 켜켜이 쌓인 깊은 바닷속 같았다. 너무나 고요하여 사운당 가는 길마저 낯설게 보일 정도였다. 고명인은 문득, 차를 한 잔 하고 싶으면 지족암으로 올라오라던 혜각의 말이 떠올랐다.

'그래, 산책 삼아 지족암으로 가보자.'

퇴설당 쪽에서 지족암으로 가는 지름길이 분명 있을 것이나 길을 물을 사람도 없는 이른 아침이었으므로 고명인은 어제 보았던 표지석대로 가기로 했다. 승용차를 몰고 일주문 쪽으로 올라오다가 길가에 세워진 자연석에서 간단한 약도와 함께 백련암, 희랑대, 지족암이라고 쓴 음각의 글씨를 보았던 것이다.

산길로 들어서자 새소리가 귀를 따갑게 했다. 작은 새들이 나뭇가지를 이리저리 옮겨다니며 우짖고 있었다. 고명인은 서리에 축축해진 낙엽을 밟으며 천천히 산길을 올라갔다. 스님이 운전하는 지프 한 대와 마주쳤을 뿐 지족암 가는 산길도 적적하기만 했다.

종 모양의 부도들이 모여 있는 부도지를 지날 무렵에야 날이 밝았고, 좀 더 오르자 희랑대와 지족암이라고 쓴 이정표가 또 나타났다. 한 스님이 이정표 부근까지 나와 싸리비로 낙엽을 쓸고 있었다.

"스님, 지족암이 여기서 멉니까."

"몇 걸음만 더 가시면 됩니다. 누구를 만나러 오셨습니까."

"혜각 스님을 뵈러 왔습니다."

"아, 그렇습니까. 그렇지 않아도 스님께서 손님이 한 분 오실지 모른다고 기다리고 계십니다."

과연 혜각은 지족암 일주문 밖에서 고명인을 기다리고 있었다. 지족암의 좁은 마당에서 눈을 부비던 어린아이가 고명인을 보고 쫓아왔다.

"고 선생, 간밤에 기도는 하셨습니까."

"스님 권유대로 했습니다."

"보살님은 고 선생이 축원한 대로 환생하실 것입니다."

혜각이 어린아이에게 두 손을 모으라는 몸짓을 하자 아이가 고명인에게 합장했다. 다가가서 보니 눈동자가 파랗고 살결이 하얀 외국 아이였다. 외국 아이가 귀엽게 합장하다니 예사롭지 않았다.

"고 선생, 다섯 살짜리 외국 아이가 왜 여기 있는 줄 아십니까. 아버지와 해인사에 왔다가 절이 좋다고 아버지를 따라가지 않는 바람에 여기서 나와 함께 있게 된 겁니다."

"아이를 절에 둘 생각입니까."

"그건 아닙니다. 아이는 아버지를 따라 곧 미국으로 돌아갈 것입니다."

고명인이 영어로 아버지를 따라 미국으로 갈 것이냐고 묻자 아이는 도리질을 치더니 절에 남겠다고 말했다. 혜각이 아이의 머리를 쓰다듬고는 말했다.

"전생에 저하고 무슨 인연이 있었던 것 같습니다. 머리를 깎아달라고 하고, 승복을 입혀달라고 떼를 쓰지 뭡니까."

혜각은 고명인을 정자로 안내했다.

"날이 좀 쌀쌀하지만 차는 정자에서 마셔야 제격입니다."

정자는 지족암 오른편에 있었다.

"스님, 정말로 제가 기도한 대로 이루어질까요."

"고 선생께서는 아직도 제 말을 믿지 않는 모양입니다. 하지만 제 얘기를 들어보면 믿지 않을 수 없을 것입니다."

"무슨 얘기입니까."

"한번은 제가 일타 스님을 모시고 대구에 갔을 때이고, 또 한 번은 지족암에서 일타 스님을 모시고 살 때의 일입니다."

혜각은 정자에 올라 차를 한 잔 마신 후, 영가의 존재에 대해서 반신반의하고 있는 고명인을 위해 얘기를 꺼냈다.

일타는 2남 2녀 중 셋째였다. 일타 위로 누나와 형, 아래로 누이동생이 있었다. 형제 중에서 가장 먼저 출가한 사람은 일타보다 여섯 살 위인 누나 응민應敏 스님이었다. 응민은 비구니로서 만공에게 '한 소식한 비구니'라고 인가를 받았을 정도로 여장부처럼 걸출하게 수행을 잘하다가 1984년 12월 15일에 입적하였다. 천도재를 지내는데 초재와 이재는 수덕사 견성암에서, 삼재는 일타의 누이동생인 대구의 쾌성快性 스님 절에서 지내게 되었다.

초재와 이재에 참석하지 못한 일타는 삼재를 집전했다. 원래 재를 지내려면 염불과 독경, 범패까지 곁들이는데 삼재는 모든 것을 생략하고 선법禪法에 의해 영가를 천도했다. 응민을 따르는 비구니 제자와 보살 신도들이 모두 염불과 독경으로 여법하게 삼재를 지내자고 하였으나 일타는 "응민 스님은 살아생전에 자기 염불 자기가 다 하고 갔으니까 따로 염불할 거 없습니다. 응민 스님이 평소에 든 화두나 찾고 대중공양하고 끝냅시다"하고 생략했던 것이다.

일타가 좌선하는 자세로 죽비를 세 번 치고 입정入定에 든 뒤 응민의 영가를 불러 물었다.

"만법귀일 일귀하처(萬法歸一 一歸何處, 만법이 하나로 돌아가니 하나는 어디로 가는가)."

응민의 영가에게 물은 화두는 만공이 생전에 즐겨 들었던 것인데, 만공 자신도 온양 봉곡사에서 이 화두를 들고 밤낮으로 정진하다가 깨달음을 얻고 다음과 같은 오도송을 노래하였던 것이다.

> 빈산의 이치와 기운은 고금 밖이요
> 흰 구름 맑은 바람 스스로 가고 오네
> 무슨 일로 달마는 서천을 넘어왔나
> 축시엔 닭이 울고 인시엔 해가 뜨네
> 空山理氣古今外
> 白雲淸風自去來
> 何事達磨越西天
> 鷄鳴丑時寅日出

깨달음에 대한 확신으로 만공은 누구에게나 '만법귀일 일귀하처'라는 화두를 주곤 했다.

일타는 문득 여행 한 번 제대로 해본 적이 없는 응민의 영가를 위해 한 생각을 했다.

'응민 스님, 미국 구경이나 한번 다녀오시오. 펜실베이니아 소영이네 집에 가면 구경 잘 시켜줄 거요. 이대 졸업한 뒤 미국으로 이민 간 소영이 집으로 가면 돼요.'

입 밖으로 낸 말이 아니었으므로 삼재에 참석한 누구도 눈치 챌 수 없는 일타의 일념一念 축원이었고, 그 순간은 그야말로 찰나였다. 10여 초 정도 자신의 생각을 전하고는 놓아버린 일념이었다.

일타의 축원은 영험했다. 그날 밤 일타의 누이동생인 쾌성의 꿈에 응민이 나타나 하소연을 했다.

"일타 스님이 날더러 미국 가란다. 서울도 혼자 못 가는 사람이 어떻게 미국을 가냐. 아이고, 서울만 가도 정신이 없더라."

"언니, 미국 가기는 서울 가는 것보다 쉽다고 하대요. 비행기만 타면 가는 거고, 여기서 전화만 해놓으면 자동차로 공항에 마중 와서 기다리고 있다가 싣고 가기 때문에 서울 가는 것보다 쉽다고 하대요. 그러니 가세요."

"소영이가 누군가. 누군데 소영이 집으로 가라고 하는 건가."

"예전에 언니한테 아주 좋은 두루마기 장삼을 해준 사람 있잖아요. 언니가 너무 좋은 것이라서 중이 입을 것이 아니라고 했잖아요. 그 두루마기 장삼을 해준 사람이 바로 소영이 엄마 보살이지요."

"그런가."

갑자기 응민이 선 채로 쭉 물러나면서 순식간에 사라져버렸다. 쾌성은 잠에서 깨어나 시계를 보았다. 벽시계는 새벽 1시와 2시 사이를 가리키고 있었다. 잠시 후 미국에서 국제전화가 걸려 왔다. 응민에게 두루마기 장삼을 해주었던 소영 엄마였다.

"아이고, 쾌성 스님 미안합니다. 여기는 낮인데 거기는 지금 밤중이겠네요. 점심 먹고 방금 소파에 누워 낮잠을 잤는데 꿈에 응민 스님이 뭐를 짊어지고 우리 집으로 들어옵디다. 스님, 그게 태몽이 틀림없는 것 같아요."

실제로 소영은 그날로 잉태하였던지 열 달 후에 떡두꺼비 같은 아들을 낳았는데, 아기를 가지려고 한 지 5년 만의 경사였다. 응민이 일타의 천도로 미국에서 소영의 아들로 환생한 셈이었다.

혜각은 다시 차를 우려내며 얘기를 덧붙였다.

"이 이야기는 일타 스님께서 천도재를 지낼 때 영가법문으로 가끔 하셨습니다만, 저는 이 모든 사정을 스님을 모시고 가서 직접 보고 들었으므로 영가의 존재를 확신할 수밖에 없었지요. 그래서 고 선생께 기도를 하라고 권유한 것입니다."

고명인은 차를 마시면서 차향에 도취되어 상념에 잠겼다. 육하

원칙에 따라 말하는 혜각의 얘기는 더 이어지고 있었다. 어린아
이가 정자 위까지 올라와 혜각의 머리를 장난스럽게 만지작거려
잠시 얘기가 끊어지곤 했으나 혜각은 미소만 지었다. 아이는 차
를 주면 얌전해지곤 했다.

"이래도 영가의 존재를 믿지 못하겠습니까."

"믿지 못하는 것은 아닙니다, 다만."

"반신반의하는 것 같군요."

"솔직히 그렇습니다."

"일타 스님을 모시고 살 때의 얘기를 하나 더 하겠습니다. 긴
얘기가 아닙니다."

20여 년 전, 혜각이 지족암 부엌에서 반찬거리를 담당하는 채
공菜供을 보고 있을 때였다. 당시 일타는 태백산 도솔암에서 나와
지족암에 머무르고 있었는데, 그때만 해도 지족암은 지금과 달리
초라하고 퇴락한 암자였다. 일타는 무슨 이유에서인지 보살 공
양주를 싫어했으므로 행자인 두 청년이 끼니 때마다 공양주와 채
공을 보고 나머지 시간은 울력으로 소일했다. 지족암에서의 행자
생활은 어느 절보다 고달팠다. 금쪽 같은 스님의 법문은 새벽에
잠깐 들을 수 있을 뿐이었고, 하루 종일 지게를 지고 산을 오르내
렸다.

하루는 혜각이 산길에 퍼질러 앉아 혼자서 푸념을 하고 있자,

일타가 뒤에서 그 말을 다 듣고 나서는 혜각을 달랬다.

"혜각아, 행자 노릇하기 힘들지. 나는 죽어서 미국 사람으로 환생할 것이다. 미국 사람으로 태어나 한국에 돌아와 그때는 내가 니 행자, 상좌 노릇 다 해줄 것이니 참고 견디어라."

"큰스님께서 제 상좌가 된다는 말씀입니까."

"내가 죽고 나서 20년 후의 일이다. 해인사 일주문 밖에서 기다리고 있다가 미국의 명문학교를 갓 졸업한 코쟁이 청년이 얼쩡거리거든 귀를 잡아끌고 가서 네 상좌로 만들어라. 그가 바로 나일 것이다."

그때 혜각은 우스갯소리로 듣고 말았다. 힘들어서 지족암을 도망칠지도 모르는 자신을 달래려는 농담쯤으로 들었던 것이다. 실제로 공양주 행자 중에는 한 달만 견디면 사미승이 될 수 있는데도 5개월째에 줄행랑을 친 사람도 있었다.

"지금도 그 말씀을 믿고 계십니까."

"그렇습니다. 우리 스님께서 입적하신 지 5년밖에 안 됐으니 앞으로 15년이 남은 셈입니다. 큰스님께서는 혜관 사형님께도 미국에서 태어나 한국에 와서 수행할 것이라고 말씀했다고 합니다."

혜각은 단호하게 말했다.

"고 선생, 과거와 현재, 미래까지 사람의 삼생三生을 들여다보셨던 우리 일타 스님이 어떤 분인지 아셔야 합니다. 그리하면 인생을 어떻게 살아야 잘 사는 것인지 알게 될 겁니다."

"일타 스님은 어떤 분이셨습니까."

"말로는 설명할 수 없지요. 진리는 체험으로 얻을 뿐입니다. 저는 스님께서 입적하신 주기마다 벌써 5년째 스님께서 수행하셨던 암자나 절을 찾아 만행하고 있습니다."

"스님, 저도 동행할 수 있겠습니까."

"그건 고 선생의 자유입니다."

혜각은 고명인에게 화두를 던지듯 말했다.

"고 선생, 이제 이 어린아이가 누구인지 알겠습니까."

고명인은 어렵지 않게 혜각의 질문을 짐작할 수 있었다. 미국에서 온 어린아이의 나이가 만 다섯 살이기 때문이었다. 그렇다고 고명인은 어린아이가 일타 스님의 환생이라고 단정 짓고 싶지는 않았다.

일타 스님이 14세 때 출가하기 위해 외할아버지 추금 스님을 찾아간 천성산 내원사

출가, 멀고도 가까운 여행

누더기 장삼을 걸친 삼십대 중반으로 보이는 한 승려가 산모퉁이 마른풀 위에 앉아 있었다. 그는 죽은 듯이 쪼그리고 앉아서 숨을 고르고 있었다. 그래도 그의 목구멍을 할퀴는 듯한 기침은 멎지 않았다.

쿨럭쿨럭.

승려는 두 손으로 자신의 가슴을 누르며 기침이 잦아들기를 고통스럽게 기다렸다. 빈 지게를 지고 지나가던 늙은 농부가 승려를 보더니 다가와 말했다.

"봉수 집에 가는 스님이 아닌감."

승려는 고개를 들지 못하고 기침을 토해냈다. 이윽고 농부는 혀를 차며 혼잣말을 하고는 가버렸다.

'쯧쯧. 천하의 난봉꾼이더니 중이 됐구먼.'

승려는 고개를 들고 저만큼 지나가는 농부를 "처사님!" 하고 불러세웠다. 다시 돌아온 농부는 깜짝 놀랐다. 심하게 기침을 해대던 승려의 입가에는 피가 묻어 있었다.

"공주 솜틀기계 부잣집의 둘째 아들 김용남金容男이 맞지유."

"뉘신지요."

"공주 부근에 사는 사람치고 솜틀기계집 안 가본 사람이 어딨시유."

쿨럭쿨럭.

승려는 기침을 토하느라고 말을 잇지 못했다. 농부가 딱하다는 듯이 승려의 걸망을 자신의 빈 지게에 얹고 나서 말했다.

"봉수 집 가는 거 맞지유."

승려는 고개를 끄덕였다. 그러나 그는 앉은자리에서 일어나자마자 지게에 얹어놓은 걸망을 내려 어깨에 걸치고는 등을 돌렸다. 한겨울의 삭풍이 매섭게 불어오고 있었다. 늙은 농부도 찬바람을 맞아 얼얼한지 서둘러 가자고 재촉했다.

"얼어 죽겠시유. 어서 가유."

"어르신, 먼저 가십시오. 천천히 가겠습니다."

농부는 가면서도 몇 번이나 뒤를 돌아보며 갔다. 공주 부잣집 둘째 아들 김용남이 누더기를 걸친 승려가 되어 나타난 것을 이해할 수 없다는 표정이었다. 공주 읍내에서 번드르르하게 옷을 입고 호기 있게 다니던 한량이 덕지덕지 기운 누더기 장삼을 입고 출현했으니 그럴 만도 했다.

승려의 법명은 영천靈泉이었다. 영험한 샘물 마시고 해수병 낫게 해달라는 서원誓願이 담긴 법명이었는데, 당대의 대선사 만공이 지어주었던 것이다. 영천은 1940년 33세에 만공 선사에게 귀의하여 제자가 된 이른바 늦깎이였다. 늦깎이란 늦게 출가한 승려를 지칭하는 절집안의 은어였다.

영천은 속가시절에 일본말은 물론 영어를 귀동냥해 조금 했고, 만주를 유랑하고 돌아와서는 중국말을 유창하게 했을 정도로 언재言才가 빼어나 공주 사람들을 놀라게 했다. 뿐만 아니라 잡기에 능하고 배짱이 셌으므로 집안에 궂은일이 생기면 누구보다 앞장서서 해결하곤 하여 해결사라 불렸는데, 그런 그가 김봉수 집에 나타난 것은 출가한 지 2년 만의 일이었다.

그가 일생 동안 해수 기침을 해대는 콜록쟁이가 된 것은 예닐곱 살 때, 동네 아이들과 여름 내내 냉한 기운의 참외를 따먹고 차가운 냇물이나 연못에 들어가 멱을 감고 난 후부터였다. 한번 기침이 터지면 10분 이상 콜록콜록 숨이 넘어갈 만큼 했다. 지독한 해수병이었는데 처음 보는 사람은 폐병쟁이라 하여 밥도 같은 상에서 먹지 않으려 했고, 집안에서도 병신이라고 하여 형제들이 그를 따돌린 적이 있었다.

그는 집에 있는 것이 갑갑하여 울타리 밖으로 나돌았다. 어린 시절부터 동네 조무래기들과 즐겨 놀던 그는 청년이 되자 숨은 한량기가 도져 온갖 멋을 부렸다. 일제 고급 구두를 신고 명주 바지저고리에다 비단 조끼를 걸치고 젊은 나이에 어울리지 않게 신사 지팡이를 홰홰 돌리며 나다녔다.

밤낮으로 화투장을 만지더니 노름판의 고수가 되어 사금을 캐는 금강 지류까지 원정을 가서 날밤을 새기도 했다. 돈이 도는 곳이면 으레 도박과 싸움판이 벌어지기 마련이었다. 김용남도 난장에서 싸움질을 하여 고소를 당하기도 했다. 그때마다 누나인 김상남이 30리 길을 걸어 찾아가 화해를 붙였다.

늙은 농부가 자꾸 뒤를 돌아보면서 도리질하는 것도 이상한 일이 아니었다. 비록 콜록쟁이인 것은 여전했지만 천하의 건달로 공주 바닥에서 소문이 자자했던 그가 지금은 승려로 변하여 삭발을 하고 있었던 것이다.

김용남은 출가한 후에도 해수 기침이 멈추지 않았으므로 만공이 조실로 있는 정혜사 선방에서도 쫓겨났다. 수좌들이 모두 화두를 들고 있었는데, 갑자기 그가 기침을 계속 토해내는 바람에 선방 분위기가 흐트러져버렸던 것이다. 이후 그는 전국의 어느 선방에도 방부를 들일 수 없어 객실에 머물면서 법당 청소나 하고 무나 배추를 뽑는 등 허드렛일을 하며 밥값을 했다.

그래도 영천은 스승인 만공 선사에게 받은 '만법귀일 일귀하처'란 화두를 놓은 적이 없었다. 오매불망 입실하고 싶은 선방 앞을 얼씬거리면서도 화두를 들었고, 후원에서 부목과 함께 장작을 패면서도 화두를 놓지 않았다.

해수 기침 탓에 선방 입실을 못하고 어디서나 푸대접 받았으나 도리어 아상我相을 없애는 데 병고가 좋은 방편이 되었다. 어디 가서나 자기를 아래쪽에 놓는 하심下心이 절로 닦였다. 병고를 양약良藥으로 삼으라는 부처님 말씀이 절절하게 다가왔다.

함부로 범접할 수 없었던지 농부는 도망치듯 산모퉁이 너머로 사라지고 없었다. 바람이 더 거세어졌으나 영천은 고개를 꼿꼿이 세우고 걸어갔다. 잿빛 하늘에는 날벌레 같은 것이 나붓거렸다. 떡가루처럼 가늘고 하얀 세설細雪이었다.

콜록콜록.

영천이 한바탕 다시 기침을 토해놓고 나자 다행스럽게도 바람이 수그러들었다. 시나브로 나붓거리던 눈발이 허공을 가득 채웠다. 검은 땅바닥도 희끗희끗해졌다. 영천은 눈을 맞으며 광목천처럼 하얗게 변해가는 신작로를 따라 걸었다.

영천은 자신보다 열 살 위인 친누나이자, 매형 김봉수의 아내였던 비구니 성호性浩의 부탁을 받고 매형 집으로 가는 중이었다. 비구니 성호의 부탁이란 다른 것이 아니었다. 집과 논밭을 모두 처분한 뒤에 남편인 김봉수와 자식인 어린 김사의를 출가시켜달라는 부탁이었다.

영천이 김봉수 집에 도착한 것은 마을에서 저녁 짓는 연기가 피어오를 무렵이었다. 보통학교 졸업을 앞둔 김사의는 부엌으로 들어가 들기름을 부어 김치를 볶아놓고 어머니가 출가하기 전에 만들어둔 명태 반찬을 고추장 단지에서 꺼내고 있었다. 아버지 김봉수는 방에 앉아 면벽 참선을 하는 중이었다.

"매형 계십니까."

"스님, 아버지는 참선 중이십니다."

"이놈, 많이 컸구나. 나를 모르겠느냐. 둘째 외삼촌이다. 쿨럭 쿨럭."

기침 소리를 듣고서야 김사의는 둘째 외삼촌임을 알아차렸다.

"외삼촌."

"이놈아, 외삼촌이 무엇이냐. 스님이라고 불러라."

면벽 참선을 하던 김봉수가 좌선을 풀고 나와 말했다.

"스님, 올 줄 알고 기다리고 있었습니다."

김봉수는 영천에게 지나칠 정도로 공손하게 예를 갖추어 맞아들였다. 저녁식사 자리에서 영천은 간헐적으로 기침을 해대며 집에 온 이유를 얘기했다. 김봉수는 비구니 성호의 부탁을 받고 왔다는 영천의 말에 아무런 대꾸도 못했다. 아내가 시키는 대로 살아온 물컹한 김봉수는 지금까지 아내의 말에 단 한 번도 반대해본 적이 없었던 것이다.

다음 날부터 김봉수는 영천의 요량대로 가산을 정리했다. 김사의가 공주본정공립보통학교를 졸업할 때까지 집과 논밭을 팔고

집 안의 가재도구들은 필요한 마을 사람에게 나누어주었다. 그때 김사의는 자신도 절에 가 살 것이 틀림없다고 생각했다.

김사의는 다른 소지품은 다 놓고 가더라도 일기장만큼은 꼭 챙기고 싶었다. 5학년 때 어머니가 출가한 후 산 일기장인데, 거기에는 2년 동안 하소연하듯 써놓은 글들이 많았다. 김사의는 어머니를 만나면 일기장을 보여주며 자기를 욕하고 괴롭혔던 아이들의 못된 행실을 다 일러주리라고 마음먹었다.

일기장에는 앞집에 사는 별명이 꼴뚜기인 여자아이의 얘기도 적혀 있었다. 만나면 싸우고 장난을 잘 치는 아이였다. 학교에 나오지 않고 몇 달 동안 서울에서 살다 오더니 서울말을 어설프게 흉내 내어 몰래 웃었다는 내용도 있었다.

마침내 1942년 3월 새벽.

마을 사람 누구보다 빨리 눈을 뜬 김봉수는 허리춤에 전대를 찼다. 전대에는 집과 논밭을 팔아 모은 돈이 두둑하게 들어 있었다. 영천은 명주 이불 두 채를 하나씩 등에 짊어지기 좋게 쌌다. 김사의도 짐을 싸느라고 부스럭대는 소리에 일어나 잠을 쫓았다. 어머니에 이어 아버지마저 달아나버린다면 자신은 천둥벌거숭이 고아가 되고 말 터였다. 김사의는 먼저 일기장을 자신이 멜 보따리 속에 넣었다.

김사의는 꼴뚜기라고 불리는 여자아이라도 한 번 본 뒤 떠나고 싶었지만 아버지 김봉수의 생각은 달랐다. 김봉수는 자신이 떠나는 뒷모습을 동네 사람 누구에게도 보이고 싶지 않았다.

영천과 김사의는 김봉수를 뒤따라 도망치듯 마을을 빠져나와 대전으로 가는 신작로로 나섰다. 김사의는 다시는 오지 못할 것 같은 아쉬움으로 자꾸 뒤를 돌아보았다. 개들이 컹컹 짖었지만 이내 마을은 적막강산이 되었다. 잠이 덜 깬 채 아버지 김봉수를 뒤따르던 김사의는 신작로 돌부리에 걸려 자꾸 넘어지려 했다. 그때마다 김봉수가 말했다.

"사의야, 내 손을 꼭 잡아라. 대전까지는 100리 길이다."

세 사람은 공주에서 대전까지 100리 길을 걸어가고 있었다. 버스를 타지 않고 굳이 걷는 까닭은 한 푼이라도 아끼기 위해서였다. 봄이라고는 하지만 새벽 공기는 얼음처럼 차가웠다. 김사의는 졸릴 때마다 투덜거렸다.

"외삼촌 스님, 대전은 얼마나 더 가야 해요."

"네가 가야 할 곳은 대전이 아니라 아주 먼 곳이다. 대전에서 네 어머니 스님이 계시는 대구로 갈 것이고, 대구에서 또 어디론가 갈 것이다."

김사의는 영천의 얘기를 듣고서는 다리에 힘이 빠지는 듯했다. 동이 터오자 김봉수와 영천의 입에서는 숨을 쉴 때마다 허연 김이 새어나왔다. 등에 짊어진 명주 이불 보따리가 쌀가마니처럼 무거워 보였다.

"외삼촌 스님, 어머니가 계신 대구에서 오래오래 살고 싶어요."

"사의야, 너는 스님이 될 것이다. 스님은 아주 먼 여행을 하는 사람이다. 아니, 스님은 아주 가까운 여행을 하는 사람이다. 중생에서 부처가 될 때까지 아주 멀고도 가까운 여행을 하는 사람이다. 그래서 스님을 도 닦는 수도자라고 하는 것이다. 너도 언젠가 이 말을 이해할 때가 있을 것이다."

"왜 멀고도 가까운 여행이라 하는 거예요."

"부처가 되는 것이 쉽고도 어렵기 때문이다."

"외삼촌 스님, 저는 어머니와 함께 살면서 부처가 되겠어요."

김사의는 부처가 무언지도 모르면서 어머니와 살고 싶은 마음이 앞서 그렇게 대답했다. 잠시 후 영천이 기침을 하면서 말했다.

"수행자를 운수승雲水僧이라 하지. 구름 운雲, 물 수水 자야. 구름처럼 물처럼 자유를 찾아 흘러가는 사람이라는 말이다. 흐르지 않는 것은 썩는다. 새롭게 태어나지 못하면 썩는 법이다."

김사의는 알 듯 모를 듯한 영천의 얘기에 귀를 기울이며 걸었다. 영천에게는 김사의의 마음을 은근히 잡아끄는 매력이 있었다. 문득 김사의는 아주 어린 시절에 '중여관집'이라 하여 집에서 자고 가는 탁발승들을 '중아저씨'라고 부르며 따랐던 기억이 떠올랐다. 어떤 날은 탁발승의 『천수경』 염불을 흉내 내며 신나게 어깨춤을 추고 따라다닌 적도 있었다. 김사의는 지쳐가던 다리에 힘이 나는 것 같아 영천을 바짝 따라붙고는 중얼거렸다.

'나도 스님이 되고 말 거야.'

멀리 계룡산이 보였다. 해가 떠올라 계룡산을 휘감고 흐르는 냇물에서 김이 모락모락 피어올랐다. 응달 산자락에는 지난가을의 잔해인 양 거무튀튀한 낙엽이 쌓여 있었지만 이미 온 산에는 물빛 같은 푸른 기운이 돌았다.

대전으로 가는 신작로는 뱀처럼 구불구불했다. 가도가도 길 끝은 안개 속에 묻혀 보이지 않았다. 세 사람은 시장기가 들어 더이상 걸을 수 없게 되자 아침을 먹으러 암자를 찾아들어 갔다. 암자는 냇가에서 계룡산 계곡 쪽으로 난 산길 끝에 있었다. 스님들이 모두 탁발 나가고 노승이 혼자 지키는 암자인 모양이었다. 영천이 인기척을 냈지만 노승은 법당에서 염불삼매에 빠진 듯 나오지 않았다.

세 사람은 대전역에 도착했다. 역사 앞에는 지게꾼들이 양지쪽에 몰려 잡담을 나누거나 졸고 있었다. 헐벗은 거지들도 보였다. 거지들은 영천을 보더니 얻어먹을 것이 없다는 듯 거들떠보지도 않았다. 김사의는 처음으로 기차를 보았다. 멧돼지처럼 생긴 머리통이 연기를 풀풀 내며 용을 쓰듯 기적 소리를 내뿜어댔고, 그 뒤로는 네모난 기차 칸들이 서로의 꼬리를 물고 있었다.

"사의야, 이것이 대구 가는 특급기차다."

기차표를 끊어온 영천이 역사 안으로 앞서 들어가며 말했다. 김봉수와 김사의는 두리번거리며 들어가다 이불 보따리가 좁은 개찰구에 걸려 애를 먹었다. 뒷사람들이 빨리 들어가라고 성화였다. 기차가 곧 떠날 듯이 다급하게 기적 소리를 내었다.

　"한발만 늦었어도 놓칠 뻔했다. 나무관세음보살."

　영천은 기차에 올라타고서야 안도했다. 영천의 말대로 기차는 곧 대전 역사를 미끄러지듯 빠져나와 대구역을 향해서 달리기 시작했다. 김사의가 차창을 열고 고개를 내밀자 김봉수가 소리쳤다.

　"이놈아, 외삼촌 스님 기침한다. 어서 창문 닫아라."

　영천이 해수 기침을 하기 시작했으므로 김사의는 얼른 창을 내렸다. 기차의 꼬리는 생각보다 길었다. 긴 꼬리를 달고 달리느라고 기차는 거칠게 소리를 내질렀다.

　영천은 수건을 꺼내 입을 틀어막으며 기침을 했다. 차창으로 흘러든 햇살이 창백해진 영천의 얼굴에 비쳤다. 영천은 기침을 하면서도 희미하게 미소를 짓고 있었다. 자신의 지병을 원망하는 빛이 없었다. 김봉수는 영천의 기침이 잦아들기를 기다렸다가 물었다.

　"스님, 고통스럽지 않으십니까. 용한 의원을 찾아 병을 나으십시오."

　영천은 기침을 한 번 더 토해내더니 말했다.

"매형, 부처님께서는 삶을 고해苦海라고 했습니다. 고통스런 바다를 건너가는 것이 인생이지요. 삶이 고통스럽다는 것을 받아들이지 않으면 더 고통스러워지는 법입니다."

"스님은 언제까지나 병을 달고 다니겠다는 것입니까."

"매형, 스님이라고 왜 병이 낫고 싶지 않겠습니까."

"출가하실 때 도인이 되면 무엇이든 다 해결할 수 있다고 하지 않았습니까."

"도인도 전생에 지은 업은 어쩌지 못합니다. 제가 지금 해수병을 앓고 있는 것은 전생에 지은 업이 큰 원인이고, 어렸을 때 참외를 먹고 찬물에 들어가 논 것이 작은 원인입니다."

"전생에 지은 업이 두텁다면 평생 동안 병을 달고 다녀야 합니까."

"그것은 아닙니다. 운명은 타고나는 것이 아닙니다. 그것은 사주쟁이들 얘깁니다. 누구나 선업을 쌓으면 운명을 바꿀 수 있습니다. 제가 도를 닦는 것은 전생의 업을 씻기 위해서입니다. 선업을 쌓아 악업이 다 씻기면 해수병도 나을 것입니다."

김봉수는 마곡사 어느 스님한테서 비슷한 법문을 들었던 것도 같았지만 영천에게 업 이야기를 듣고 보니 스님 노릇도 할 만하겠다는 생각이 들었다. 김사의도 귀를 쫑긋하고 영천의 입에서 무슨 말이 나오는지 뚫어져라 쳐다보았다.

"매형, 깨치기만 하면 단번에 해탈할 수 있어요. 일시에 고통에서 벗어나버린다니까요."

"고통에서 훨훨 벗어난다는 것입니까."

"구만 리 장천을 나는 새같이 되지요. 물같이 구름같이 자유스럽게 되지요."

"허허."

김봉수는 영천의 얘기를 듣고 나서는 맛있는 음식을 삼킨 듯 입맛을 다셨다. 영천의 말솜씨는 출가 전이나 출가 후나 똑같았다. 사람을 감쪽같이 홀리는 데 귀신 같은 재주가 있었다.

기차가 김천역에 멈추자 일본 헌병이 올라와 승객들을 검문했다. 눈을 매섭게 뜨고 승객들의 짐을 뒤지고 있었다. 김봉수의 이불 보따리도 풀게 했다. 보따리 속에서 옷가지와 명주 이불만 나오자 헌병은 실망한 듯 지나쳤다. 김사의는 아버지 김봉수가 허리에 찬 전대를 걱정했으나 일본 헌병은 거기에는 관심이 없었다. 마음씨 좋게 생긴 김봉수의 얼굴을 한번 훑어보았을 뿐 그냥 다른 칸으로 가버렸다.

차창 너머로는 웃자란 보리들이 파랗게 물결치고 있었다. 지척의 산자락에서는 진달래꽃들이 붉게 피어나는 중이었다. 김사의는 보름달이 두둥실 떠오른 날 뒷동산에 올라가 진달래꽃을 따먹으며 싸우고 장난치던 꼴뚜기라는 별명의 여자아이가 생각나 씁쓸하게 미소를 지었다. 검둥이 강아지가 쫓아와 보름달을 보고는 멍멍 짖어대던 모습도 떠올랐다. 이제 다시 공주로 돌아가지 못할지도 모른다고 생각하니 떫은 감을 씹은 듯했다.

대신 도를 부지런히 닦아 큰스님이 되면 금의환향할 수 있으리라는 생각도 들었다. 마을 사람들을 모두 불러 모아놓고 덕숭산의 만공 큰스님처럼 법문을 할 수 있겠다는 꿈도 꾸어졌다.

김사의는 외할아버지부터 외삼촌들까지 무슨 이유로 하나 둘씩 출가하여 스님이 되었던 것인지 문득 궁금했다. 외갓집에 분명 무슨 이유가 있을 것이라고 생각했다. 알고 싶은 것이 생기면 궁금해서 못 견디는 김사의는 어느새 꾸벅꾸벅 졸고 있는 영천을 깨웠다.

"외삼촌 스님."

"그래, 무슨 일이냐."

"외갓집 식구들이 외증조할머니 귀신에 홀려 하나 둘 스님이 되었다는 소문을 동네 어른들한테서 들었어요."

"귀신에게 홀려 스님이 된 사람이 어디 있겠느냐. 오히려 스님은 귀신을 극락세계로 인도하는 사람이다. 외증조할머니 얘기가 잘못 전해진 것이다. 외증조할머니는 우리 형제들에게 기도염불을 하시면서 아미타부처님의 광명을 직접 보여주시고, 우리들을 그 광명 속에서 살게 하신 생불生佛이시었다."

김사의는 다섯 살 무렵에 만난 안성 이씨인 외증조할머니를 또렷하게 기억했다. 위장병이 있던 외증조할아버지 김영인金永仁은 마곡사에 가서 요양하기를 좋아했고, 또 그곳 스님들을 만나 법문을 자주 들었다. 안채 기와집 기둥 주련에 『법화경』의 '제불양족존 지법무상성諸佛兩足尊 知法常無性' 같은 구절을 주련으로 걸어놓고 살 정도였다.

외증조할머니의 불명은 평등월平等月이었다. 다섯 살의 김사의는 외갓집에 가서 외증조할머니 방에 몰래 들어간 적이 있었다. 방에는 설탕이 콩가루처럼 달라붙은 눈깔사탕이 외증조할머니 입가심거리로 늘 큰 사발에 놓여 있었다. 또 방 윗목에는 바가지 두 개에 율무염주가 가득 들어차 있었다. 김사의는 율무염주를 갖기보다는 눈깔사탕이 먹고 싶어 몰래 들어가곤 했다. 그러면 외증조할머니는 졸면서도 불경 구절을 외는 듯 홀쭉한 뺨과 입술을 달싹이다가 눈을 뜨고 나서는 막대기를 찾는 시늉을 했다.

외갓집의 형편이 기운 때는 외증조할아버지가 돌아가시고 난 뒤였다. 빚보증을 잘못 서 가산을 탕진한 상태에서 도인이라 불리던 외증조할아버지마저 타계한 것이었다. 결국 외증조할머니는 자식들이 남은 논을 팔아 공주읍으로 나가 사업을 하자는 것을 들어주었다. 양반이라고 기운 가산을 바라보고만 있을 수는 없었다.

양반이 장사를 한다는 것이 부담스럽기는 했지만 당시 공주는 하루가 다르게 농촌에서 도시로 바뀌고 있었다. 서구 문물과 편리한 기계가 들어서는 이른바 공주개명公州開明이 이루어지고 있었다.

외증조할머니 가족은 가산을 정리한 돈으로 일본에서 솜틀기계를 구입했다. 생산 능률면에서 솜틀기계는 손으로 목화를 두들겨 솜을 만드는 것과는 비교도 되지 않았다. 목화를 기계에 넣고 발로 밟기만 하면 솜이 뭉게구름처럼 한가득 쏟아져 나왔다. 공주 읍내에 솜틀공장이 생겼다는 소문이 나자, 공주 인근 사람들이 목화를 지게에 지고 와 줄을 섰다. 구경 오는 사람도 많았다. 장날이 되면 목화 짐을 지고 오는 사람들로 더욱 붐볐다. 외증조할머니의 아들인 만수, 완수, 은수 삼형제가 하루 3교대로 일을 해도 감당하지 못했다. 수입은 농사를 지을 때보다 몇십 배나 많았다. 수입은 달마다 합산하여 평등월 보살과 삼형제 몫으로 똑같이 사등분했다.

평등월 보살이 어느 아들 집에 가 있느냐에 따라서 그녀 몫인 사분의 일을 그 아들 집에서 더 가졌다. 평등월 보살의 묘안이었는데 결과적으로 며느리들이 서로 평등월 보살을 자기 집에 모시려고 효도 경쟁을 했다. 어느 집에서나 가장 크고 좋은 방이 평등월 보살 방이었고, 어머니가 절에 간다고 하면 아들며느리들은 시줏돈을 듬뿍 내놓곤 했다.

평등월 보살은 주로 막내아들 집에서 머물렀다. 평등월 보살이 절에 가기도 했지만 스님들이 보살이 있는 집으로 찾아오기도 했다. 비구스님도 오고 비구니스님도 찾아와 탁발을 해갔다.

하루는 달덩이처럼 이목구비가 훤한 비구니스님이 탁발을 하

러 와 평등월 보살을 만났다. 보살은 인물 좋은 비구니스님의 걸
망에 큰 바가지로 쌀을 퍼주었다. 두서너 바가지나 쌀을 붓자, 비
구니스님은 걸망이 무거운지 그만 부으라고 말했다.

"할머니 보살님, 요새 세상 사는 재미가 엄청 좋으신가 봐유."

평등월 보살은 그렇지 않아도 누구를 붙들고 자랑하고 싶던 참
이었다.

"아이고 재미가 나고말고요. 우리 큰아들이 효자지요. 작은아
들들도 효자고요. 모두가 돈을 많이 벌어 공주 부자가 됐어요. 스
님, 솜틀공장 구경 한번 가보세요. 그 집이 우리 공장이지요. 사
람들이 날마다 줄을 서 있어요."

평등월 보살이 자랑을 멈추자, 삿갓을 다시 눌러쓴 비구니스님
이 합장을 공손하게 하더니 걱정스럽게 말했다.

"할머니 보살님, 그렇게 세상일에 애착심을 가지면 죽어서 업
이 됩니다유."

충청도 사람들에게 '죽어서 업이 된다'는 말은 '죽어서 구렁이
가 된다'는 말과 같았다. 재물에 지나친 애착심을 가지면 죽어
서 극락왕생하지 못하고 징그럽게 생긴 구렁이로 변해 장독대의
커다란 독 아래서 똬리를 틀게 된다는 것이었다.

예순 살이 넘어서부터 근심 걱정을 해본 적이 없는 평등월 보
살은 머리카락이 하늘로 곤두서는 것 같은 충격을 받았다. 등을
보이며 돌아서는 비구니스님에게 평등월 보살이 다가가 물었다.

"아이고 스님, 어떻게 하면 업이 안 되겠습니까."

비구니스님이 쌀쌀맞게 말했다.

"뭐, 업이 다 돼가는데 이제야 나한테 물으면 뭐해유."

평등월 보살은 비구니스님을 따라가면서 통사정을 했다. 날이 저물었으니 하루 묵어가라며 붙들었다. 마지못해 집으로 따라온 비구니스님은 좀 전에 탁발할 때와는 태도가 완전히 바뀌었다. 자지 않고 새벽까지 도도하고 위엄 있게 좌선을 하더니 함께 밤을 새운 평등월 보살에게 매몰차게 한마디 툭 던졌다.

"할머니 보살, 참말로 업이 되기 싫지유."

"스님, 제가 업이 되어야 하겠습니까. 업이 되기 싫습니다."

"그럼 오늘부터 이 집, 저 집 다니며 부자라는 거 자랑하지 말고 자나 깨나 나무아미타불을 외워봐유. 앞으로 얼마나 더 사시겠시유. 돌아가시는 날까지 아미타불을 외시면 업 같은 것은 10만 8천 리 도망갈 것이구만유."

그런 뒤였다. 평등월 보살이 화장실을 가느라고 방을 비운 사이 비구니스님은 삿갓을 방 벽에 걸어둔 채 사라져버렸다.

그 비구니스님이 다녀간 지 10여 년.

평등월 보살은 동구불출하며 아미타불만 외웠다. 마침내 어느 날 놀라운 신통이 생겼다. 막내아들 집에서 공주까지는 30리 길인데, 그곳의 화기火氣가 평등월 보살에게 느껴졌다. 아들을 불러

공장에 화기가 있으니 물통에 물을 가득 담아두라고 말했는데, 아닌 게 아니라 그날 오후에 쉬지 않고 돌던 솜틀기계에 불이 붙었다. 다행히 준비해두었던 물로 불을 꺼 공장이 화를 면할 수 있었다.

그런데 평등월 보살은 무슨 이유에선지 기도염불을 아미타불에서 문수보살로 바꾸었고, 또 경허의 속가 형인 태허太虛를 마곡사에서 만나 다시 아미타불로 되돌렸다. 태허가 기도염불을 바꾸는 것은 좋은 일이 아니라며 '상방대광명常放大光明'이란 『법화경』의 한 구절을 써주며 바로잡아주었던 것이다. 평등월 보살은 상방대광명이란 휘호를 벽에 붙이고 다시 아미타불을 자나 깨나 외웠다.

상방대광명.

늘 크나큰 밝은 빛을 내뿜는다는 부처님 말씀이었다. 지혜의 빛을 밝게 뿌리므로 어리석음의 어둠이 물러간다는 이치이니 상방대광명이야말로 바로 아미타불의 밝은 세계인 셈이었다. 평등월 보살은 태허와 약속한 대로 죽을 때까지 아미타불을 외웠고, 죽은 후에는 7일장 동안 이적異蹟을 보였다. 매일같이 시신이 누운 허공에 부처님의 말씀인 상방대광명이 나타났다. 밤에도 노을 같은 방광放光이 나타나곤 하자 '불이 났다'며 마을 사람들이 물통을 들고 오는 소동이 벌어지기도 했다.

평등월 보살의 손자인 영천은 얘기를 더 하려다가 목이 멘 듯 입을 다물었다. 그러고는 또 쿨럭쿨럭 기침을 하기 시작했다. 영천은 대구역에 내릴 때까지 기침을 했다. 시내에 자리한 조그만 포교당에 도착해서야 겨우 기침을 멈추었다.

다음 날, 세 사람은 팔공산 내원암으로 갔다. 소가 끄는 수레를 타고 가다 내원암 입구인 산길부터는 걸어갔다. 김사의는 가슴이 뛰었다. 산자락에 흐드러지게 핀 진달래꽃 때문이 아니었다. 어머니가 계신다는 내원암을 본 순간 심장이 콩콩거렸다.

좁은 오르막 산길을 끝까지 오르자 허술한 내원암이 나타났다. 인법당 암자는 비가 새는지 지붕 한쪽에 멍석이 덮여 있었고, 암키왓장 골마다 파란 이끼가 듬성듬성 끼어 있었다. 김사의는 외갓집 안채처럼 규모가 큰 기와집을 생각했다가 실망했다. 시큰둥한 김사의를 보고 영천이 말했다.

"옛날에는 다 허물어진 암자였다. 외갓집 돈으로 고쳐 그나마 이 정도다."

성호가 기다리고 있다가 사립문 안쪽에서 세 사람을 맞아들였다. 등에 짐을 지고 산길을 올라오느라 김봉수가 땀을 가장 많이 흘리고 있었다. 성호는 속가 남편인 김봉수에게는 눈길 한 번 주지 않고 속가 자식인 김사의 손을 잡아끌고 옹달샘으로 가 표주박으로 물을 퍼주더니 세수를 하라고 말했다.

"물 마시고 숨이나 먼저 가라앉혀라. 흙먼지를 쐰 얼굴도 씻고."

김사의는 물을 마시기 전에 성호를 한 번 더 쳐다보았다. 햇수로 3년 만에 보는 어머니였다. 머리 깎은 어머니를 막상 만나보니 기묘한 느낌이 들었다. 어머니는 여자도 아니고 남자도 아닌 사람으로 변해 있었다.

꿈에 그리던 젊고 예쁜 어머니의 모습이 아니었다. 키도 유난히 작았고, 관세음보살처럼 미인일 거라 생각했는데 눈 밑에 기미가 다닥다닥한 데다 뺨에는 잔주름까지 져 있었다. 김사의는 옹달샘에 비친 자기 얼굴을 보며 혼잣말로 중얼거렸다.

'우리 어머니가 아닌가. 얼굴도 참 예쁘시고 똑 부러지게 말도 잘하시는 굉장한 분이었는데.'

더구나 성호는 다리를 다쳤다가 완쾌가 덜 됐는지 걸을 때마다 절룩거렸다. 김사의는 물을 마시고 세수를 하는 둥 마는 둥하고 마루로 올라가 성호에게 큰절을 했다.

"어머니, 절 받으세요."

"많이 컸구나."

목소리로 보아서는 어머니가 분명했다. 김사의는 고개를 갸웃거리며 중얼거렸다.

'정말 우리 어머니가 맞는가.'

달라진 건 외모뿐만이 아니었다. 어딘지 모르게 차갑고 깐깐하게 돌변해 있었다. 쌀쌀한 태도는 첫날은 물론 다음 날에도 마찬가지였다. 오히려 도를 더했다. 김사의의 행동을 두고 사사건건 따지고 나무랐다. 어머니를 만나면 일기장을 내놓고 미주알고 주알 일러바치겠다고 별러왔는데, 김사의는 그런 생각을 접고 말았다. 혼꾸멍만 내니 도무지 일러바칠 기회를 잡을 수 없었다.

김봉수와 영천이 떠나고 나자, 성호는 김사의에게 더욱 엄하게 대했다. 덧정이 붙지 못하도록 쌀쌀맞게 해댔다. 하루는 늦게 일어난 김사의를 불러 앉혀놓고는 아침 일찍부터 꾸짖었다.

"보통학교를 졸업했으니 너는 이제 아이가 아니다. 스스로 세상을 살아가야 한다. 한데 아직도 잠이 많은 것을 보니 걱정이다. 부지런히 공부해도 내생에 사람으로 태어나기 힘든데 무엇이 되려고 잠꾸러기가 되었느냐."

"어머니."

"난 너와 어머니의 인연을 끊은 지 오래됐다. 그러니 나를 어머니라고 부르지 마라."

성호의 말은 표독스럽기조차 하여 덧정은커녕 남아 있던 정마저 떨어질 지경이었다. 김사의는 문득 어머니와 헤어졌던 5학년 때가 떠올랐다. 버스정류장에서 버스 올 때가 다 되었는데 5리 밖에 사는 친척 형을 데려오라고 심부름을 시켰었다. 너무도 냉랭하여 거절하지 못했는데 지금은 그때보다 쌀쌀맞기가 더했으면 더했지 덜하지 않았다.

"스님."

김사의는 기어드는 목소리로 어머니가 원하는 대로 '스님'이라고 불렀다. 순간, 성호는 표정을 조금 누그러뜨렸다.

"여기를 보아라."

"스님, 어디를 말입니까."

"내 발을 보란 말이다."

성호가 보라는 두 발등에는 큰 상처 자국이 나 있었다. 그제야 김사의는 속가 어머니인 성호가 절룩거리는 이유를 눈치챘다.

"왜 다쳤는지 아느냐. 업보 때문이다. 선인선과善因善果요, 악인악과惡因惡果다. 좋은 일을 하면 좋은 일이 생기고 나쁜 일을 하면 나쁜 일이 생긴다는 말이다. 너도 부처님 제자가 되려면 인과를 믿어야 하고 인과가 무엇인지 깨달아야 한다."

"저도 부처님 제자가 되고 싶어요. 머리 깎은 스님이 되고 싶어요."

"스님이 되고 싶다면서 어찌 잠도둑의 종이 되어 있느냐. 어찌 잠꾸러기가 돼 있느냔 말이다. 인과가 얼마나 무섭고 분명한 것인 줄 아느냐."

성호는 김사의를 앞에 놓고 법문을 시작했다. 어머니와 아들 사이가 아니라 스승이 어리석은 제자를 제도하듯 조근조근 얘기를 풀었다.

"난 전생에는 네 어머니가 아니라 이 내원암에서 중노릇을 했던 것 같다. 외갓집 돈으로 다 쓰러져가는 내원암을 고쳤고, 또 외갓집의 물건이나 살림살이를 볼 때마다 다른 절보다는 내원암으로 가져오고 싶었거든. 저 공양간에 있는 그릇도 주전자도 사발도 다 외갓집 부엌에서 가져온 것이다. 그날도 외갓집 살림살이를 대구까지 가져와 소달구지에 가득 싣고 내원암으로 오던 길이었다."

당시 신작로는 시멘트나 아스팔트로 포장된 도로가 아니었다. 흙바닥이었으므로 큰비만 한 번 오면 크고 작은 웅덩이가 생기고 자갈이 드러나 뒹구는 길이었다. 소달구지는 울퉁불퉁한 신작로를 짐을 싣고 덜컹거리며 다녔다. 성호는 그날도 대구에서 소달구지를 이용하여 짐을 실어 나르고 있었다.

소달구지꾼은 짐을 묶은 끈이 소달구지가 덜컹거릴 때마다 느슨하게 풀려버리는 바람에 자꾸 손을 보아야 했다. 소달구지를 끌던 소가 힘이 들어 눈을 크게 뜨고 침을 흘렸다. 소도 좀 쉬게 할 겸 성호는 소달구지꾼에게 소를 세우게 했다. 그런 뒤 성호는 소 엉덩이 뒤쪽에서 느슨하게 풀어진 끈을 잡아당겼다.

그때였다. 성호가 끈을 잡아당길 때 갑자기 말벌들이 달려들었고, 말벌에 쏘여 놀란 소는 앞으로 달려 나갔다. 소달구지꾼이 쫓아와 소를 세웠을 때는 이미 소달구지의 바퀴가 성호의 두 발등을 짓이기고 지나간 뒤였다.

소달구지의 바퀴는 요즘처럼 공기를 넣은 고무바퀴가 아니었다. 무쇠를 두른 나무바퀴였다. 성호의 두 발등에서 붉은 피가 흘렀다. 성호는 뼈가 심하게 으스러져 한 발짝도 움직일 수 없었고, 곧 혼절해버렸다.

성호가 눈을 뜬 곳은 대구 동산병원이었다. 스님이 된 속가의 가족들이 동산병원으로 하나둘 문병을 왔다. 성호의 속가 아버지 추금秋琴과 속가 동생 법안法眼, 영천, 보경寶瓊, 진우震宇 그리고 속가 맏딸인 웅민, 속가 맏아들인 월현月現이 병원으로 찾아왔다. 김사의의 친가, 외가 식구들이 대부분 출가하여 스님이 돼 있을 때였다.

문병 온 스님들이 가득하자 병실은 절의 큰방처럼 분위기가 바뀌었다. 가끔 염불 소리와 목탁 소리가 옆방 병실까지 울려 퍼졌다. 속가 맏딸인 웅민이 걱정스럽게 위로의 말을 건넸지만 성호는 자신의 업보를 알고 있었으므로 가볍게 받아넘겼다.

"스님, 불행 중 다행입니다. 얼마나 놀라셨습니까."

"묵은빚 갚느라고 다친 것이다. 업보는 피해갈 수 없는 것이야."

속가에 있을 때 이미 사서삼경을 독파하여 한자 실력이 출중한 성호는 자신의 심중을 염불하듯 구성지게 게송으로 읊조렸다.

가령 백천겁이라 하더라도
지은 업은 없어지지 않나니

인연이 다가와 때를 만나면
과보를 면하기 어렵다네
假使百千劫
所作業不亡
因緣來遇時
果報難免矣

"발등을 다친 것이 업보란 말입니까."

"그렇단다."

"지금 스님께서는 왜 웃고 계시는 것입니까."

"내 눈으로 인과를 보았으니 어찌 기쁘지 않겠느냐. 나무관세음보살."

성호는 침대에 누운 채 미소를 지으며 합장했다. 부처님 말씀으로만 듣던 인과를 직접 경험해보니 신심이 굳세어지고 거듭 발심이 되는 것 같아 가슴 가득히 법열이 일어 미소를 짓지 않을 수 없었다.

"스님께서 지은 업보가 무엇인지 알고 싶습니다."

"소달구지가 내 발등을 찧고 지나가는 순간 닭 울음소리가 나더구나."

"사고를 당한 순간에 말입니까."

"닭 한 마리가 쫓기듯 퍼덕거리며 허공으로 달아나더구나. 문득 출가 전 부엌에서 내가 던진 부지깽이에 맞아 죽은 닭이라는 생각이 들지 뭐냐."

성호는 3년 전에 보았던 그 닭이 틀림없다고 믿었다. 김사의의 할아버지가 집에 들러 점심상을 차리던 중이었다. 그때 닭 한 마리가 부엌으로 들어와 떨어진 알곡을 주워 먹으려고 날카로운 부리로 이리저리 헤집고 있었다. 닭이 좁은 부엌에서 날갯죽지를 퍼덕이니 먼지가 일었다. 정성스럽게 점심상을 보던 성호는 닭털 하나가 점심상에 날아와 앉자, 옆에 있던 부지깽이를 들어 닭을 내쫓으려 했다.

그래도 닭이 나가지 않고 부엌 안을 빙빙 돌자, 성호는 부지깽이를 휙 던졌고, 닭은 두 다리를 세게 맞아 주저앉고 말았다. 두 다리를 쓰지 못하게 된 닭은 얼마 후 시름시름 앓다 죽게 되었다.

"죽은 닭이 저 소가 되어 내 다리를 다치게 한 것이니 누구를 원망하겠느냐. 닭을 죽게 한 내 업보인 것을."

"과보를 면하기 어렵다는 스님의 말씀을 이제야 깊이 알겠습니다."

응민은 누워 있는 성호에게 공손히 고개를 숙이고 합장했다. '인연이 다가와 때를 만난다〔因緣來遇時〕'는 성호가 읊조린 게송의 한 구절이 확연하게 깨달아졌다. 힘센 소달구지꾼이 소달구지의 끈을 조이곤 했으나 그때는 성호가 나서서 달구지 끈을 잡아당겼던 것이다. 닭을 해친 과보를 받기 위해 소달구지꾼 대신 끈을 잡아당긴 셈이었다. 갑자기 말벌이 나타난 것은 인연이 다가와 과보를 받게 되는 때를 알리는 신호였음이 분명했다.

"나무관세음보살."

성호는 미소를 잃지 않고 있었으나 웅민은 가슴이 먹먹하여 견딜 수 없었다. 웅민은 인과응보가 분명하다는 것을 속가의 어머니인 성호에게서 확인하고서는 끝내 눈물을 흘렸다.

"스님은 다리를 다치신 게 아니라 복을 받으셨습니다."

성호는 대답을 않고 다시 미소를 지었다. 성호가 중상을 입고도 속가 가족이었던 스님들 앞에서 미소를 잃지 않았던 것은 두 가지 이유, 즉 하나는 과보를 빨리 받아 그때의 죄업을 일찍 씻었다는 것이고, 또 하나는 인과를 스스로 경험하고는 수행자로서 신심과 발심이 솟구쳐 났기 때문이었다.

성호는 큰 상처를 입었지만 한 달 만에 퇴원했다. 으스러진 발뼈가 잘 맞추어지고 붙어서 스스로 병원을 걸어나왔다. 유능한 의사를 만난 운도 따랐지만 사고의 원인을 남의 탓으로 돌리지 않고 자신의 업보로 돌려 마음을 편안하게 한 결과였다.

김사의는 성호의 법문을 듣다가 그만 참지 못하고 꾸벅꾸벅 졸았다. 그러다가 화들짝 놀라 깨어났다. 성호가 졸고 있는 김사의의 어깨를 죽비를 들어 후려쳤던 것이다.

"쯧쯧, 세상에서 눈꺼풀이 가장 무거운 것이라고 하더니 바로 너를 두고 하는 말이었구나."

"스님, 다시는 졸지 않겠습니다."

"부처님 말씀에 눈은 잠을 먹이로 삼고, 귀는 소리를 먹이로 삼고, 코는 향기를 먹이로 삼고, 혀는 맛을 먹이로 삼고, 몸은 촉감을 먹이로 삼는다고 했거늘, 쯧쯧. 스님이 되려면 잠과 소리와 향기와 맛과 촉감을 조복하지 않으면 어림도 없는 일이다. 조복은커녕 그것에 잡아먹히고서 어찌 스님이라 할 수 있겠느냐."

"스님, 조복調伏이 무엇입니까."

"수행을 잘하여 항복을 받는다는 말이다."

김사의는 눈을 크게 뜨고 법문을 마저 들었다. 성호는 법문이 끝나자 정색을 하며 냉랭하게 말했다.

"지게를 지고 산으로 올라가 나무를 해오너라. 절집에 있으려면 밥값은 해야 한다. 공짜 밥을 먹었다가는 죽어 아귀가 된다. 목구멍이 바늘구멍만 한 아귀가 되지 않으려면 공짜 밥을 먹어서는 안 된다."

성호가 어린 김사의에게 나무를 해오라고 시킨 까닭은 모자의 정이 되살아날까 봐 가능하면 함께 있지 않으려고 했기 때문이었다. 며칠 후면 김사의를 중학교에 입학시키기 위해 통도사로 보낼 작정을 하고 있었지만 그사이에도 덧정이 생길까 봐 찬바람이 일 정도로 모질게 대했던 것이다.

며칠 후.

김사의는 성호가 시킨 대로 대구에서 경부선을 타고 물금역에서 내렸다. 김사의는 갈대숲 사이로 드러난 바다처럼 넓은 낙동강을 한동안 넋을 잃고 쳐다보다가 다시 20리를 걸어 양산읍에 있는 양씨 술도가를 찾아갔다. 외할아버지 추금이 있는 천성산 내원사로 가려면 그곳에서 하룻밤을 자야만 했다.

술도가 주인인 양씨를 찾아, 내원사로 가는 길이라고 하니 술에 취한 듯 대낮부터 얼굴이 벌건 그는 두말 않고 행랑채 방을 내주었다. 양씨는 내원사 큰 신도임이 분명했다. 김사의는 양복저고리를 입은 채 누웠다. 저고리 안감 한쪽에 어머니 성호가 논 다섯 마지기 값인 8백 원을 넣고 바느질로 봉해버렸던 것이다. 논밭과 집을 판 돈 중에서 김사의에게 준 몫이었다.

며칠 전 팔공산 내원암에 도착한 날, 아버지 김봉수가 전대에서 돈을 꺼내놓자 어머니 성호가 자신이 생각했던 요량대로 이리저리 나누었는데, 아버지와 어머니는 집을 판 돈 중에서 반반씩을, 김사의는 중학교를 가야 하니 논 다섯 마지기 값을, 막내 쾌성은 국민학교도 입학하기 전에 출가했으니 논 여덟 마지기 값을, 누나인 응민과 형인 월현은 공부도 웬만큼 했고 출가했으니 각각 논 세 마지기 값을 가져가기로 했던 것이다.

김사의는 술 취한 사람이 기어들어와 불안했으나 그가 곧 코를 골고 잠에 떨어지자 휴우 하고 안심했다.

'관세음보살.'

어머니 성호가 '관세음보살을 외기만 하면 관세음보살님이 너를 지켜주실 거다'고 말했던 것이다. 김사의는 관세음보살님이 양복저고리 안감에 든 돈도 지켜주실 거라고 믿었다. 김사의는 한 번 더 관세음보살을 부르고 눈을 감았다.

다음 날, 호젓한 산길을 가면서도 김사의는 머리끝이 쭈뼛해지면 관세음보살을 불렀다. 들판 길은 씨를 뿌리는 농부들이 논밭에 나와 있어 별로 무섭지 않았지만 외진 산길은 짐승이나 도둑이 튀어나올 것 같아 가슴이 조마조마했다.

양복저고리 안감에 든 돈 때문이었다. 김사의는 돈이란 친구처럼 좋기도 하지만 사람을 괴롭히는 악마 같다고도 느꼈다. 어머니 성호에게서 막 받았을 때는 친구 같았지만 지금은 가슴을 졸이게 하는 악마였다. 김사의는 양복저고리 안감 속에 돈이 없다면 홀가분하게 산길을 걸어갈 텐데, 하는 생각을 자꾸 하면서 길을 걸었다.

중방내를 거쳐 가는 천성산 내원사까지는 양산읍에서 30리 길이었다. 김사의는 물어물어 내를 건너고 산모퉁이를 돌고 다리를 건너 이윽고 천성산 산자락으로 들어섰다. 멀리 내원사 일주문이 보이는 순간 김사의는 자신도 모르게 관세음보살 하고 또 중얼거렸다. 30리 길을 걸어오면서 어느새 관세음보살이 입에 붙어버린 모양이었다.

외할아버지 추금은 동안거가 벌써 끝나고 해제 철인데도 안거 중이었다. 성호가 바느질하여 만든 장삼 한 벌을 김사의 편에 보내겠다고 연락해두어서 추금도 외손자인 김사의를 이제나저제나 하며 기다리고 있었다.

김사의가 내원사에 도착한 때는 석양이 하늘을 붉게 물들이고 있을 무렵이었다. 추금은 일주문 주변에서 김사의를 기다리다 장작을 패고 있는 참이었다. 속가 외손자를 따뜻한 온돌방에 재우기 위해 오랜만에 도끼를 휘두르며 베어놓은 소나무를 쪼개고 있었다.

추금秋琴. 속명은 김만수金萬洙.

1933년, 첫째 아들 김학남이 출가하고 난 지 8년 만에 셋째 아들 김용학에게 집안 살림을 맡기고 자신도 56세의 나이로 입산해버린, 김사의에게는 속가의 외할아버지였다.

출가 전에도 한 철씩 절에 드나들던 추금은 입산 이후 늦깎이로서 젊은이들에 비해 힘이 달렸지만 소처럼 느릿느릿 선승의 길을 걸었다. 추금은 금강산 마하연사로 먼저 달려가 속가 시절부터 인연이 있던 조실 만공 선사의 지도를 받았다.

자신보다 먼저 출가한 효봉의 용맹정진은 갓 출가한 풋중 추금에게 귀감이 되었다. 1933년 동안거 때 효봉이 삼매에 들어 7일 동안 시간을 잊은 적이 있는데, 그때 만공은 '칠일정진시七日精進

詩'라는 제목의 게송을 지어 대중들이 더욱 발심 정진하도록 선방 벽에 붙여놓았던 것이다.

> 대중이 이레 동안 정진할 때에
> 불창삼매佛唱三昧에 들었다가
> 갑자기 깨매 나도 부처도 없나니
> 모든 일에 내 마음 자재하도다

이후 추금은 해인사 퇴설당으로 옮겨 수행했다. 당시 퇴설당에는 이미 견성을 한 동산東山이 조실로 있었다. 동산은 1929년부터 범어사 선방과 해인사 선방을 오가며 선승들을 지도하고 있었던 것이다. 추금이 든 화두는 중국의 조주 선사가 꺼낸 '무無' 자였다.

추금은 자신의 눈으로 효봉이 견성하는 것을 보았으므로 확신을 가지고 정진했다. 특히 해인사 퇴설당에서의 정진은 젊은 선승들이 그의 건강을 염려할 정도였다. 추금은 노승들이 골골하는 뒷방보다는 젊은 승려들이 모이는 지대방에서 법담을 나누었고, 크고 작은 울력에도 빠지지 않았다. 어떤 풋중이 걱정하며 그에게서 호미자루를 빼앗기도 했다.

"노스님, 제발 들어가십시오."

"내 걱정 말게나."

"쓰러지시면 화두고 뭐고 다 무슨 소용이 있습니까."

"진짜 공부는 선방에서가 아니라 호미자루를 쥐었을 때라네."

"노스님은 울력에 나서실 때도 화두가 성성하십니까."

"아직은 멀었네. 다만 선방 좌복에 앉아 있을 때와 마찬가지로 화두가 순일한지 점검해볼 수 있으니 울력이 좋다는 것이지."

추금이 내원사 선방을 찾은 것도 경허의 제자 혜월이 흘리고 간 가풍을 훈습하여 거듭 발심하고자 해서였다. 참선 공부의 지름길은 간절하고 치열한 정진에다 눈 밝은 선지식을 만나는 것이 필수였다.

김사의는 지게에 장작을 지고 가는 노승이 외할아버지임을 한눈에 알아보고 달려갔다. 추금도 김사의가 무사히 내원사에 도착한 것에 마음을 놓았다.

"외할아버지 스님!"

"오냐, 어서 오너라. 기다리고 있었다."

"지게 주세요. 제가 나무를 나를게요."

"아니다. 이제 다 날랐다."

"큰절 받으십시오."

"중이 합장만 받으면 됐지 무슨 절까지 하려 드느냐."

"성호 스님께서 꼭 절하고 이 보따리 안에 든 장삼을 드리라고 했어요."

"성호 스님은 건강하더냐."

"네. 그런데 쌀쌀맞아요. 정이 뚝 떨어졌어요."

"허허, 중은 냉랭해야 한다. 정이 많으면 도가 발붙이기 힘든 법이다."

"외할아버지 스님. 정도 닦고 도도 닦으면 더 좋을 것 같아요."

"이놈 봐라. 네 아버지 닮아 인정이 많구나. 자, 어서 부엌으로 들어가 장작불을 피우자. 이곳은 산속이어서 봄이라 하더라도 한밤중에는 겨울처럼 춥단다."

"불은 제가 땔게요. 어머니가 절에 간 뒤부터 제가 2년 동안 부엌살림을 한걸요."

"네 아버지는."

"참선하신다고 끼니때도 방에서 벽만 쳐다보고 계셨어요."

추금은 외손자가 애처롭게 보였던지 한 팔로 김사의 어깨를 감싸주었다. 성호는 추금의 속가 큰딸이기도 하지만 김사의에게는 사랑을 주어야 할 친어머니인 것이었다. 추금은 자기 딸이지만 성호의 성품이 봄바람처럼 부드럽기보다는 칼바람처럼 차갑기만 하여 어린 외손자가 얼마나 섭섭했을까 싶었다.

김사의는 고사리 같은 작은 손으로 불쏘시개를 먼저 넣고 그 위에 장작 몇 개를 얹었다. 그러고는 재 속의 불티를 호호 불어 불을 살려냈다. 소나무 낙엽 불쏘시개는 탁탁 소리를 내며 탔고 장작도 금세 불이 붙었다.

두 사람은 아궁이 앞에 쪼그리고 앉아서 장작불을 쬈다. 김사의는 발바닥이 따끔거리는 것을 느꼈다. 양산읍에서부터 쉬지 않고 걸은 거리가 무려 30리나 되었던 것이다. 어린 김사의가 혼자 걷기에는 먼 거리였다. 김사의가 노곤하여 깜빡 눈을 붙이려 하자, 추금이 장작을 두어 개 더 아궁이 속으로 집어넣으며 말했다.

"내원사는 혜월 큰스님이 계시면서 절다운 절이 됐다."

"혜월 큰스님이 어떤 분이신데요."

"경허 큰스님의 제자지. 경허 큰스님에게는 세 분의 제자가 있단다. 수월, 혜월, 만공 스님이지. 수월 스님은 북방으로 가셨고, 만공 스님은 충청도에 계시고, 혜월 스님은 남방으로 내려오시어 제자들을 가르치고 있단다. 세 분은 모두 달처럼 컴컴한 세상을 밝히는 분들이지. 그래서 우리나라가 동서남북으로 밝은 것이야."

장작불이 세어져 김사의는 뒤로 한 걸음 물러났다.

"붕알이 녹아버린 게구나, 뒤로 도망치는 것을 보니. 어디 한번 만져볼까."

"외할아버지 스님, 제 붕알은 괜찮으니까 어서 혜월 큰스님에 대해 얘기해주세요."

김사의의 재촉에 추금은 눈을 끔벅거렸다. 얘깃거리가 긴 듯 뜸을 들인 후에야 내원사 선방에서 전해지고 있는 혜월의 일화를 꺼냈다. 추금은 혜월이 파계사 성전암에서 사람들에게 '천진불'

로 불리던 이야기부터 했다.

그때 혜월은 동자승을 하나 데리고 있었는데, 동자승을 부처님처럼 여기어 큰스님이라고 공손하게 부르곤 하였으므로 찾아온 사람들을 당황하게 했다. "큰스님, 공양합시다"라거나 "큰스님, 아래 절에 다녀오겠습니다"라고 하니 사람들이 어리둥절해했던 것이다. 그러나 혜월은 동자승을 부를 때마다 누가 있든 없든 간에 큰스님이라고 고집해 불렀다. 티 없이 맑은 아이의 마음이야말로 수행자가 도달해야 할 천진불이기 때문이었다.

또한 혜월은 천성산 내원사에 이르러서는 사람들에게 '개간선사'라고 불렸다. 자갈땅이든 산자락이든 버려두지 않고 개간하여 곡식을 심어 거두기에 '개간선사'라고 했다. 밤낮으로 손에 괭이를 들고 소처럼 일만 했다. 한번은 이런 일이 있었다. 선방 대중이 먹을 양식을 비축하기 위해 농부에게 절에서 키우던 소를 팔아버렸다. 주지가 낙심하자, 혜월은 갑자기 장삼을 벗고 엎드려 "음매 음매" 하고 소 흉내를 냈다. 소처럼 일만 하는 자신이 있으니 소는 없어진 것이 아니라는 경책이었다.

마침내 혜월은 내원사 주변의 산자락 2천 평을 개간하여 논밭을 일구었다. 물욕이 있어 논밭을 불렸던 것은 결코 아니었다. 공부보다는 울력만 하니 혜월을 향해 불평하는 대중도 있었으나 곧 마음을 돌렸다. 어느 날, 혜월의 욕심 없는 마음을 보고 나서였다. 절에서 논 세 마지기를 마을 사람에게 팔았는데, 혜월은 뜻밖에도 논 두 마지기 값만 받고 돌아온 것이었다. 주지는 혜월의 계산을 이해할 수 없었다.

"조실스님, 마을 농부에게 속은 것입니다."

"마을 농부는 나를 속인 일이 없다."

"어찌 논 세 마지기를 파시고 두 마지기 값만 받아오신단 말입니까."

혜월은 대중을 큰방으로 불러들인 후 조용히 꾸짖었다.

"논 세 마지기는 그대로 있고, 여기 두 마지기 값이 있으니 다섯 마지기가 아니겠느냐! 욕심 없는 승려의 장사는 이렇게 해야 한다."

논 세 마지기 값을 받으러 갔다가 논 한 마지기 값을 성실하게 사는 농부에게 보시하고 돌아온 혜월에게 아무도 대꾸를 못했다. 혜월은 천진하고 욕심 없는 그런 큰스님이었다.

"사의야, 내가 왜 혜월 스님 이야기를 하고 있는지 아느냐."

"모르겠습니다."

"큰스님이 되는 길을 말해준 것이다."

추금은 갑자기 소리를 높여 게송을 읊조렸다. 혜월이 부산 범일동 안양암으로 거처를 옮겨가 77세로 숨을 거두며 남긴 임종게였다.

일체의 변하는 법은

본래 진실한 모습이 없네

그 모습의 뜻이 무상임을 알면

그것을 이름하여 견성이라 하리

一切有爲法

本無眞實相

於相義無相

卽名爲見性

추금은 게송을 읊조린 뒤 김사의에게 큰 비밀을 하나 털어놓듯
말했다.

"네 큰외삼촌 법안法眼 스님이 혜월 큰스님의 맏상좌다. 지금은
해인사 백련암에서 지장기도를 하고 있단다. 우리 집에서 가장
먼저 출가한 스님이지."

김사의는 법안을 본 적이 단 한 번도 없었다. 김사의가 태어나
기 전에 이미 출가했기 때문이었다. 그래도 김사의는 큰외삼촌이
혜월의 제자가 된 것을 두고 가문의 자랑이라고 생각했다.

목탁 소리가 일정한 간격으로 들려왔다. 저녁공양 시간을 알리
는 목탁 소리였다. 추금이 부엌을 나서면서 말했다.

"절에서는 늘 귀를 세우고 있어야 한다."

추금은 공양간으로 가지 않고 법당으로 갔다. 김사의는 추금의

행동이 이상해서 물었다.

"할아버지 스님, 공양 시간이라고 했잖아요."

"음, 나는 하루 한 끼만 먹는다."

"저는 먹을래요. 배고파요."

"절밥은 부처가 되기 위해 먹는 밥이다. 밥이 법(法, 진리)이 되어야 하느니 어서 가 먹어라. 먹고 나선 장작불 지핀 방으로 가거라. 나도 그 방으로 가마."

추금은 법당으로 가서 기도를 했고, 김사의는 저녁공양을 한 뒤 장작불을 넣은 방으로 돌아왔다. 김사의는 밥을 한 그릇 더 먹고 싶었지만 발우를 깨끗이 비우고 말없이 나가는 스님들의 눈치를 보느라고 자신도 숟가락을 놓고 일어서고 말았다. 밥 먹는 분위기가 너무 엄숙해서 김사의는 시래깃국을 넘기거나 김치를 씹을 때도 소리를 죽였다.

'내가 이런 데서 잘 살 수 있을까.'

김사의는 자신이 없어져 겁이 났다. 발우는 모두가 어찌나 깨끗이 닦았는지 반들반들 빛이 났고, 대중의 눈은 밥알을 하나라도 흘렸는지 모이를 찾는 어미 닭처럼 간단없이 살피는 듯했다. 콧구멍은 고사리에 묻힌 들기름 냄새조차 빨아들이려는 듯 벌름거렸고, 입은 소가 되새김질하듯 음식을 어금니로 잘근잘근 씹어 목구멍으로 꿀꺽 넘기곤 했다. 모두가 하나처럼 똑같은 모습이었으므로 덤벙대기 잘하는 김사의는 스님들이 공양하는 태도만 보고도 기가 질리고 숨이 막혔다.

'절이 정말 좋은 곳일까.'

문득 누나 응민이 떠올랐다. 공주사범학교를 졸업한 후 금강산 법기암으로 들어가 승려가 된 응민은 집으로 찾아와 김사의에게 절이야말로 참된 인생 공부를 할 수 있는 곳이라고 으스댔던 것이다.

김사의는 낯선 방에서 엎치락뒤치락하다가 잠이 들었다. 추금이 저녁예불을 끝내고 왔을 때는 코를 골며 자고 있었다. 추금은 김사의에게 이불을 덮어주고는 방을 나갔다. 내일은 통도사로 가 김사의를 대강백 고경古鏡에게 맡기기로 돼 있었다. 고경이 은사가 되고 김사의가 제자가 되는 날이었다.

고경을 은사로 삼기로 결정한 것은 속가 가족들이었다. 선사보다는 강백을 은사로 삼은 이유는 김사의가 세속의 공부를 더해야 한다고 생각해서였다. 겨우 보통학교를 졸업했으니 적어도 중학교 공부는 더 시키려고 했던 것이다. 다행히 통도사에는 절에서 운영하는 중학교가 설립되어 있었다.

추금이 김사의에게 고경에 대해서 얘기해준 것은 다음 날 통도사로 가는 도중이었다. 은사가 어떤 스님인지 알아야 존경심이 생길 터였다. 김사의는 아침공양으로 멀건 죽을 먹는 둥 마는 둥하고 추금을 따라나섰는데, 마침 내원사를 나설 때부터 이슬비가 내려 두 사람은 도롱이를 걸치고 걸었다.

오랜 봄가뭄 끝에 내리는 이슬비였으므로 농부들에게는 반가운 단비였다. 차츰 빗방울이 굵어지면서 빗물도 불어나 고랑에 물이 차고 실개천에는 금세 물이 넘쳐 콸콸 소리치며 흘렀다. 도롱이가 비에 흠뻑 젖어버리자 추금은 빈 누각 앞에서 걸음을 멈추었다.

"비가 갤 때까지 쉬었다 가자."

"어제 많이 걸어서 발바닥에 물집이 생겼나 봐요."

"내 발바닥을 보아라."

누각 마루에 오르더니 추금은 자신의 발바닥을 김사의에게 보여주었다. 추금의 발바닥은 굳은살이 구두 굽처럼 박혀 있었다.

"나는 짚신이라도 신었지만 부처님은 평생 동안 맨발로 걸어 다니신 분이다. 수행자의 발바닥을 보면 그가 진정 도를 구하는 사람인지 아닌지 알 수 있다."

김사의는 더 이상 추금에게 투덜거리지 못했다. 물집이 생긴 것을 핑계 삼아 쉬어가려고 했는데, 추금의 험한 발바닥을 보고는 그만 입을 다물었다. 추금이 안거할 선방을 찾아 10여 년 동안 걸어 다닌 곳은 주로 금강산 마하연과 덕숭산 수덕사, 영축산 통도사, 천성산 내원암 등이었다.

추금은 고경을 통도사에서 만났다. 추금이 통도사 보광선원에서 서너 차례 안거하는 동안 경내에서 고경을 가끔 만났던 것이다. 고경의 불학佛學은 이미 이름난 강백들 사이에서도 우뚝하여 그가 펴는 강석講席에는 학인들이 줄을 지어 모여들 정도였다.

봄비가 쉬이 멈출 것 같지 않자 추금은 무료해진 김사의에게 고경에 대해 얘기했다. 김사의는 누각 지붕에서 떨어지는 낙숫물 소리를 들으며 귀를 기울였다.

"네 은사가 되실 고경 스님도 너와 마찬가지로 열네 살 때 통도사로 출가를 하셨다. 울주 땅에서 파평 윤씨 양반 자손으로 명민하게 태어났지만 조실부모하니 어디 의탁해서 공부할 데가 있어야지. 그래, 공부도 하고 배고픔도 면하려고 통도사로 출가한 것이야."

고경의 은사는 기연琪衍대사였다. 그때 고경이 받은 법명은 법전法典이었는데, 고경은 은사가 지어준 법명대로 유별나게 경전을 좋아했다. 경전 중에서도 『화엄경』을 읽고 또 읽었다. 표지가 너덜너덜 닳은 『화엄경』을 머리맡에 두고 자나 깨나 사경과 독경, 기도를 했다.

사경과 독경, 기도는 황홀한 삼매 속에서 이루어졌다. 한나절의 시간이 한순간에 흘러가버렸다. 사시예불을 끝내고 사경에 들어갔는데 깨어나 보면 어느새 저녁예불이 시작돼 있곤 했다.

그러기를 몇 년 만에 고경은 『화엄경』 80권을 앞뒤로 줄줄 외우다시피 했다. 『화엄경』을 달통하고 나니 모든 경전의 부처님 말씀이 마음 심心 자 하나로 회통되었다. 오직 마음 하나를 닦는 것이 수행이고, 오직 마음 하나를 밝히는 것이 불교라는 것을 깨달았다. 이때가 고경의 나이 26세 때였다. 마침내 고경은 통도사 대강백으로 추대되었고, 36세 때는 범어사로 강석을 옮겨 제자들을 길렀다.

강원의 강사들은 고경을 남북 2대 강사 중 한 사람으로 칭송했다. 금강산 유점사의 김일우金一愚 스님이 북방대강사라면 고경은 남방대강사였다. 당시 호남에서 활약하던 박한영朴漢永 스님을 전국 7대 강사 중 한 사람이라 하였으니 고경은 그보다 더 이름을 냈던 것이다.

고경은 다시 통도사로 돌아와 41세 때인 1923년부터 금강계단에서 보살 신도들에게는 불자가 지켜야 할 보살계를, 사미승들에게는 비구승이 지녀야 할 구족계를 주었다. 또한 고경은 자신의 법문을 듣고 싶어 하는 서울의 많은 불자들을 위해 사간동 법륜사를 찾아가 그들의 신심을 북돋아주기도 했다.

고경의 이러한 면모를 두고 『조선불교통사朝鮮佛敎通史』를 발간한 이능화는 고경을 다음과 같이 평했다.

옛 거울 중의 호한이여
古鏡中之胡漢

'옛 거울〔古鏡〕'이란 부처님 이후의 조사祖師를 말함이고, '호한胡漢'의 '호胡'는 서역을 말함이니 천축에서 온 달마와 같은 전법승을 가리킴이었다. 전생에 천축에서 태어난 전법 비구승이었을지도 모르는 고경이야말로 조선으로 건너온 또 한 명의 달마와 같다는 최고의 찬사였다.

오락가락하던 비가 그치고 날씨가 개려는지 하늘 끝이 파랗게 트이고 있었다. 발 빠른 농부들은 벌써 논밭으로 달려와 씨를 뿌리거나 물고를 손보고 있었다. 추금은 도롱이를 벗어 갠 뒤 걸망에 넣고 김사의의 손을 잡아끌었다.

"저 산모퉁이만 돌면 통도사가 보인다. 어서 가자."

"고경 스님이 그렇게 유명한 스님인 줄 몰랐어요."

"이놈아, 고경 스님이 뭐냐. 큰스님이라고 불러라."

"외할아버지 스님, 그러면 작은 스님이 커서 큰스님이 되는 거네요."

추금은 통도사 일주문이 보일 때까지 김사의의 물음에 대답하지 않으려고 입을 다물곤 했다. 그럴수록 김사의는 궁금한 것이 많아져 견딜 수 없었다.

"외할아버지 스님도『화엄경』80권을 다 외우시겠지요. 출가하신 지 10년이 다 돼가니까."

"『화엄경』80권을 맷돌에 넣고 갈면 나중에는 마음 심心, 한 자만 남을 것이다. 그러니 마음이 무엇인지 깨달으면 됐지 무슨 헛수고를 하겠느냐."

"고경 큰스님께서는 헛수고를 한 것이네요."

"아니다. 고경 스님은 『화엄경』을 온몸으로 읽어 마음 심心, 한 자를 깨달은 분이다. 고경 스님에게는 당신 온몸이 바로 맷돌인 것이야."

김사의가 또다시 따따따 물어오자, 앞서가던 추금이 걸음을 멈추고 벽력같이 소리를 질렀다.

"사의야!"

"네."

김사의는 추금의 위엄 있는 얼굴을 보는 순간 가슴이 철렁 내려앉았다. 추금의 두 눈에서 화살이 날아와 가슴에 꽂히는 듯했다. 외할아버지가 아닌 선승의 길을 걷는 추금의 본래 모습인 것 같았으므로 김사의는 등골이 오싹했다.

"너는 너무 말이 많다. 말이 많은 놈은 실천이 적은 법이다."

추금은 주먹으로 김사의의 머리통을 치면서 말했다.

"너는 네 집에 있는 것이 아니고 남의 집으로 가고 있다. 네가 가는 집에 고경 큰스님이 있다, 이 말이야. 알겠느냐."

"네."

김사의는 '남의 집'이란 말에 기분이 이상했다. 추금은 일주문이 보이자 다시 말했다.

"일본 사람들은 말이다, 아이를 점원으로 쓰기 전에 아이가 진실한지 아닌지를 이렇게 시험해보더구나."

추금이 직접 본 것인지 누구에게 들은 얘기인지는 알 수 없으나 내용인즉 이랬다. 아이가 잘 다니는 길에 돈이나 시계, 만년필 등을 놓아두고서 아이가 그것을 주워 주인에게 갖다주는지 그렇지 않은지를 확인해본다는 것이었다. 김사의는 가슴이 뜨끔했다. 속가에서 생활하는 동안 웅민 누나나 형 월현의 물건을 함부로 사용하여 얻어맞았던 때가 있었던 것이다.

"사의야, 내가 왜 이런 얘기를 너에게 하는 줄 알겠느냐. 네 것이 아닌 것에는 절대로 눈길도 주지 말거라. 네 마음속에서 진심이 달아나니까. 한 푼이라도 생기거든 큰스님에게 보여드리고 말씀드려야 한다."

"외할아버지 스님, 절에 살면서 좌우명으로 삼겠습니다."

"말해보아라. 무엇을 좌우명으로 삼겠다는 것이냐."

"첫째는 말을 적게 하고, 둘째 내 것이 아닌 것에는 절대로 눈길도 주지 않는다."

"좋다. 너는 고경 스님의 제자가 될 만한 아이다."

추금은 일주문 안으로 들어서더니 통도사 경내를 향해 합장을 세 번 하고는 더 빠르게 걸었다. 나중에 안 일이지만 추금이 합장한 것은 금강계단의 사리탑에 부처님의 진신사리가 봉안되어 있어서였다.

고경이 머무는 방까지 가는 길은 송림 가운데로 나 있었다. 솔바람 소리가 김사의의 온몸을 시원하게 비질해주었다. 김사의는 가슴까지 맑아지는 기운을 받았다. 추금의 말대로 남의 집으로 단숨에 걸어온 길이었으나 왠지 편안했다. 남의 집이 아니라 내 집으로 돌아온 느낌이었다.

고경은 방에서 추금을 기다리고 있었던 듯 반갑게 맞이했다. 고경과 추금이 맞절을 한 뒤, 김사의가 고경에게 삼배를 올렸다. 잠시 후 추금이 말했다.

"외손자를 잘 부탁합니다."

"근기가 있어 보이는 아이 같습니다. 일단 절에서 세운 중학교에 보내겠습니다."

"앞으로는 스님 마음대로 하십시오."

"내가 할 일이 딱히 있겠습니까. 불가의 대들보가 되는 것도, 서까래가 되는 것도 이 아이가 공부하기 나름입니다. 하하하."

추금은 차를 한 잔 마시고는 바람처럼 훌쩍 일어나 가버렸다. 김사의가 인사할 틈도 주지 않고 야속하게 사라져버렸다. 이제 김사의가 천지간에 의지할 사람은 어머니 성호도 아니고, 외할아버지 추금도 아닌, 오직 통도사 대강백 고경뿐이었다.

그날 밤, 김사의는 성호가 시킨 대로 고경 앞에서 양복저고리를 벗어주었다. 양복저고리를 받아든 고경은 의아한 얼굴로 물었다.

"이것이 무엇이냐."

"어머니 스님이 바늘로 꿰매면서 큰스님께 갖다 드리라 했습니다. 안감 안에는 돈이 들어 있습니다."

고경은 김사의가 보는 앞에서 바늘로 봉한 안감을 뜯었다. 바로 방바닥에 돈이 쏟아졌다. 속가의 논밭을 팔아 김사의 몫으로 나눠진 8백 원이었다. 거금이 방바닥에 쏟아졌는데도 고경의 표정은 무심했다. 잠시 후, 김사의에게 일타日陀라는 법명을 내리면서 희미하게 미소를 지을 뿐이었다.

"일日은 불일佛日을 줄인 말이기도 하다. 부처님 지혜를 밝게 펴는 수행자가 되어라."

김사의는 고경의 추천으로 곧 중학교에 입학했다. 학교의 정식 이름은 사립통도중학교였다. 고경은 중학교에서 한문漢文을 가르치는 교사이기도 했다. 그러니 고경은 절집의 은사요, 공부하는 데 뒷바라지하는 학부형이요, 한문을 가르치는 교사인 셈이었다.

고경의 뒷바라지는 남달랐다. 시골 아이들이 공납금을 내지 못하여 쩔쩔맬 때도 김사의는 그런 걱정 없이 공부에만 전념할 수 있었다. 다른 아이들이 무명 바지저고리에 검정 고무신을 신고 다닐 때도 김사의는 대구나 부산에서 사온 고급 운동화에 반듯한 학생복을 입고 다녔다. 다른 아이들이 누더기 보따리로 책을 싸들고 학교에 오갈 때도 김사의는 부잣집 아이처럼 책가방을 멋들어지게 들고 다녔다.

고경은 김사의에게 예의를 가르칠 때만큼은 엄했다. 김사의가 불단에 오른 홍시를 먹거나 먼저 들어온 행자와 양보하지 않고 다툴 때는 용서하지 않았다. 급한 성격의 고경은 불벼락을 내렸다. 큰 소리로 호통을 치고 따귀를 올려붙였다.

심하게 야단맞을 때마다 김사의는 계곡으로 나가 흐느껴 울었다. 몰래 울고 나서는 계곡물에 얼굴을 씻고 슬그머니 법당으로 들어가 부처님에게 하소연을 했다.

"부처님, 외할아버지 스님에게 돌아가게 해주세요."

"이놈아, 네놈까지 부처님께 무얼 해달라고 하느냐. 허구한 날 부처님께 무얼 해달라고 빌어대니 부처님도 힘드시겠다, 쯧쯧."

기도하던 노스님이 염불을 멈추고 혀를 차며 김사의를 꾸중했다. 그러나 부처님은 미소를 지어 김사의에게 그러겠다고 약속해주는 것 같았다. 실제로 김사의는 야단맞을 짓을 해놓고 고경이 무서워 내원사로 도망치기도 했다.

그런데 추금은 안거를 마친 뒤 해인사로 가버리고 내원사에 없었다. 그 바람에 김사의는 식은땀을 흘리며 밤길을 걸어 통도사로 돌아와 고경에게 또다시 벌을 받아야 했다. 벌은 적멸보궁으로 올라가 108배 참회를 하는 것이었다. 김사의가 기껏 도망쳐봐야 부처님 앞의 손오공처럼 고경의 손바닥 안이었던 것이다.

고경도 잘 가르치고 싶은 마음이 지나쳤음을 알고는 차츰 방법을 바꾸었다. 김사의의 생일이 되자, 공양주에게 아침에는 찰밥을 짓게 하고 점심에는 칼국수를 만들게 하였다. 속가에서 받아본 이후 처음으로 대하는 생일상에 김사의는 무섭기만 한 고경에게 마음을 열었다. 김사의는 이런 다짐을 하기도 했다.

'내가 의지할 분은 오직 고경 큰스님뿐이다. 고경 큰스님은 나의 아버지요, 나의 스승이다.'

고경도 김사의가 겉돌지 않고 친자식처럼 다가오니 산내 암자에서 내려온 젊은 스님들을 만나면 김사의를 자랑하곤 했다.

"일타에게는 남다른 점이 세 가지가 있지요. 첫째는 돈을 모르는 것이고, 둘째는 몸이 무쇠같이 탄탄한 것이고, 셋째는 부모님을 보고 싶다고 하지 않으니 이것이야말로 스님 될 팔자가 아니겠소."

고경은 김사의가 장차 불가의 대들보가 될 것이라고 점지했음인지 자랑을 아끼지 않았다. 깐깐하고 꼼꼼하여 누구라도 좀체 마음에 들어하지 않는 고경의 성품으로 볼 때 김사의에 대한 고경의 기대는 대단했다.

통도사에서 김사의가 생활한 지 일 년이 막 지났을 때였다. 하루는 김사의가 학교에서 돌아오니 막내 외삼촌 진우震宇가 고경에게 큰절을 하고 있었다. 진우는 김사의가 속가에서 가장 좋아했던 외삼촌이었으므로 김사의는 말할 수 없이 기뻤다.

일본 메이지대학으로 유학을 가 공주읍 사람들의 기대를 한 몸에 받았던 수재 김용명(金容明, 진우의 속명)이었다. 그가 승려가 된 동기는 다리 위에서 추락 사고를 당하고 난 뒤였다. 대학을 졸업하기 전에 자전거를 타고 다리 위를 지나다 개울로 추락했던 것이다. 불행 중 다행으로 지나가던 행인에 의해 병원으로 옮겨져 사흘 만에 의식을 되찾긴 했지만 짧은 인생 앞에 부귀영화도 뜬구름 같다는 허망한 생각이 들었다. 출세를 위해 일본 땅에서 헤매는 자신이 어리석고 초라하기 짝이 없었다. 더구나 병실 머리맡에는 『불교성전』이 놓여 있었고, 처음 펼친 페이지에는 홍법대사의 「제행무상諸行無常」이란 게송이 보였다.

'부귀영화도 헛된 것이라면 무상하지 않은 것은 무엇인가. 영원한 것은 무엇인가. 그것만 찾으면 행복할 것이 아닌가.'

김용명은 병실에서 출가를 결심했다. 이미 출가하여 구도자의 길을 걷고 있던 큰형님 법안에게 스승으로 모실 만한 분을 소개해달라는 편지를 썼다. 법안은 학구적이고 탐구심이 강한 동생의 성품에 맞춰 문자를 버리는 선승 대신 대강백인 고경을 스승으로 삼아 공부하라고 답신을 보냈다.

1933년, 김용명은 대학을 졸업하자마자 귀국선을 타고 국내로 돌아와 집으로 돌아가지 않고 곧장 통도사를 찾아가 고경의 제자가 되었다. 그때 받은 법명이 진우였다.

고경은 김사의가 방으로 들어와 앉자, 대견한 듯 말했다.

"너희 집안에서 내 제자가 벌써 둘이나 되었구나."

"외삼촌도 큰스님의 제자라면서요. 그런데 왜 그동안 한 번도 들르지 않은 거예요."

"사의야. 나는 백련암과 극락암 선방에서 살았단다. 백련암에서는 운봉 스님을 조실로 모셨고, 극락암에서는 경봉 스님을 조실로 모셨지."

고경은 지난 일들이 하나둘 떠오르는지 눈을 지그시 감고 말했다.

"진우 수좌는 머리가 좋은 수재야. 경을 봤더라면 지금쯤 대강백이 됐을 것이야. 한데 사미승 때부터 참선하고 싶어 내 곁을 도망쳤지. 걸망 메고 삼십육계 줄행랑을 잘 치는 것을 보면 진우 수좌는 천상 선객이야."

고경은 참선에 관심이 많은 진우를 왠지 붙잡지 않았다. 대신 조건을 하나 걸고 선방으로 보내주기로 했는데, 그 조건이란 머리 좋은 진우에게 식은 죽 먹기나 다름없었다. 『천수경』을 하루 만에 외워 바치면 선방에 보내주겠다고 말했던 것이다.

진우는 밤잠을 줄여 『천수경』을 하루 만에 모두 외운 뒤 고경 앞에 꿇어앉았다.

"스님, 다 외웠습니다."

"어디 한번 외워보거라."

진우는 고경 앞에서 단 한 자도 틀리지 않고 앵무새처럼 줄줄 외웠다. 그러나 고경은 틀렸다고 도리질을 했다.

"그것은 외운 것이 아니다. 앵무새와 다를 바 없구나."

"스님, 다 외우지 않았습니까."

"한 뜸의 깨달음도 없이 외운 것을 가지고 어찌 다 외웠다고 하느냐. 『천수경』을 외웠으면 마음에 계합되는 바가 있을 터이니 그것을 일러보아라."

진우가 허둥대며 대답하지 못하자, 고경은 또 다른 숙제로 『금강경』을 외워 오라고 했다. 진우는 또 밤을 새워 『금강경』을 외웠다. 그러나 이번에는 바로 고경에게 외워 바치지 않고 사흘 동안 부처님의 진신사리가 모셔져 있는 사리탑으로 나아가 탑돌이를 하면서 마음에 울림이 생겨 눈물이 날 때까지 외우고 또 외웠다. 그러한 진우의 모습을 멀리서 지켜보던 고경은 이윽고 허락했다.

"백련암 선방 조실스님인 운봉 스님에게 부탁했다. 어서 가 삼배 올리고 방부를 들이거라. 나는 네가 먹을 양식을 사미승 편에 부치겠다."

그길로 진우는 선객이 되어 안거 때가 되면 선방으로만 돌았다. 초견성初見性까지 꼭 5년이 걸렸다. 지난봄 지리산 금대암 선방에서 동안거 용맹정진 중에 봄바람과 봄비를 상관하지 않는 '뿌리 없는 나무〔無根樹〕'를 보았는데, 봄바람과 봄비는 번뇌 망상이 들끓는 현상계現象界일 터인즉 그것에 상관하지 않는 절대 경지를 깨달았던 것이다.

고경은 제자 진우의 오도송, 즉 깨달음의 노래를 편지로 받아 본 바 있으므로 진우를 의심하지 않고 선객으로 인정했다.

"지리산 금대암이라고 했겠다. 백장암과 더불어 지리산의 2대

명당이자 선방이지. 견성한 것은 명당의 덕도 본 것이야. 게송을 한번 외워볼 수 있겠나."

진우는 찻잔을 놓더니 조금은 쑥스러운 듯 고경을 바로 보지 못하고 빠르게 외웠다. 어찌나 번개처럼 외우던지 김사의는 한 구절도 바로 듣고 이해할 수 없었다.

평생의 일이 한 조각일 뿐이니
메아리 없는 골짜기 뿌리 없는 나무일세
그림자 없는 나무 끝에 스스로 핀 꽃은
봄바람과 봄비도 상관하지 않는다네
平生事業一段子
無響谷中無根樹
無影樹頭花自發
不關春風不干雨

"운봉 스님께서는 뭐라 하시던가."

"월내 묘관음사에서 자상한 편지를 보내주셨습니다."

"옳거니! 그 편지를 볼 수 있겠나."

진우는 바랑 속에서 편지 한 통을 꺼내 고경에게 내밀었다. 김사의는 두 사람의 대화를 이해할 수는 없었으나 마치 귀한 보물을 대하듯 "옳지, 옳거니!"라고 감탄사를 연발하는 고경의 태도와 예를 갖추어 스승을 대하는 진우의 모습에서 자신도 외삼촌과 같은 선객이 되어야지 하고 막연한 다짐을 했다. 고경은 한문으로 쓰인 편지를 주억거리며 막힘 없이 읽어내려 갔다.

보내온 편지를 자세히 보니, 너의 신심이 어떠하며 공부를 어떻게 하고 있는지를 대강 알겠다. 신심과 공부의 진실함과 진실하지 못함, 삿됨과 삿되지 아니함, 공부가 병든 것과 병들지 않는 것, 광명 가운데 빛이 없는 것과 소리 가운데 소리가 없는 도리에 대해서는 그만두자. 오직 하나, 너의 편지 가운데 "탁마코저 함이라" 한 것을 꼬집어 말하자면 네 스스로가 필히 견성을 하였다는 마음이 있음이로다.

고경은 운봉이 진우에게 당부하고자 하는 뜻을 금세 간파했다. 운봉은 편지를 통해 깨달았다는 상에 집착하고 있는 진우를 젊잖게 타이르고 있었다. 운봉은 진우가 '견성하였다는 마음이 있음'을 보고 매우 안타까워하고 있는 것이었다. 고경은 다시 편지에 빠져들듯이 읽기 시작했다.

진실로 견성을 하였다면 네가 매일매일 참구하는 공안의 뜻을 확연히 투득透得하였을 것이니, 그 공안의 뜻을 분명히 말해보아라. 내가 너를 증명해주리라. 만일 공안을 투득하지 못하였으면 편지에 적어 보냈던 여러 가지 문구들이 모두 망상에 불과한 것이니, 다시 딴생각 하지 말고 또한 생각을 하지 않는다는 생각도 짓지 말고, 여전히 이전처럼 본래 참구했던 공안을 힘을 다해 의심할지어다.

진우에게 하는 말은 죽비를 내려치는 것과 같았다. 백척간두에서 진일보하라는 깨침의 죽비 소리였다.

　공부하는 사람 대부분은 처음에는 진실하게 공부하는 듯하다가, 마침내 식심識心이 잠시 휴식을 하는 시절에 이르게 되면, 맑고 고요했던 식심이 변하여 견성을 한 듯한 뜬생각에 빠지게 된다. 바로 이 경계에 이르렀을 때 그 사람의 속으로부터 법을 안 듯한 날카로운 기운이 이글이글 일어나면서, 견성한 것 같은 어떠한 문구들이 자꾸만 떠오르고 용맹스런 기세가 등등한 듯하나니, 이와 같은 증세는 모두 마구니의 힘이요 진실한 경계가 아니니라.
　몸은 물거품과 같고 목숨은 바람 앞의 등불과 같나니, 만약 진실한 경계가 아니면 어찌 두려워하지 아니하며 어찌 삼가지 않을 것인가. 진중하고 또 진중할지어다.

김사의는 슬그머니 방에서 나와 통도사 계곡을 거슬러 올라갔다. 가슴속에 감동이 물결치듯 일렁거렸다. 무슨 내용인지는 잘 모르겠지만 스승과 제자 간에 보물을 주고받는 듯한 모습이 너무 보기 좋고 부러웠다. 김사의는 다리를 건너 안양암을 지나 자장암으로 가는 자장동천까지 올라갔다.

김사의는 솔숲 그늘에 앉아 땀을 들였다가 계곡으로 내려가 발을 담그기도 했다. 방학 중이므로 아무 암자에서나 자고 내려가도 고경은 꾸중하지 않았다. 암자 스님들도 김사의를 반갑게 맞아주었다. 고경이 통도사 산내 암자를 다니면서 자랑을 많이 한 덕분에 어느 암자를 가더라도 사미승 일타를 모르는 스님이 없었다.

일타 스님의 외삼촌 형제들이 수행의 인연을 맺은 해인사 백련암

일주문

삼생을 들여다보았다는 일타 스님. 과거와 현재, 미래의 자기 모습을 볼 수만 있다면 무엇이 불안할 것인가. 친가, 외가 할 것 없이 41명 모두가 출가하였다는 일타 스님의 가족. 불문佛門의 무슨 마력에 이끌려 세속의 행복을 버리고 전 가족이 출가했던 것일까. 자신의 손가락을 거리낌 없이 태울 수 있었던 일타 스님. 바늘만 찔려도 아픔을 참지 못해 비명을 지르는데 무엇이 불의 고통을 견디게 하였던 것일까.

고명인은 갑자기 일타 스님이 누구인지 알고 싶어졌다. 일타 스님의 가족이 보여주었던 불가사의함이 궁금했다. 나의 전생은 어떤 모습이었을까. 금생의 나는 누구인가. 나는 내생에 무엇으로 태어날까. 불문에는 세속의 행복보다 더 가치 있는 것이 있을까. 인간의 정신은 신체가 받아들이는 모든 감각, 심지어 고통까지도 다스릴 수 있는 것일까.

고명인은 일타 스님이 입적한 주기 때마다 스님의 수행처를 순례한다는 혜각과 동행하기로 결심했다. 혜각이 찻자리를 정리하는 동안 고명인이 말했다.

"스님, 일타 스님을 알고 싶습니다. 스님의 만행에 동행을 허락해주십시오."

"저는 허락하지 않을 것입니다."

"혼자 만행하시겠다는 것입니까."

"아직도 고 선생은 제 말이 떨어진 자리를 보지 못하고 있는 것 같습니다."

"스님, 제 마음이 앞섰나 봅니다."

"허락하는 주체는 고 선생입니다. 고 선생 자유입니다. 불교에서는 본질적으로 권유라는 것이 없습니다. 부처님도 제자들에게 무엇을 강요한 적이 없었습니다. 진리마저도 선택의 여지를 주었습니다. 불교는 자유의지를 존중할 뿐입니다."

혜각은 이미 고명인의 마음을 읽고 있는 듯했다. 혜각이 사변을 늘어놓은 것은 고명인을 설득하기 위함이 아니라 고명인의 발심을 북돋아주기 위해서였다. 고명인도 혜각의 마음을 모를 리 없었다. 의지할 만하고 마음이 따뜻한 수행자라고 여겼다. 처음 본 고명인에게 사운당 방에서 하룻밤을 자게 해주었고, 이른 아침에 차 한 잔을 우려준 것이 바로 그 증거였다. 고명인은 그것만으로도 혜각의 태도와 마음을 느낄 수 있었다.

고명인은 함께 순례하면서 혜각에게 무언가를 베풀고 싶었다. 다행히 혜각은 운전할 줄도 모르고 승용차도 없었다. 빌린 승용차이지만 고명인은 혜각을 태우고 어디든 쉽게 이동할 수 있는 셈이었다. 혜각도 그 점만은 인정했다.

"고 선생의 신세를 지게 될 것 같습니다."

"신세가 아닙니다. 스님을 모시고 다니는 것이 저에게는 영광입니다."

"저보다는 저를 방편 삼아 일타 큰스님을 보십시오. 무언가 내면의 변화를 느낄 수 있을 것입니다. 만약에 내면의 메아리를 경험하신다면 미국에 돌아가시더라도 살면서 큰 힘이 될 것입니다."

"무엇보다도 어머니에 대한 상실감에서 벗어날 것 같은 예감이 듭니다."

"법당에서 무슨 기도를 하셨습니까."

"살아생전에 원하셨던 대로 어머니의 영혼이 하늘을 자유롭게 나는 새가 되게 해달라고 기도했습니다."

"큰스님 발자취를 찾아 순례하시면서도 그렇게 기도하십시오. 보살님 영가는 고 선생 마음이 만드는 하늘을 훨훨 나는 새가 될 것입니다."

혜각은 해인사를 당장 떠날 생각은 없는 듯했다. 행장을 꾸리 거나 서두르는 기색이 전혀 없었다. 찻자리를 접으면서 고명인에 게 지족암 법당에서 기도하라고 말했다.

"법당에서 기도를 하십시오. 저는 암자에 올라온 신도들을 위 해 일을 좀 봐야겠습니다."

"스님, 해인사는 언제 떠납니까."

"아 참, 그것을 말하지 않았군요. 해인사는 내일 떠날 생각입 니다. 순례는 이 지족암에서부터 시작합니다. 지족암 위에 있는 백련암도 들러봐야 되고요. 백련암은 성철 큰스님이 주석하셨던 암자로 유명하지만 일타 큰스님 가족들을 불문에 귀의하게 한 중 요한 암자지요. 백련암을 들르지 않을 수 없는 까닭입니다."

고명인은 혜각이 당부하는 대로 법당으로 들어가 어머니 영가 를 위해 기도했다. 법당은 일타 스님이 머물면서 새벽예불을 하 던 장소로 작은 규모답게 소박했다. 두 손을 합장하는 순간 순례 는 이미 시작되었다는 느낌이 들었다.

지족암은 일타 스님이 오랫동안 머물렀을 뿐 아니라 속가 형이 입적한 곳이기도 했다. 속가 형의 이름은 김사열金思悅, 출가하여 얻은 법명은 월현月現이었다. 월현이 출가한 사연은 이러했다.

먼저 출가한 누나 응민이 정혜사 만공 회상에서 수행하고 있었 는데, 어머니와 아버지도 만공에게 가서 불명을 받고 화두를 타 와 집안에 신심의 분위기가 고취되어 있을 때였다. 속가 시절 어머니의 불명은 원만성圓滿性, 아버지는 법진法眞이었고 화두는 '만법귀일 일귀하처'였다. 두 사람은 벽에 만공이 써준 화두를 붙여놓고 틈만 나면 아랫목과 윗목에 앉아 참선했다. 그러던 중 아버지는 어머니의 권유로 막내 외삼촌 진우를 따라 검둥소를 팔아 돈을 마련한 뒤 금강산 마하연과 지리산으로 만행을 떠나버렸다.

아버지가 없는 동안 김사열은 공부를 등한시하다가 공주고등보통학교 입시시험에서 낙방하고 말았다. 학교 입시에 떨어지고 나서 빈둥거리던 김사열은 군청에 다니던 숙부의 힘으로 취직했다.

김사열은 정직원이 아니었으므로 불만이 컸다. 군청 직원들이 "꼬스까이, 꼬스까이(급사)!"라고 부르는 말에 비위가 상하곤 했다. 급기야 심부름하는 아이를 급사라고 부르는 것이 당연하다고 다그치는 어머니와 다투기까지 하였는데, 그때 외할아버지 추금이 와서 출가를 권했다.

"합천 해인사를 가면 팔만대장경이 있느니라. 팔만대장경을 공부하기만 하면 네 마음이 원하는 것을 다 이룰 수 있다. 그까짓 공주고등보통학교가 뭐 그리 대단하냐. 합천 해인사에 가서 팔만대장경이나 공부해라."

그날 밤 김사열은 며칠 전 맞추어놓은 국민복을 양복점으로 달려가서 찾아 입고, 이틀 후 추금을 따라 해인사로 출가해버렸다. 재수생 김사열에서 승려 월현이 된 그는 십대 때부터 수좌의 길을 걸었다. 해방 다음해에는 이십대 초반의 나이로 해인사 퇴설당에서 3년 결사를 하였고, 6·25 후에는 도봉산 천축사로 옮겨 6년 동안 동구불출 정진을 했다.

이후 천축사 아래에 법성원法性院을 짓고 10여 년 동안 승속의 제자들에게 참선을 지도하다 법성원이 군사작전지역 안의 무허가 건물로 철거되자 불국사 선방으로 옮겨 몇몇 선객들과 용맹정진 중 코 안팎이 허는 비후암에 걸려 죽을 고비를 맞았다.

월현은 불퇴전의 각오로 용맹정진을 계속했다. 비슬산 도성암 선방으로 옮겨서는 생사生死의 경계를 허물어 자재한 경지를 보여주기도 했는데, 그때 심정을 시로 남겨 아우인 일타에게 보냈다.

비슬산은 높고 낙동강은 깊어
영원한 저 해는 천심天心을 비추도다
만약 어떤 이가 그곳의 뜻 묻는다면
유가 현풍이 크게 소리친다고 하리
琵瑟山高落東深
千秋金烏照天心
若人問我介中意
瑜伽玄風大振聲

달이 환하니 별은 빛이 없고

산이 푸르니 구름이 무심하도다

이러한 산과 달 가운데에

만상은 나날이 새로워지는구나

月白星無色

山靑雲無心

如是山月裡

萬象日日新

　말기 비후암에 걸려 사경을 해매는 사람의 시라고는 믿기지 않을 만큼 대장부의 기개를 보여주는 오도悟道의 노래였다. 일타는 속가 형의 입적을 함께 맞이하고 싶은 마음에 월현을 지족암으로 불렀다.

　월현이 지족암으로 오자, 이를 본 한 스님이 안타까운 나머지 월현에게 '나무아미타불'을 욀 것을 권했다. 염불로 극락왕생할 수 있기를 바랐던 것이다. 월현은 한약이 든 약사발을 던지며 소리쳤다.

　"수좌보고 극락왕생 염불을 하라니! 차라리 지옥으로 가겠소. 지옥에 가서 참선하여 지옥 중생을 구제하겠소."

　숨 쉬는 것도 힘들어지자, 월현은 약사발도 거부하고 곡기도 끊어버렸다. 다만 수좌로서 화두만은 끝내 놓지 않았다. 화두가 들린 마음이 수좌에게는 법당이었다. 같은 길을 가는 도반으로서 동생 일타를 걱정하는 마음도 한결같았다. 임종을 앞두고 일타에게 이런 당부도 잊지 않았다.

"일타 스님은 숙세의 선근이 깊으니 중노릇 잘하고 갈 것이라 믿소. 종단에서 큰스님으로 인정해주고 있으나 큰스님 이름을 더 럽히지 않도록 정진 잘하시오. 내 세 가지만 당부하겠소.

첫째, 법문 많이 다니지 마시오. 찾아오는 사람에게도 세 마디로 끝내도록 하시오. 법문 자꾸 해봐야 소용이 없소.

둘째, 글 많이 쓰지 마시오. 글도 많이 쓰면 옥이 흙에 묻히듯 가치가 떨어져요.

셋째, 사람들을 너무 많이 만나지 말고 항상 정진하시오."

며칠 후, 월현이 입적하는 순간이었다. 일타는 차가워지는 월현의 손 위에 자신의 손을 포갰다. 월현은 핏기가 가신 마른 입술을 들썩였다. 내쉬는 숨의 힘으로 중얼거리고 있었다.

"일타 스님, 이제 이승의 헌옷을 벗을 때가 되었습니다. 내생에서도 도반으로 다시 만납시다."

"다음 생에도 바랑을 짊어지고 목탁새처럼 이 산, 저 산을 함께 다니십시다."

월현이 희미하게 작별의 미소를 지었다. 월현의 영혼이 또 다른 인연을 찾아 떠나려 하고 있었다. 바로 그 순간 일타는 월현에게 화두를 던졌다.

"어떤 중이 조주 스님에게 '개에게도 불성佛性이 있습니까' 하고 묻자, 조주 스님께서는 '무無!' 하고 답했습니다. 스님은 무어라 이르시겠습니까."

"무無."

월현이 마지막 남긴 단 한마디 '무'는 그의 임종게가 되었다. 월현의 법구는 곧 해인사 다비장으로 옮겨져 한 줌 재로 변했고, 그 식은 재마저 바람에 날리고 빗물에 씻기어 '무'로 돌아갔다.

지족암을 찾은 신도들이 혜각을 만나고 돌아가는 듯 시끄러운 소리가 들렸다. 고명인도 기도를 끝내고 법당을 나왔다. 산길을 내려가는 신도들을 향해 두 손을 모아 배웅하던 혜각이 합장한 손을 풀며 다가왔다.

"이 지족암은 일타 큰스님의 형인 월현 스님이 입적했던 곳입니다."

"월현 스님도 선승이었군요."

"일타 큰스님 말씀으로는 선승이었는데, 도봉산 천축사에서 6년 동안 재무 소임을 보았던 것이 허물이라고 했습니다."

"회사에서는 재산과 돈을 관리하는 재무가 핵심 부서인데 왜 흠이라는 것입니까."

"수좌들이 소임을 맡는 것은 독약을 마시는 것과 같습니다. 참선하여 견성하는 것이 목적인데 단 일 초도 허비할 수 없다는 것이지요. 큰스님께서도 형 월현 스님이 6년 동안 외도가 없었다면 고승이 되었을 것이라고 아쉬워했습니다."

혜각이 백련암으로 가는 산길을 앞장서 걸었다. 산길은 승용차 한 대 정도가 다니게끔 닦여 있었다. 고명인은 일타 스님의 가족 41명을 직간접적으로 출가하게 만든 백련암이 몹시 흥미로웠다.

혜각은 엉뚱하게 조선 말에 백련암 암주로 주석했던 인파대사 얘기를 갑자기 꺼냈다. 큰형인 인파대사를 만나러 왔다가 삼형제가 모두 스님이 되었다는 얘기였다. 듣고 보니 백련암에는 가는 족족 스님이 되는 그런 불가사의가 깃든 것도 같았다.

"백련암 가는 길의 저 바위가 인파대사의 동생 사리탑입니다. 다비한 후 사리가 나오자 바위 꼭대기에 올라 산중으로 흩어버렸다고 합니다. 인파대사 사리는 원당암 가는 길의 바위 꼭대기에 올라 던졌다고 합니다. 그 바위도 인파대사 사리탑이라고 부릅니다."

"스님, 고승이 남긴 사리를 산중에 던져버리다니요."

고명인은 놀라 물었지만 혜각은 태연하게 말했다.

"일타 큰스님은 사리가 많이 난다고 큰스님이고 적게 난다고 작은 스님이 아니라고 하셨습니다. 사리가 굵다고 큰스님이고 작다고 작은 스님이 아니라는 것입니다. 수좌의 삶은 궁극에 아무 흔적도 없는 허공이 되는 것이지 이 세상에 사리 몇 줌으로 남는 것이 아니라는 말씀인 것 같았습니다."

고명인은 더욱 놀랐다. 아무 흔적이 없는 푸른 허공 자체가 되는 것이 바로 수좌가 이르고자 하는 삶이라니, 사리는 벽공碧空에 놓인 군더더기에 불과한 것이었다. 고명인은 숲 사이로 보이는 푸른 허공을 보며 걸음을 멈추었다. 하늘은 가슴을 두근거리게 했고, 비천상 같은 구름이 흘러가고 있었다.

혜각이 앞장서서 백련암 가는 산길을 걸어오르다 낙엽이 우수수 지는 느티나무 아래에서 고명인에게 물었다.

"고 선생은 일타 큰스님의 무엇이 궁금합니까."

"여러 가지가 있습니다."

"아, 알겠습니다. 신도들도 대부분 그러합니다. 특히 일타 큰스님 가족 41명이 출가한 사실을 두고 한국불교사에 전무후무한 일이라며 다들 놀라지요."

"사실, 그렇지 않습니까."

"물론입니다. 허나 저는 신비화하거나 화젯거리로 삼는 것을 반대합니다."

"왜 그렇습니까."

"출가라는 것도 업에 따라 사는 인간의 일입니다. 인연으로 드러난 일을 가지고 출가자의 숫자에 연연해서 화젯거리 삼아 망상을 피워서는 안 된다는 겁니다."

"그래도 드물고 놀라운 사건이 아닙니까."

고명인은 혜각의 말을 이해하지 못해 되물었다. 혜각은 일타스님에게 직접 들은 얘기라면서 전 가족이 출가했던 그 이면의 가습 찡한 인간적인 사연을 꺼냈다. 41명 모두가 발심을 일으켜 출가한 것이 아니라 출가한 남편의 권유로 절에 들어온 아낙네들도 있었고, 또 그 가족의 어린아이들은 하루아침에 고아 아닌 고아가 되기도 했던 것이다.

"발심 없이 절에 들어온 부인과 아이들까지 신비의 옷을 입혀서도 안 될 것입니다. 전생의 인연이야 나로서는 알 수 없지만 부처님께서 말씀하신 정견正見이란 사실을 사실대로 바라보는 것이니까요."

혜각은 계곡의 맑고 차가운 물 같았다. 자신의 은사 가족을 신격화하는 것을 단호히 거부했다. 인간의 모습 그대로 바라보고자 했다. 신격화하는 것은 오히려 인간의 체온을 없애는 것과 같다고도 말했다.

"형제인 영천 스님과 보경 스님 두 분도 결혼한 후 출가했다고 합니다. 속가에는 부인과 자식이 있었겠지요. 영천 스님의 부인은 김씨고, 보경 스님의 부인은 이씨였다고 해요. 법진(일타 스님 부친) 스님은 영천 스님과 보경 스님의 매형이 되는 셈이지요."

혜각은 인간 세상에서, 그것도 승속의 경계 지점에서 흔히 볼 수 있는 애환을 얘기하고 싶어 했다. 혜각은 일타 스님에게 직접 들었던 대로 사실에 입각해서 얘기했다.

하루는 이미 출가한 영천과 보경이 친척집으로 찾아와 마루에 앉아서 한담을 나누고 있는데, 앞치마 차림으로 30리 길을 달려

온 보경의 속가 부인 이씨가 남편이었던 보경을 향해 눈물을 쏟아내면서 사단이 벌어졌다.

보경은 추금의 속가 셋째 아들 김용학으로 17세에 결혼하여 추금이 물려준 논 백 마지기와 열네 명의 대식구를 거느리며 큰살림을 하던 중 백련암에 있는 큰형님 법안(김학남)을 찾아가 환속을 권유했다가 오히려 24세에 부인과 딸 둘을 남겨두고 자신도 출가해버렸다.

이씨는 보경이 친척집에 와 있다는 말을 듣고 가슴에 불이 나지 않을 수 없었다. 독수공방을 하면서 남편이 그리워 입술을 물어뜯으며 밤을 지새운 날이 헤아릴 수 없었는데, 남편이란 작자가 중이 되어 집에는 들리지 않고 친척집에 와 있다니 미치고 환장할 노릇이었다.

이씨는 얼굴에 화장하고 치마저고리를 갈아입을 여유가 없었다. 부엌에서 일을 하다가 앞치마 바람으로 30리 길을 씩씩거리며 달렸다. 남편이 밉기도 했지만 한편으로는 보고 싶기도 했다. 친척집 마루에 앉은 남편을 보니 눈물이 왈칵 쏟아졌다. 이씨는 남편인 보경 앞에 서지 못하고 부엌으로 들어가 통곡했다. 부엌에서 술상을 보던 친척 누나가 앞치마 차림의 흐트러진 이씨를 보더니 깜짝 놀랐다.

"지금 집에서 온 것인가."

"형님, 가슴에 불이나 죽겠시유."

"아무리 불이 나도 그렇지 앞치마 바람으로 여기를 오다니."

친척 누나가 이씨 등을 두드리며 위로했지만 한번 터진 이씨의 울음보는 그칠 줄 몰랐다. 친척 누나가 마루에 앉은 두 동생들인 영천과 보경을 향해 욕을 퍼부었다.

"빌어먹을 놈의 새끼들, 장가 들여놓으니까 중이 돼서 지 마누라 피눈물 나게 하는구먼. 나쁜 새끼들."

"형님, 나 못 살아요. 나 좀 살려줘유."

갑자기 집 안이 어수선해지고 사태가 심각하게 돌아가자 보경이 이씨를 불러내기에 이르렀다. 아무래도 이씨를 집 밖으로 데리고 나가야 수습될 것 같아서였다. 이씨는 보경의 부름에 마지못한 척하면서 따라나섰다.

"철순이 엄마, 우리 집으로 갑시다."

철순哲順은 출가 전에 낳은 보경의 첫째 딸이고, 둘째 딸 이름은 송자松子였다. 보경은 5리쯤 가다가 집으로 가는 길로 들어서지 않고 산으로 올라갔다. 갑자기 무서워진 이씨가 보경에게 따져 물었다.

"여보, 이 길은 집으로 가는 길이 아니어유."

"잔소리 말고 따라오시오. 질러가는 길이니까."

이씨는 정말 가로질러가는 지름길인 줄 알고 또 말없이 따라 올라갔다. 침침한 솔숲을 지나고 나니 햇볕이 잘 드는 산자락이 나타났다. 보경은 풀밭에 앉아 이씨의 마음을 풀어주고 싶어 이런저런 얘기를 꺼냈다.

"재미로 치차면 중노릇이 제일이오. 세상 사는 재미와 비교할 수 없으니까. 부처님 말씀인 경전 맛에 한번 빠지면 『논어』니 『대학』이니 세상의 책은 시시해서 읽을 수가 없어요. 또한 인간이 세상에 나와서 내가 누구인지도 모르고 꿈같이 살다 간다면 얼마나 불행한 일이오. 어디서 하룻밤만 자도 주인을 찾아 고맙다고 인사하고 떠나는데 평생 나를 위해 희생하는 이 몸뚱어리 주인을 찾지 않는다면 이것이야말로 얼마나 어리석은 일이오."

이씨는 보경의 옆에 앉지 않고 뻣뻣하게 선 자세로 보경이 장광설을 늘어놓는 동안 혼잣말로 욕을 섞어가며 중얼거렸다.

'별놈의 소리 다 하고 자빠졌네. 누구한테 연설하러 왔나. 그놈의 소리 귀에 못이 박히게 들었시유.'

시큰둥한 이씨의 표정을 보더니 보경이 다시 말했다.

"부처님도 말이지 도 닦는 것이 얼마나 좋았으면 왕궁을 버리고 출가했겠소. 장차 한 나라의 왕이 되실 분이었지만 헌신짝 버리듯 내팽개치고 출가하셨단 말이오."

"어서 집으로 가유. 집에 가면 다시는 밖으로 나가지 못할 것이어유."

"뭐라고 했소. 출가하지 못하게 하는 죄가 얼마나 큰지 알고나 한 말이오."

"난 죄를 지어도 개똥밭에 구르며 살 것이어유."

보경은 할 수 없이 마지막 수단을 꺼냈다. 장삼 호주머니 속에서 장도칼을 꺼내면서 말했다.

"정 이렇게 나온다면 여기서 죽고 말겠소. 나 죽는 거 한번 보고 싶어서 그런 것이오."

이씨는 눈 하나 꿈쩍하지 많고 혼잣말로 중얼거렸다.

'죽어보시오. 얼마나 잘 죽는지 보겠시유.'

이윽고 보경은 장도칼을 자신의 목에 댔다. 그래도 이씨의 태도가 냉랭하자 망설임 없이 장도칼을 목에 찔렀다. 순간 이씨는 장도칼을 잡은 보경의 손을 당겼다. 그런 뒤 태도를 누그러뜨리고 말했다.

"그런다고 진짜 죽어유. 지가 잘못했시유. 다시는 출가하지 말라고 않을 테니 칼 이리 줘유."

"당신이 또 애를 먹일지 모르니 이번에 아예 죽어버리겠소."

보경은 장도칼을 거꾸로 잡고 자신의 목을 찔러댔다. 이처럼 연극을 하는데도 이씨는 보경이 피를 철철 흘리며 쓰러질 것 같아 애원했다.

"여보, 맹세하겠시유. 당신 하라는 대로 하겠시유. 제발 죽지만 말아줘유."

"진심인 것 같으니 내 이번에는 참겠소. 당신을 위해 죽지는 않겠소."

보경의 한바탕 연극으로 이씨는 시집에 남지도, 친정으로 가지도 못하고 영천을 따라 해인사로 출가했다. 오갈 데 없는 딸 둘을 데리고 돈을 마련하여 살림살이를 트럭에 싣고 입산했던 것이다. 트럭에는 살림살이뿐만 아니라 영천과 보경의 속가 식구들까지 모두 타고 있었다.

이씨는 어린 딸들을 약수암에 맡겨놓고 재산을 처분한 돈으로 쓰러져가는 국일암과 백련암을 중수했다. 그런데 출가한 남자 형제들은 해인사에 부인과 자식들을 남겨놓고 금강산으로, 묘향산으로, 지리산으로 선방을 찾아 곧 흩어져버렸다.

남은 사람은 여자들과 아이들뿐이었다. 보경의 딸들은 아직 업어 키우는 아이였으므로 약수암 방에서만 기어다녔고, 영천의 속가 아들인 태중太中과 철중哲中은 일곱 살, 다섯 살이어서 심부름이 있든 없든 해인사 산내 암자를 돌아다녔다. 그냥 왔다 갔다 한 것이 아니라 칭얼대는 월순과 일순이란 여동생을 업고 다녔다. 백련암에서 아침 먹고 국일암에 심부름 왔다가 점심 먹고 곁머슴이었던 사람이 출가하여 퇴설당에 있으니 그곳으로 가서 어정거리다 저녁이 되면 다시 백련암으로 올라가곤 했던 것이다. 고아 아닌 고아가 되어 산길을 떠도는 것이 고달프고 심심했던지 하루는 다섯 살 먹은 철중이 일곱 살 먹은 형 태중에게 이렇게 말한 적도 있었다.

"형아, 형아. 우리 저 물에 빠져 죽자."

영천의 속가 부인 김씨는 월명月明이란 법명을 받았고, 아들들은 눈 밝은 수도승들에게 맡겨져 상좌가 되었다. 불가의 새로운 아버지를 만나게 되었는데, 태중은 구산의 맏상좌로 들어가 원선元禪이 되고, 철중은 석암의 맏상좌가 되어 화연和演이란 법명을 받았던 것이다. 한편, 영천의 딸인 월순과 일순도 비구니스님에게 맡겨져 진현眞玄과 진일眞一이란 법명을 받았으나 이 세상과는 인연이 없었는지 곧 병들어 죽었다.

보경의 속가 부인 이씨도 해인사에서 운문사 청신암으로 가 보명普明이란 법명을 받아 승려가 됐고, 어린 딸들은 고아원에 보내 듯 다른 비구니스님에게 하나씩 맡겨졌는데, 각각 철주哲珠와 혜유慧柔란 법명을 받아 옮겨 심은 나무처럼 절에서 적응하며 자라났다.

고명인은 어른들 손을 잡고 절에 들어왔다가 겨우 법명 하나 받고 죽은 영천의 딸아이들이 가을 서리를 맞고 시들어 사라진 들꽃 같다고 생각했다. 죽은 아이들의 영혼이 밤하늘에 뜨는 작은 별이 됐을지도 모른다는 다소 감상적인 생각까지 했다.

혜각이 다시 앞장서서 걸었다. 바람이 불자 산길에 가만히 누워 있던 가랑잎들이 바스락거리는 소리를 내며 숲속으로 굴러갔다.

"저는 가랑잎을 보면 이 산길을 오르내렸던 그 아이들이 생각나 눈시울이 뜨거워질 때가 있습니다. 백련암에 머무셨던 법안 스님이 그 아이들에게는 속가 큰아버지였을 것입니다. 법안 스님이 해인사에 온 속가 형제들을 스님으로 만들어버렸으니 조카들을 데리고 있을 수밖에 없었을 겁니다. 그러나 철없는 조카들이 어머니도 아버지도 없는 절에서 살자니 얼마나 힘들고 고생이 많았겠습니까. 오죽했으면 어린 여동생을 힘겹게 업은 다섯 살 동생이 일곱 살 형에게 물에 빠져 죽자고 했겠습니까."

"스님의 얘기를 듣고 있자니 가슴이 아리는 것 같습니다."

고명인은 애처로운 마음이 들었다. 다섯 살 아이가 얼마나 힘들었으면 죽고 싶은 마음이 들었을까, 하고 연민의 정이 솟구쳤다. 다섯 살 아이에게 지워진 인생의 무게치고는 턱없이 과했다는 생각이 들었다. 어린 싹에게 된서리를 맞게 하였으니 그것이야말로 무자비한 운명이었다.

고명인은 감상과 연민의 정에서 곧 깨어났다. 죽고 싶다고 절규한 다섯 살 아이의 인생이 고명인의 가슴을 치고 있었다. 고명인은 자신을 들여다보며 고백하듯 중얼거렸다.

'인생이란 거추장스럽고 보잘것없는 달팽이집 같은 것에 갇혀 웃고 울며 꿈꾸고 사는 일이 아닐까.'

칙칙하고 거추장스런 달팽이집 속에서 꿈을 꾸며 살고 있는 이가 바로 고명인 자신이었다. 보잘것없는 달팽이집은 고명인의 삶을 구속하고 있는 천형天刑의 감옥이나 다름없었다.

'그렇다. 달팽이집을 벗어나지 못하고 있는 것이 나의 비극일

지도 모른다. 나의 달팽이집은 무엇일까. 한순간도 놓기 싫어 하는 내가 집착하는 것들이 아닐까. 당의정처럼 달콤하여 늘 나를 유혹하는 것들이 아닐까.'

고명인이 걸음을 멈추고 상념에 잠겨 있자, 말없이 걷고 있던 혜각이 뒤돌아보며 소리쳤다.

"고 선생, 백련암에 다 왔습니다. 저 암자 안에는 법안 스님이 살아생전에 팠던 옹달샘이 하나 있습니다. 그 옹달샘을 찾아보십시오."

"스님, 뭐라고 하셨습니까."

"옹달샘 옆에는 반드시 법안 스님이 합장 기도하고 계실 것입니다. 하하하."

혜각이 고명인에게 던진 말은 화두인 셈이었다. 이미 입적하여 사바세계에 없는 법안이 합장 기도하고 있다니 현실적으로 있을 수 없는 일이었다. 그러나 화두의 세계에서는 유有도 아니고 무無도 아니니 불가능한 일 또한 아니었다.

고명인은 혜각이 화두로 던진 법안의 옹달샘을 찾기로 하고 비밀 주문을 외우듯 일주문으로 난 돌계단을 하나씩 밟아 올라갔다.

백련암 마당에 이르자 어디선가 나타난 까마귀가 까악까악 하고 솔숲 너머로 날아갔다. 암자는 기도객이 없어 몹시 고요했고,

까마귀 울음소리는 더욱 날카롭고 크게 들렸다. 고명인은 혜각이 던진 화두를 푸느라 '법안의 옹달샘'을 찾았고, 혜각은 곧장 관음전으로 가 엎드렸다. 혜각에게 관음전의 관세음보살은 특별한 의미가 있었다.

혜각은 바로 일어나지 않고 엎드린 채 절박했던 그때를 떠올렸다. 부도 난 회사의 문을 닫고 가방 속에 수건 한 장, 치약, 칫솔 한 개씩만 달랑 담고 무작정 경부고속도로를 달렸던 것이다. 태어나기도 했고, 학교와 직장을 다녔고 한 여자와 연애하고 결혼했던 도시였지만 그곳을 떠나지 않으면 견딜 수 없었다. 자살할 용기가 없어 죽을 수는 없었지만 모든 인연을 끊은 채 도망치고 싶었던 것이다. 행선지는 가는 도중에 해인사 백련암으로 정했다. 언젠가 성철 선사의 『산은 산이요, 물은 물이로다』라는 법어집을 읽은 적이 있는데, 이제는 혜각 자신이 스스로에게 산은 산 물은 물[山是山 水是水]이 무엇인지를 묻고 있었다.

도시를 떠난 혜각은 백련암에서의 첫 밤에 꿈이 없는 아주 깊은 잠을 잤다. 살아온 가운데 드물게 맛보는 달콤하고 편안한 잠이었다. 혜각은 편안한 잠을 성철 선사가 준 선물이라고 생각했다. 혜각은 어린 시절 어머니의 말랑말랑한 젖을 만지며 자는 버릇이 있었는데, 그날 밤 혜각은 백련암 관음전의 관세음보살 젖을 만지며 잠들었던 것 같은 기분을 강하게 느꼈던 것이다.

혜각이 관음전에 있는 동안 고명인은 백련암 경내 이곳저곳을 기웃거렸다. 정념당과 화장실 사이에 서 있는 게시판에는 이런저런 인쇄물들이 압정으로 붙여져 있었다. 그중에는 성철 선사의 약력도 붙어 있었다. 고명인은 성철 선사의 약력을 천천히 읽어 내려 갔다.

성철 큰스님은 1912년 지리산 산봉우리가 보이는 경호강 변에서 태어났다. 청년이 되어서는 『하이네 시집』과 칸트의 『순수이성비판』을 읽으며 '영원한 자유'를 갈망하게 되는데, 어느 날 탁발승에게 건네받은 영가 스님의 『증도가』를 보고 가슴 깊이 마음을 낸다.

출가는 헌헌장부의 모습으로 25세에 하고 성철이란 법명을 받아 치열한 참선정진 끝에 마침내 29세에 깨달음의 노래를 부른다. 이후 8년 동안 단 한순간도 눕지 않고 앉아서 수행하는 인간 정신의 극점을 보여주는 장좌불와 수행을 하였다.

스님은 평생 동안 누더기 장삼을 입고 "자기를 바로 봅시다. 자기는 원래 구원되어 있습니다"라고 법문하며, 한편으로는 새벽마다 법당으로 올라가 세상 사람들의 죄업을 대신 참회하는 삶을 살다가 열반의 노래를 한 수 남기고 이승의 옷을 벗으셨다. 이때가 1993년 11월 4일 아침 7시였다. 세상 나이 82세, 스님이 되신 지 59년째의 아침이었다.

게시판에는 또 하나의 인쇄물이 붙어 있었다. 중국의 사암 유엄櫨庵 有嚴 선사가 돌배나무를 칭송하는 글인데 공부하는 수행자들에게 경각심을 주기 위해 게시한 글이 분명했다.

내 나이 육십에 산으로 들어와 암자 터를 잡았다. 암자를 다 짓고 나서 요양을 하고 지내면서, 그렇다고 세상살이를 지나치게 벗어나려고 하지는 않았다. 암자 서쪽 아가위나무 한 그루가 있어 그 이름을 따서 암자 이름을 지었는데, 아가위란 맛이 좋다고 이름난 과일도 아니고 배나 밤에 비하면 부끄럽게 생겼다. 배는 그 시원한 맛 때문에 칼에 베어지고 밤은 그 단맛 때문에 입에 씹히게 되니, 설혹 배와 밤에게 식성(識性, 인식하는 마음)을 부여해서 그들 스스로 쓸모없는 곳에 있게 해달라고 해도 그것은 될 수 없는 일이다.

저 아가위는 돌배의 종류에 속하는 것이어서 비록 향기는 있어도 맛이 떫다. 억지로 씹으려 해도 향기로는 배를 채울 수 없고 떫은맛은 입을 상쾌하게 할 수 없으니, 삼척동자라도 이것을 찾는 사람이 없다. 그래서 주렁주렁 가지에 매달려 스스로 만족하는 그 모습이 아름다운 것이다.

아! 사람은 아는 것 때문에 자기 뼈를 고단하게 하고 아가위는 떫은맛 때문에 자기 몸이 편안하니, 앎과 떫은맛 중에

어느 것이 참된 것인가. 나는 앎이 적기 때문에 아가위와 이
웃이 되었다.

아는 것이 병통이라는 말인지, 아가위처럼 사람들로부터 멀어
져야 공부를 한다는 말인지 고개를 갸웃거리고 있는데, 혜각이
다가와 물었다.

"법안 스님의 옹달샘을 찾았습니까."

"스님, 보다시피 이곳에는 옹달샘이 없지 않습니까. 게시판에
붙은 글을 읽고 있었습니다. 성철 스님의 약력을 재미있게 보았
습니다."

"행장을 간단하게 요약한 글이군요. 성철 스님은 일타 스님
보다 열일곱 살 많은 선배이십니다. 은사스님께서는 풋중일 때
수좌로서 성철 스님의 당당한 태도를 보고 환희심을 내었다고 합
니다."

"환희심이란 무엇입니까."

"나도 저렇게 돼야지 하고, 신심이 울컥 솟아나는 것을 불가에
서는 환희심이라고 합니다. 성철 스님의 가풍은 여러 가지일 수
있으나 저는 수좌로서 초연한 모습을 들곤 합니다. 그런 모습은
공부가 익은 수좌한테서만 나올 수 있는 자존입니다. 성철 스님
의 출가시出家詩를 보면 당신은 출가하기 전부터 이미 어느 정도
공부가 익어 있었던 것 같습니다. 여기 기둥을 보십시오."

혜각은 정념당 앞에서 걸음을 멈추고 기둥에 걸린 주련의 글씨를 보라며 손가락으로 가리켰다. 정념당 주련에는 성철 선사가 출가하면서 자신에게 맹세한 이른바 출가시가 쓰여 있었다.

하늘에 가득한 큰일도 이글대는 화로 속의 눈송이요
바다를 가르는 웅장한 기틀도 따가운 햇볕 속의 이슬이
로다
누가 덧없는 꿈꾸며 살다가 죽기를 달게 여기리오
떨쳐 일어나 영원한 진리를 홀로 밟으며 나가리라
彌天大業紅爐雪
跨海雄基赫日露
誰人甘死片時夢
超然獨步萬古眞

고명인은 성철의 출가시를 보고 그 기세를 느꼈다. 25세에 출가한 젊은 청년답지 않게 그는 이미 영원한 진리가 무엇인지를 알고 있는 것처럼 확신에 찬 어조로 읊조리고 있었다. 고명인은 다시 출가시를 중얼거렸다.

'누가 덧없는 꿈꾸며 살다가 죽기를 달게 여기리오.'

혜각이 원주실에서 나온 사미승으로부터 합장의 예를 받고는 고명인에게 말했다.

"고 선생 모습을 보니 이제 출가하려는 사람 같습니다."

"스님, 저같이 나이 든 사람도 출가할 수 있는 것입니까."

"머리 깎고 입산해야만 출가하는 것이 아닙니다. 부끄러운 얘기지만 출가한 후에도 머릿속은 저잣거리의 생각들로 들끓고 있는 수행자가 많습니다. 그런 승려를 출가했다고 할 수 있겠습니까. 반대로 저잣거리에 있으면서도 가슴에 청산을 품고 사는 사람이 있습니다. 그런 사람이 바로 참된 출가자가 아니겠습니까."

"정말 가슴에 청산을 품고 살 수 있다는 말입니까."

"지금 우리가 있는 이 가야산보다 고 선생과 내 가슴속에는 더 깊은 청산이 있습니다. 내 말을 이해하시겠습니까."

"아, 그럴 법도 하군요."

"사람들은 착각을 합니다. 눈에 보이는 것만 보려고 합니다. 허나 눈 속의 눈으로 보면 더 그윽한 세상을 볼 수 있습니다. 마음속에 우주가 있다는 것입니다. 일체유심조가 바로 그것입니다."

순간, 고명인은 전광석화처럼 머릿속을 스치고 지나가는 무엇을 느꼈다. 그렇다면 찾으려던 법안의 옹달샘도 마음속에 있다는 말이었다.

"스님, 법안 스님의 옹달샘이 어디에 있는지 알 것 같습니다."

"어디에 있습니까."

"제 마음속에 있는 것 같습니다."

"바로 그것입니다. 없다 하면 없는 것이고 있다 하면 있는 것입니다. 그것이 무엇이겠습니까. 바로 일체유심조라는 것입니다. 더 줄여서 말하자면 마음이라는 것입니다."

혜각은 기분이 좋은지 쾌활하게 말했다. 까마귀가 다시 백련암 마당에 까악까악 울음소리를 떨어뜨리고 날아갔다. 까마귀가 날던 허공은 곧 텅 비워졌다. 까마귀는 허공을 날고 있으나 자취를 남기지 않고 있었다.

백련암에는 법안의 흔적이 아무것도 없었다. 다만 사람들이 찾아와 한 생각을 일으키면 나타났다가도 그 생각이 쉬어지면 사라지는 법안에 대한 기억의 조각들이 있을 뿐이었다. 일타의 큰외삼촌이었던 법안의 삶도 까마귀가 나는 허공과 같이 백련암 어디를 보아도 아무런 자취가 없었다.

"법안 스님을 만나러 가는 족족 가족들이 모두 출가했다고 하셨는데, 왜 그랬던 것입니까."

"그것은 법안 스님께서 어떻게 사셨는지 당신의 행적 속에 답이 있지 않을까 합니다."

"스님, 법안 스님은 어떤 분이셨습니까."

"수좌이셨는데 특이하게 기도를 아주 잘하셨던 분이었습니다. 백련암에서 지장기도를 9년간 하시다가 깨달음을 얻으신 분이었습니다. 그런데 법안 스님께서 백련암에 머무시면서 지장기도를 시작하신 것은 옹달샘을 파 대중들의 물 걱정을 덜어주고 난 후부터라고 합니다. 수좌의 기도는 무엇이 달라도 다른 것 같습

니다."

기도란 자신의 소망을 구현해가는 것이지만 남을 위해 복덕을 쌓는 선행善行이 그 시작이라는 말이었다. 법안이 판 샘의 이름은 영구천靈龜泉이었다. 법안은 영구천을 파 백련암 대중들에게 인수 공양引水供養을 먼저 하고 장장 9년 동안 지장기도에 들어 마침내 견성을 이룬 것이었다.

법안이 백련암에 머문 것은 35세 때였다. 영구천을 판 법안은 처음에는 하루 여덟 시간씩 지장기도를 하다 5년이 지난 후부터 는 기도삼매에 빠져 공양을 잊어먹곤 했다. 어떤 때는 사나흘이 지나서야 기도삼매에서 깨어나기도 했다. 지장기도라고는 하지 만 선방의 참선 공부와 같았다. 기도하는 동안 법안의 화두는 지 장보살이었던 것이다. 지장보살이란 화두를 소리 내어 외니 법안 은 송화두誦話頭를 들고 있는 셈이었다.

마침내 법안은 목탁을 놓았다. 기도를 시작한 지 실로 9년 만 이었다. 허공의 뼈〔虛空骨〕가 보였다. 허공은 걸림 없는 해탈의 다 른 말이요, 뼈는 해탈에 이르게 하는 근본(지혜)이니 한순간에 대 자유의 해탈과 반야의 지혜를 얻은 것이었다.

　　　허공의 뼈 가운데에
　　　상이 있는가 상이 없는가
　　　상 속에는 부처가 없고

부처 속에는 상이 없도다

虛空骨中

有相無相

相中無佛

佛中無相

 법안은 원래 수좌였었다. 걸망 메고 오대산, 금강산, 지리산,
가야산에 있는 선방으로 표표히 돌아다니면서 참선 공부를 하였
는데, 그 청빈한 살림살이가 금강산의 한 토굴에서 지은 그의 시
속에 잘 나타나 있었다.

    일천 봉우리 위의 한 칸 집이여

    반 칸은 노승이 반 칸은 구름이 차지했구나

    어느 때 서쪽 바람 불어 구름이 날아가면

    하나뿐인 창으로 밝은 달이 찾아와 비추리

    千峰頂上一間屋

    半間老僧半間雲

    有時西風雲飛去

    一窓明月來相麼

 혜각은 백련암 왼편으로 난 산길을 타고 있었다. 반석으로 된

절상대絶相臺를 찾아가고 있었다. 어느 때부터인가 수행자들 사이에 자신의 상相을 끊는 좌선대라 하여 절상대라 불리는 천연의 바위 덩어리였다.

혜각이 그곳으로 가는 이유는 법안이 거기에서도 지장기도를 했기 때문이었다. 혜각은 고명인에게도 기도하는 법안의 그림자를 보여주고 싶었다. 법안은 백련암 법당에서만 기도했던 것이 아니라 어느 해에는 비가 오나 눈이 오나 절상대를 법당 삼아 기도했던 것이다.

"일타 큰스님의 말씀입니다만 법안 스님은 청담 스님과 동갑이었다고 합니다. 그런데 청담 스님께서 불교정화에 동참할 것을 주문하면 스님은 자기정화가 더 중요하다며 사양했다고 합니다. 선사로서 한결같았던 분이라는 것입니다. 죽음을 맞이했을 때도 선사의 모습을 흩트리지 않았다고 합니다."

법안은 1955년 가을, 서울의 도선사 석불 뒤 바위에 홀로 앉아 자신도 무상하게 떨어지는 한 잎의 낙엽인 듯 미련 없이 눈을 감았다. 대중들을 번거롭게 하지 않기 위해 그랬을 터였다. 석불 뒤에서 죽음을 맞이한 고요한 좌탈坐脫이었다.

혜각은 절상대에 앉아 잠시 좌선하는 자세를 취했다. 가만히 눈을 내리감더니 두 손을 단전에 모으고 입정에 들었다. 고명인도 혜각을 따라 앉아 좌선을 했다. 난생처음 해보는 좌선이었지만 자신을 침묵 속에 두는 수련이란 생각이 들었다.

얼마나 지났을까. 시간과 공간이 순식간에 사라져버린 듯했다. 고명인은 혜각이 눈을 뜨고 어깨를 좌우로 흔들고 있을 때에야 자신의 자세를 허물어뜨렸다.

"참선은 이렇게 하는 것입니까."

"화두를 들지 않았으니 참선이라고 할 수는 없지만 한 걸음도 떼지 않는 행위도 수행이라 할 수 있습니다."

"제가 한순간에 고요한 데로 옮겨진 것 같았습니다."

"수행이란 바로 그런 것입니다. 자신을 비우면 텅 빈 충만을 경험하게 되는 것입니다."

고명인은 화제를 법안 이야기로 돌렸다. 지장기도를 하여 오도하였다는 법안을 선사로 봐야 하는 것인지, 아니면 다른 이름으로 불러야 하는지가 궁금해서였다.

"법안 스님도 성철 스님 같은 선승이라고 해야 합니까."

"선승도 주문을 외우고 기도를 합니다. 더구나 법안 스님은 견성했으니 선승으로 봐야 합니다. 일타 스님의 가족은 대부분 선승입니다. 일타 스님도 통도사에서 운영한 중학교를 다닐 때부터 선승을 좋아했다고 합니다."

일타가 통도사 중학교를 다니는 동안 모셨던 은사 고경과 극락암의 경봉은 여러모로 비교되는 스승이었다. 고경은 당시 지식인들처럼 신식 두루마기에다 반화半靴를 신고 출타하기를 즐겨했고, 경봉은 누더기 먹물 장삼을 입고 다녔는데, 일타는 왠지 선승인 경봉에게 마음이 더 쏠리곤 했다. 그래서 고경이 통도사를 비울 때면 극락암으로 올라가 경봉에게 법문을 듣거나 놀다 오곤 했다.

"만공 스님을 스승으로 모셨던 집안 분위기에다 출가한 외삼촌들이 모두 선승의 길을 걸었기 때문일 것입니다. 그런 선적인 기운이 알게 모르게 훈습된 것이 아니겠습니까. 특히 56세에 출가한 외할아버지 추금 스님이 퇴설당에서 참선정진한 것만 보아도 짐작이 되는 일입니다."

"퇴설당이라면 해인사 선방이 아닙니까."

"지금은 방장스님이 기거하시는 곳이지만 예전에는 수좌들이 수행했던 선방이었지요."

혜각과 고명인은 절상대에서 백련암을 거치지 않고 바로 해인사로 내려가는 산길을 탔다. 송림 사이로 난 산길은 일반인에게는 출입이 제한된 길인 듯 이따금 스님들이 포행할 뿐 칙칙하고 호젓했다. 병에 걸린 아름드리 소나무 고목들이 베어진 채 여기저기 쓰러져 있는 모습이 흉측했다.

고명인은 혜각이 해인사 퇴설당으로 가고 있다고 짐작했다. 백련암이 일타 가족에게 기도의 도량이었다면 퇴설당은 선방의 상징인 셈이었다. 일타 가족 중에 참선 공부에 뜻을 둔 스님이라면 어느 절에 가 있더라도 반드시 연어가 회귀하듯 다시 찾아 안거하는 곳이 바로 퇴설당이었다.

훗날 일타도 33세부터 35세까지 여섯 철을 퇴설당에서 안거하다가 잠시 통도사 극락암 선방으로 가 경봉 회상에서 일 년을 보낸 뒤, 다시 퇴설당으로 돌아와 37세부터 43세까지 참선정진을 하였던 것이다.

"요즘은 선방의 기강이 많이 느슨해졌습니다만 예전에는 은산철벽이라도 무너뜨릴 정도로 불퇴전의 의지가 넘쳐났다고 합니다. 퇴설당의 당호만 보아도 느껴지지 않습니까."

퇴설당堆雪堂.

당호부터 진리를 얻기 위해서는 몸을 돌보지 않겠다는 위법망구爲法忘軀의 분심忿心이 서려 있었다. 눈이 쌓인다는 '퇴설堆雪'이란 단어는 달마에게 불법을 구하던 혜가의 구법의지를 상징하는 것인데, 혜가가 소림사에서 면벽참선 중인 달마를 찾아가 제자되기를 간청하지만 받아주지 않자, 눈이 무릎까지 쌓이도록 물러서지 않다가 마침내 왼팔을 잘라 달마 앞에 놓는다는 선화禪話가 퇴설당에 전해지고 있었다.

언 땅에 서서 눈이 무릎에 쌓일 때까지 밤낮으로 애원하고, 자신의 팔을 자르는 고통을 감수해야만 진리를 얻을 수 있는 것이지 선방에 앉아만 있다고 진리가 마음의 문을 두드리는 것은 아닐 터였다.

그러나 혜가는 도를 구하기 위해 뼈를 두드려 골수를 보이고 살을 찔러 피를 내어 주린 이를 구하였던 부처님의 전생에 비해 자신의 행동은 만분의 일에도 미치지 못한다고 여겼으므로 퇴설의 참뜻은 자기 몸을 진리를 구하기 위해 버리는 처절함 바로 그 자체라고 할 수 있었다.

56세 늙은이가 되어 출가한 늦깎이 추금의 구도정진도 젊은 수행자들에게 모범이 되기에 충분했다. 혜가의 후예라고 하기에 부끄럽지 않았다. 젊은 수행자의 근력과 총기에는 미치지 못했지만 그럴수록 종신불퇴終身不退의 각오로 좌복을 떠나지 않았다.

혜각이 퇴설당 앞에 이르러 말했다.

"큰 재산을 미련 없이 셋째 아들에게 물려주고 출가한 추금 스님의 용기를 생각하면 신심이 나지 않을 수 없습니다. 물욕을 끊기가 얼마나 어려운 것입니까. 가진 자가 더 가지려 한다는 얘기가 있지 않습니까. 그러나 추금 스님은 버리고 떠나기를 한 것입니다."

"비행기 안의 잡지에서 본 듯합니다. 옛 인도 사람들도 그랬다고 합니다. 결혼하여 자식을 낳고 그 자식들이 다 성장한 후에는 임간기林間期라 하여 쉰 살이 넘어서는 모든 것을 다 버리고 산으로 들어가 수행한다고 하더군요."

"추금 스님이 출가하면서 가족에게 남긴 출가시를 일타 큰스님에게 들었던 기억이 납니다. 만사무비몽중몽萬事無非夢中夢이라, 세상 모든 일이 꿈속의 꿈 아닌 것이 없고, 취산순환비아유聚散循環非我有, 모였다 흩어지고 돌고 도는 것이니 내 것이 아니라는 것입니다. 장부홀개벽안정丈夫忽開碧眼睛, 장부가 홀연히 푸른 눈동자를 열 것 같으면, 일조소진세간풍一朝掃盡世間風, 하루 아침에 세간의 바람을 다 쓸어버리리라. 한자가 정확한지 확인해봐야겠습니다만 대단한 기상이 느껴지지 않습니까. 더구나 일타 스님이 염불하듯 읊조리시면 이심전심으로 제 마음에 계합되곤 했지요."

"백련암 정념당 기둥에서 성철 스님의 출가시를 보았습니다만 추금 스님의 출가시를 보아도 스님은 출가 전에 이미 불가와 인연을 많이 맺었던 분 같습니다."

"일타 스님께서도 추금 스님을 말씀하실 때면 '키가 작고 내성적인 참 훌륭한 분'이라고 회상하시곤 했습니다."

마침내 추금은 퇴설당에서 조주 무 자 화두를 들고 용맹정진 중에 불도佛道를 이루게 되는데, 그때가 스님 나이 육십대 중반이었다. 늦깎이로 출가하여 10여 년 만에 부르는 깨달음의 노래였다.

> 개에게는 불성佛性이 무라 하신 조주의 무
> 이 무가 천억 사람을 모두 희롱하였구나
> 그 무의 무 없음을 알 것 같으면
> 유무무무무有無無無하리라

趙州無字無

弄盡千億人

識得無無無

有無無無無

　추금은 이와 같은 오도의 노래를 행자더러 먹을 갈게 하고는
한지를 구해와 밤새 수십 장을 적었다. 행자가 잠이 와 먹을 갈다
말고 꾸벅꾸벅 졸았다. 추금은 오도의 노래를 전국 선방에서 수
좌들을 지도하고 있는 조실스님에게 보내고 싶어 행자를 꾸짖
었다.

　"수좌의 벼루에 먹을 가는 것도 복덕을 짓는 일이다. 정성 들
여 먹을 갈아라."

　"스님, 꼭 오늘밤에 글을 다 써야 합니까."

　"이것을 위해 10년을 보냈으니 어찌 기쁘지 않겠느냐. 허나 내
가 참으로 깨쳤는지 아닌지는 여러 조실스님들에게 보여주어 답
을 받아야 할 것이니라."

　'누설漏說'이란 깨친 경지를 글로 담아 전국의 선방에 보내는
것을 말했다. 아직 덜 익어 깨달음의 시절인연이 샐(漏) 가능성이
있기 때문에 누설이라고 불렀다. 선가에서는 일상적인 일로 안거
기간 동안 지대방의 화젯거리가 되곤 했다. 누구라도 견성한 경
지를 글로 써보내면, 그 글을 본 방장이나 조실들이 인가를 해주

거나 따끔하게 경책을 해오는 것이 당시 선방의 풍속도였던 것이다.

어느 고승도 더 닦을 것이 있다 하거나 아니다[不是]라고 추금의 누설에 비판을 가하지 않았다. 만공, 혜월, 용성, 제산, 동산, 운봉, 전강, 경봉에게도 누설을 돌렸지만 가타부타 말이 없었다.

추금은 조실들의 답을 기다리다 퇴설당을 나와 충남 대둔산의 태고사로 수행처를 옮겼다. 태고사에서는 젊은 수좌들을 지도하는 조실이 되었다. 통도사 중학교를 다니던 일타가 자운을 계사로 사미계를 받았을 때의 일이었다.

"추금 스님이 태고사 조실로 계신 것은 5년 정도밖에 안 됩니다. 안타깝게도 일흔에 입적하셨기 때문입니다."

추금의 병은 창자가 항문으로 쏠려 생긴 치질이었다. 냉골의 방에서 좌복에만 앉아 참선하는 선방 수좌들이 잘 걸리는 병이었다. 춘성과 미산도 치질로 고생하고 있었는데, 산중 수좌들이 저잣거리의 병원으로 가 치료를 받는다는 것은 여간 어려운 일이 아니었다.

추금은 한여름에도 이불을 끌어안고 참선을 했다. 신도들이 한약을 지어오거나 제자들이 병을 물으면 "아, 냉 때문에 그래"라고 대수롭지 않게 대답하곤 했으나 사실은 절에 짐이 돼서는 안 된다는 생각을 굳히고 있었다.

"내 나이, 일흔이니 살 만큼 산 게 아닌가. 아들딸도 다복하게 낳아보았고, 큰 재산도 만져보았고, 출가하여 참선납자로 겨자씨만 한 깨달음도 얻었으니 무슨 미련이 있으리오. 나야말로 행복한 사람이 아닌가. 이제 남은 것은 한 가지, 죽는 일에도 걸림이 없으면 장부의 살림살이로 족하지 않겠는가."

그날부터 추금은 방선放禪 시간이 되면 산으로 올라가 아무도 모르게 장작을 쌓기 시작했다. 추금의 선방은 법당 위쪽에 있는 조그만 칠성각이었으므로 태고사 대중들은 아무도 눈치를 못챘다. 방선 시간이 되면 지게를 지고 산에 올라가므로 나무하러 가겠거니 하고 늙은 추금의 모습을 무심코 보았던 것이다.

그러던 어느 날, 추금은 며칠 전에 빨래한 누더기 장삼을 꺼내입었다. 출타할 때만 입는 누더기 장삼이었다. 칠성각에서 내려온 추금을 보고 젊은 수좌가 물었다.

"조실스님, 어디로 가시렵니까."

"그래, 갈 데가 있어. 그러니 오늘은 나의 공양을 짓지 마라."

당시 선방 수좌에게 한 끼 지급되는 좁쌀의 양은 세 홉이었다. 어느 선방이고 간에 세 홉을 넘기가 힘들 만큼 곤궁했다. 세 홉으로 죽을 쑤면 허여멀게서 훌렁훌렁한 국이나 다름없었다. 추금이 한 끼 먹지 않으면 세 홉이 남는 셈이었다.

"스님, 언제 돌아오십니까."

"무얼 오고 가는 것을 보려고 하느냐. 그것도 상相에 집착하는 것이니 상관하지 말거라. 정녕 대중들이 나를 찾거든 동쪽 하늘을 보라고 일러라."

젊은 수좌는 추금을 이해할 수 없었다. 결제 중에는 누구도 산문 밖으로 나가지 못하게끔 금하면서도 당신은 출타하려 하고 있기 때문이었다.

추금은 칠성각으로 올라와 간밤에 써둔 글을 칠성대에 올려놓고 삼배를 했다. 금생을 떠나보내는 작별이자 내생으로 돌아가는 첫 의식이었다. 칠성대에 올려진 글은 스스로 자기 몸을 태우고 간다는 「자화장송自火葬頌」이었다.

> 선자화상은 수장을 택하였으나
> 나는 도리어 화장을 택하노라
> 물과 불이 비록 서로 다른 듯하나
> 하나도 아니요 둘도 아니니라
> 까마귀와 까치는 서산에서 울고
> 서산에는 해가 기울고 있도다
> 이 몸은 본래의 나가 아니기에
> 때가 되어 이제 떠나는 것일세
> 가히 우습고 우습도다 대장부 남아여
> 이와 같이 나는 허깨비를 짓고 가노라
> 船子擇水葬 我還自火葬
> 水火雖相異 非一亦非二

烏鵲啼西山 西山日欲斜

此身本非我 時至隨他去

可笑可笑丈夫兒

如是如是幻作麼

　도를 닦고자 양자강에서 뱃사공이 되어 숨어 살았던 중국의 선자화상〔德誠禪師〕이 수장을 한 것에 비해 당신은 자화장自火葬을 하노라는 게송이었다. 수장하면 나무도 절약되고 땅을 팔 일도 없다며 강으로 배를 타고 나가 물속에 뛰어들어 자취를 감춘 도인이 선자화상이었다.

　추금은 스스로 죽음을 맞이하는 것이니 수장이나 자화장이나 마찬가지라며 점심공양 무렵에 이르러 자신이 쌓아놓은 장작더미에 불을 붙였다. 동쪽 하늘에 검은 연기가 치솟는 것을 보고 대중들이 달려갔을 때는 이미 추금은 장작불 속에 숯덩이가 된 후였다. 추금은 자신의 입적을 태고사 대중들에게 그렇게 보여주고 떠났다.

일타 스님이 효봉 선사 회상에서 첫 안거를 난 송광사 삼일암

구도의 길

1945년.

해방이 되고 나서 두 달 뒤 통도사에서는 주지 선거가 있었다. 해방 후의 혼란한 격동기를 헤쳐갈 주지를 뽑는 중요한 선거였다. 산중 대중들은 단 한 사람의 반대도 없이 대강백 고경을 만장일치로 선출했다. 공과 사가 분명하고 수행자로서 흠결이 적은 고경이 누구보다도 적임자였다.

그러나 고경은 거듭 사양했다. 통도사 고승과 학인들은 하나같이 고경이 주지가 되기를 바랐지만 고경은 타협할 여지를 주지 않았다. 일타는 그러한 고경의 마음을 잘 알고 있었다. 오직 불경을 좋아할 뿐 권세 '권權'자에 대해서는 무심한 스승이었기에 주지 자리를 맡지 않을 것이라고 이미 짐작하고 있었던 것이다. 무슨 일에든 "나는 인천권人天權이 없어 앞장을 못 선다"고 말해왔던 스승이었다.

어느 때는 이런 일도 있었다. 강원의 학인들이 한지로 서첩을 만들어 증곡曾谷, 성해聖海, 구하九河, 몽초夢草, 경봉鏡峰 등 통도사 고승들의 글씨를 받고는 고경에게도 간곡하게 부탁했다. 이때도 고경은 "남긴 자취를 보고 누가 잘 썼다 못 썼다는 시비 분별을 학인들에게 남기고 싶지 않다"며 거절했다.

고경은 바랑을 꾸리더니 시자 일타를 불러 말했다.

"나는 주지를 맡지 않을 것이다. 통도사를 잠시 떠나 있을 터이니 그리 알거라."

"어디로 가십니까."

"경주로 가 남산 석불이나 참배하고 올 것이다."

주지를 맡지 않겠다는 자신의 뜻이 관철되지 않을 것 같으므로 고경은 바랑을 메고 경주로 줄행랑을 놓았다. 할 수 없이 통도사 대중들은 고경이 통도사를 떠난 지 이틀 후 주지를 다시 선출했다. 주지가 있어야 주지의 추천에 의해 삼직스님을 뽑고 종무행정과 절 살림을 원활하게 할 수 있어서였다.

고경은 주지를 다시 선출했다는 소식을 접하고는 곧 경주에서 돌아왔다. 주지를 고사한 일도 있고 해서 고경은 큰절에서 거처를 옮겼다. 큰절과 개울을 사이에 두고 있는 안양암으로 시자 일타를 데리고 갔다. 그곳에서 있는 듯 없는 듯, 물 흐르듯 꽃 피듯 암자

이름대로 안락安樂을 기르며〔養〕살기 위해서였다. 실제로 고경은 입적할 때까지 일 년 동안을 그렇게 정진했다. 고경에게는 입적도 안락의 시간이었다. 가벼운 미질을 보인 지 나흘째에 일타를 불러 놓고 자신의 서원을 말했다.

"내생에는 참선을 할 것이다."

일타는 마음속으로 깜짝 놀랐다. 일생 동안 강경講經을 하고 경을 볼 때는 얼굴에 미소를 지으며 신바람을 냈던 스님이었는데 무엇 때문에 내생에는 참선을 하겠다는 것인지 이해가 되지 않았다. 결연한 스승의 의지에 일타는 물러나와 고개를 이리저리 흔들었다. 적멸보궁으로 올라가 사리탑 주위를 돌면서 상념에 잠겼다.

일타는 곧 깨달았다. 강원에서 『화엄경』을 공부할 때 배운 것이 있었다. '교를 버리고 선에 든다는 사교입선捨敎入禪이 바로 이런 것이구나!' 하고 일타는 마음속으로 외쳤다. 스승 고경은 금생을 교(부처님 말씀)로 살았으니 내생에는 선(부처님 마음)으로 살고 싶은 것이 분명했다. 일타는 사리탑 앞에 서서 고개를 숙이고 합장하며 맹세했다.

'부처님, 저는 금생부터 참선하겠습니다.'

고경은 엿새째가 되자, 제자들을 모두 모이게 한 후 짤막한 유언을 남기고 눈을 감았다.

"세간에서 잘들 살아라. 세상의 일이란 그림자나 메아리와 같고, 인과는 분명한 것이어서 조금도 에누리가 없는 것이니라〔好住

世間 猶如影響 因果分明 毫無間錯]."

세상만사는 그림자나 메아리처럼 덧없이 사라지고 말지만 인과는 분명하게 나타나는 것이니 나중에 후회하지 말고 부지런히 공부하고 정진하라는 당부였다.

일타는 눈물을 흘렸다. 주먹으로 흐르는 눈물을 훔쳤다. 처음 만났을 때는 무서웠으나 비로소 아버지의 깊은 정을 느끼려고 할 때 스승과 헤어지고 만 것이었다. 마음이 여린 일타는 눈보라가 흩날리는 정월 내내 고경이 머물렀던 방을 보곤 하면서 생일날 손수 찰밥과 칼국수를 챙겨주던 스승 고경이 떠올라 남몰래 눈물을 흘렸다.

그런데 절의 분위기가 이상했다. 섭섭할 정도로 무심했다. 대중들은 49재를 지내고 나서는 고경을 곧 잊어버렸다. 누구 한 사람도 은사 잃은 외로운 일타를 위로해주지 않았다. 어느 한 사람의 얼굴에서도 다비장에서 보았던 숙연함을 찾을 수가 없었다. 의지할 사람을 잃어버린 일타만이 슬픔에 빠져 있을 뿐이었다.

일타는 안양암 옆으로 흐르는 계곡물의 얼음이 녹고 버들강아지가 눈을 뜨고 진달래가 필 무렵에야 외삼촌 영천을 만나 서서히 슬픈 감정에서 벗어날 수 있었다. 영천은 콜록거리던 예전의 영천이 아니었다. 밭은기침은 씻은 듯이 사라졌고, 말에 힘이 있어 전류가 흐르는 듯 일타에게 짜릿짜릿함을 주었다.

"버려라. 오랫동안 기뻐하거나 슬퍼하는 것도 병이다. 집착이다."

"영천 스님, 슬퍼하는 것도 집착이라는 말입니까."

"슬픔도 지나치면 병이 된다. 홀홀 털어버려라. 나를 따라 조계산 송광사로 가지 않겠느냐."

영천의 한마디에 일타는 곧 기운을 차렸다. 슬픔도 병이 된다고 하니 그것에 잡착하고 있는 자신이 어리석게 느껴졌다.

다음 날.

바랑을 멘 일타는 영천을 따라 송광사로 향했다. 기차나 버스로 가지 않고 탁발을 하면서 걸어서 가기로 했다. 남도 길로 들어서니 산천은 봄이 완연했다. 개나리 진달래가 다투어 노랗고 붉게 피어나고 있었다. 얼었던 낙동강은 쪽물을 풀어놓은 것처럼 더욱 푸르게 흘렀다. 바닷가 산길에는 산벚꽃이 만발하여 흰 나비 떼가 내려앉은 듯 일타의 눈을 부시게 했다.

"영천 스님, 해수병이 다 나은 것입니까."

"언젠가 내가 말한 적이 있지. 음, 그렇구나. 너를 데리고 팔공산 내원암 성호 스님에게 가기 위해 대전에서 기차를 타고 대구로 가고 있을 때였을 것이다. 내가 오도하면 해수병도 사라질 것이라고 했지 않느냐."

일타는 견성 해탈하면 병마에서 깨끗이 벗어날 수 있다는 얘기를 기억했다.

"영천 스님, 어떻게 오도했습니까."

"일타야, 너는 지금까지 내가 탁발해온 것만 먹었다. 이번에는 일타가 가서 탁발해보아라. 탁발해오면 견성한 내 얘기를 해주마."

"스님, 저더러 탁발을 하란 말입니까."

"비구는 다른 말로 걸사다. 걸사니까 발우를 들고 얻어먹어 봐야 하는 것이다."

"스님, 밥을 어떻게 얻어먹습니까."

"하심下心이 없으면 어려울 것이다."

"하심이 무엇입니까."

"나를 남 밑에 놓는 겸손이다. 겸손이 없으니 탁발을 주저하는 것이야. 어서 발우를 들고 가서 '지나가는 스님 왔습니다'라고 해봐라."

영천은 일타에게 시범을 보였다. 발우를 들고 눈을 지그시 감고 "지나가는 스님 왔습니다" 하고 나직이 중얼거렸다. 결코 마음이 문제지 언행이 어려운 것은 아니었다.

할 수 없이 일타는 마을로 들어가 낯선 싸리문 앞에 섰다. 그러나 곧 도망쳐버렸다. 그랬더니 영천은 일타에게 고행을 시켰다. 밤이고 낮이고 쉬는 시간을 주지 않고 걸었다. 잠은 아주 잠깐이었다. 마을의 일꾼 방으로 찾아가 잠시 눈을 붙이고 난 후 캄캄한 밤이라도 걷고 또 걸었다. 영천의 뒤를 좇아가던 일타는 마침내 어느 마을 앞을 지나면서 항복하고 말았다.

"영천 스님, 탁발해오겠으니 쉬었다 가십시다."

"이제야 정신이 드는 모양이구나. 어디 네가 탁발한 진수성찬을 먹어보자꾸나."

막상 입을 떼고 보니 탁발이 어려운 일만은 아니었다. 영천이 시킨 대로 했더니 할머니가 바가지에 따뜻한 밥과 나물을 퍼와 일타가 든 발우에 담아주었다. 일타는 탁발한 기세를 몰아 영천을 다그쳤다.

"스님, 이제 얘기해주셔야 합니다."

"무슨 얘기를."

"제가 탁발해오면 견성한 얘기를 해주신다고 약속했습니다."

"일타는 금강산도 식후경이란 말 들어보지 못했는가. 네가 탁발해 가져온 진수성찬을 먼저 먹자꾸나."

영천과 일타는 맑은 물이 돌돌돌 소리쳐 흐르는 개울가로 내려가 오관게五觀偈를 외운 후 공양을 했다.

이 음식 어디서 왔는고
내 덕행으로 받기 부끄럽네
마음의 온갖 욕심 버리고
몸을 지탱하는 약으로 알아
도업을 이루고자 이 공양을 받는다네

計功多少量彼來處

忖己德行全缺應供

防心離過貪等爲宗

正思良藥爲療形枯

爲成道業應受此食

일타는 영천이 오관게를 하는 동안 "내 덕행으로 받기 부끄럽네"에서 들려고 하던 숟가락을 가만히 내려놓았다. 영천이 오관게를 마치고 공양을 하는 동안에도 일타가 먹을 생각을 하지 않자, 영천이 말했다.

"팔만사천 경전 다 외울 것 없이 오관게만 실천해도 불佛을 이룰 수 있을 것이다. 공양할 때마다 오관게를 외우니 우리 불문이 얼마나 좋은 곳이냐."

영천은 약속대로 자신이 견성한 경험을 일타에게 들려주었다. 영천은 터져 나오는 기침 때문에 선방에 들 수 없었다. 선방을 기웃거리거나 후원에서 혼자 참선하는 것이 고작이었다. 기침이 심할 때는 누워 잘 수도 없었다. 앉아 있어야만 겨우 기침이 멎었다. 수좌들은 그런 영천을 보고 장좌불와 수행을 한다고 소문을 냈지만 영천에게는 그저 괴로운 일이었다. 해수병이 깊어 어쩔 수 없이 그런 자세로 잠을 자는 것이지 장좌불와가 아니었던 것이다. 결국 영천은 자결할 각오로 속리산으로 들어갔다. 영천이 걸음을 멈춘 곳은 속리산 천황봉 아래 경업대 부근에 자리한 토굴이었다. 그곳은 한반도 전역에서 바람이 불어온다는 만리풍萬里風이 부는 높은 산중이었다.

2차 세계대전 종전 무렵으로 일본이 망해가던 1945년 초여름 이었다. 영천은 생콩과 솔잎을 구해놓고 토굴 마루에 앉아 중얼거 렸다.

'해수병을 앓는 나는 선방에 가더라도 수좌들에게 짐이 될 뿐 이다. 세상은 전운에 휩싸여 있고, 나 또한 살 만큼 살지 않았는 가. 화두 들고 참선하다 죽더라도 무슨 미련이 있으리오.'

그날 영천은 해온 나무로 토굴 방에 불을 지펴놓고 솔잎과 생콩 을 조금 씹어먹은 뒤 가부좌를 틀었다. 솔잎만 먹으면 변비가 생 기므로 콩을 섞어먹는 것이 생식하는 수행자들의 상식이었다.

영천은 가부좌를 틀자마자 바로 선정삼매에 들어 자신의 몸과 시간과 공간을 잊어버렸다. 텅 빈 허공에 화두 하나가 보름달처럼 떠 있을 뿐이었다. 자신의 온몸이 화두와 하나 되어 보름달이 되 어버렸다.

어느 순간 눈을 뜨자, 대전과 옥천 쪽의 하늘에서 뭉게구름 같 은 것이 몰려오더니 5리쯤 떨어진 허공에서 천하 만물과 함께 폭 죽처럼 산산이 흩어 퍼지고 나서 일시에 허공으로 빨려 들어가는 것이 보였다.

영천이 깨어났을 때는 이레가 흘러가버린 뒤였다. 그런데 놀랍게도 이레 전에 보지 못했던 풍경이 토굴 앞에서 벌어지고 있었다. 토굴의 축대가 불단이 되어 쌀과 과일, 떡이 놓여 있고 사람들이 축대 아래에서 절을 하고 있었다. 사람들은 영천을 등신불로 알고 소원성취 기도를 하고 있었다. 영천은 가부좌를 풀지 않고 눈을 뜬 채 오도송을 불렀다.

한 주먹에 태산의 뿌리를 부수니
천하 만물이 먼지 되어 날아가는구나
만법일체가 가히 걸릴 것이 없으니
이 마음은 가을 달 가을 물 같도다
一拳拳倒泰山崗
天下萬物碎飛塵
萬法一切無罣碍
此心秋月似秋水

사철 중에 가장 맑은 달이 가을 달이고, 가장 맑은 물이 가을 물인바, 그것을 얻었다는 것은 명경지수의 경지에 들어섰다는 깨달음의 노래였다. 또 하나 놀라운 기적은 오도하고 나니 해수가 말끔히 사라져버린 일이었다.

"전쟁이 나니까 속리산으로 피난 온 사람들이 나를 만져보고는 송장이 아니니까 생불이니 도인이니 하더구나."

큰절을 하고 기도하는 사람들 중에는 피난을 무사히 마치게 해달라고 비는 피난민들도 있었다.

송광사에는 금강산에서 오도를 한 효봉이 있었다. 효봉은 송광사 삼일암 선방에서 조실스님으로 머물면서 선방 수좌들을 지도하고 있었다. 영천이 송광사로 가는 것은 일타를 효봉에게 소개해 주기 위해서였다. 일타 역시 참선을 하겠다고 통도사 사리탑에서 스스로 맹세하였기 때문에 송광사 삼일암 선방에서 첫 안거를 나고 싶었다. 일타의 생애 중 선禪의 길로 들어서는 첫 안거인 셈이었다.

송광사는 보조국사 이후 16 국사를 배출하였다고 해서 승보종찰僧寶宗刹, 해인사는 팔만대장경이 있으므로 법보종찰法寶宗刹, 통도사는 부처의 사리를 봉안하고 있어 불보종찰佛寶宗刹이라고 불렀다.

영천과 일타가 송광사 어귀에 도착했을 때는 한낮이었다. 아침 공양만 했으므로 다리에 힘이 빠져 아무 데라도 주저앉고 싶었다. 농부들이 논밭으로 일하러 나가 마을마다 텅 비어 있었으므로 점심은 탁발을 접고 굶어야 했기 때문이었다.

계곡은 통도사보다 봄이 더 무르익어 있었다. 송림 사이에는 진달래가 만발하여 다홍치마를 널어놓은 것처럼 붉었다. 소나무도 수액의 활동이 왕성하여 솔잎 냄새가 향긋했다.

"영천 스님도 송광사에서 방부를 들이시겠습니까."

"나는 고승의 지도를 받아본 적이 없는 독각獨覺이다."

"이제 기침을 하지 않으시니 선방에 들어갈 수도 있지 않습니까."

"아니다. 효봉 조실스님만 뵙고 또 길을 떠날 것이다. 이제 나는 혼자 참선하고 정진하는 것이 편하다. 이것이 내 분分이다. 분이란 나눌 분 자가 아니더냐. 혼자 정진하는 것이 내 몫으로 나눠진 업이다."

일주문이 보이는 산길을 오르는데 장끼와 까투리가 나타나 종종종 길라잡이를 해주었다. 그들을 무서워하지 않고 한참 동안 앞에 서서 앙증맞게 길을 안내했다. 영천은 기분이 좋아져 말했다.

"산짐승들이 사람을 무서워하지 않는 것을 보니 송광사 가풍을 알 만하다."

"영천 스님, 송광사 가풍이 어떻다는 것입니까."

"산짐승이 사람을 무서워하는 것은 사람에게 살생심이 있기 때문이다. 살생심의 반대는 자비심이겠지. 이제 알겠느냐."

"처음 듣는 얘기입니다."

"송광사에는 자비심이 넘쳐나는구나. 스님들이 수행을 잘해 마음속의 살생심을 다 씻어냈기 때문이야. 너도 이번 하안거 동안에 살생심을 씻어내고 자비심을 키워보거라."

"영천 스님, 저는 화두를 들고 참선만 하겠습니다. 그것만 하면

다 이루어지는 것이 아닙니까. 참선만 하면 살생심 같은 것도 절로 씻어지는 것이 아닙니까."

"옳은 얘기다. 은사스님이 그렇게 당부하더냐."

"은사스님께서는 입적하시기 몇 달 전부터 저에게 참선하라고 신신당부를 했습니다."

일타의 말은 사실이었다. 고경이 통도사 주지 자리를 내놓고 경주로 도망쳤다가 다시 돌아와 안양암에 머물 때였다. 강백으로 살아온 자신의 삶에 회의를 느끼는지 고경은 편안하게 불경을 보다가도 갈등했다. 특히 일타의 넷째 외삼촌이자 상좌인 진우가 해제철이 되어 안양암에 인사하러 올 때마다 가벼운 실랑이를 벌였다. 한번은 진우가 "스님, 금강산으로 참선하러 가십시다" 하니 "가기는 가야 되겠는데, 그거 원 참선하려고 해도 당최 의심이 안 나서 못 하겠으니" 하고 슬그머니 발을 뺐다. 고경은 불경을 가르치는 강백으로 살라는 것이 자신의 업이라고 생각하는 듯했다. 고경의 업이 그러하니 아무리 진우가 간절하게 사정해도 소용이 없었다.

고경은 상좌인 진우를 좋아하여 밤새 이야기를 나눌 때가 많았다. 자신의 방에서 진우의 이부자리를 펴놓고 기다리기도 했다. 어느 날인가는 진우가 "어째서 그렇게 의심이 안 납니까. 있는 무도 아니요, 없는 무도 아니요, 유무 중간의 무도 아닌 무, 이것이 무슨 무입니까" 하고 물으니 고경은 "진우 수좌가 그렇게 물으니 의심이 나는 것도 같구먼" 하고 말하더니 하루 이틀 지난 뒤에는

"내가 논 정리도 해야겠고, 가지고 있는 살림살이도 처분해야 하니 가을에 금강산으로 가겠네" 하고는 발을 뺐다. 진우가 가을에 다시 돌아와 또 물으니 "봄에 가겠으니 그때 진우 수좌와 함께 참선하세" 하고는 미루기만 했던 것인데 겨울에 미질을 보이더니 조용히 숨을 거뒀다.

입적이 가까워져서였다. 고경은 자신의 죽음을 예감했던지 일타에게 "아무래도 겨울을 넘기지 못할 것 같구나. 더 살 수만 있다면 우리 충공(충청도 공주 태생이라는 일타의 별명)이를 앞세우고 금강산에 올라 조사선을 하고 싶구나. 넌 강사 되지 말고 선사가 되거라" 하고 미소를 지으며 당부하거나 "내가 살아 있어야 널 유학시켜줄 텐데 내가 죽고 나면 누가 널 공부시키겠느냐. 아니, 그것보다는 그런 것 잊어버리고 넌 선사가 되거라" 하고 마음속의 말을 드러내곤 했다. 이때 일타는 막연히 선사가 될 것을 발심했고, 고경이 입적을 사흘 앞두고 일타에게 "내생에는 참선을 하겠다"고 자신의 서원을 고백하여 일타로 하여금 확실하게 재발심케 했던 것이다.

영천의 한마디도 일타에게는 선의 길을 걷는 데 큰 용기를 주었다. 불과 한 달 전의 일이었다. 고경의 49재 이후 고경이 남긴 재산을 진우의 사형 동화당이 열쇠 뭉치를 들고 다니며 정리를 주도하고 있었는데, 그때 영천이 그 모습을 보고는 일타에게 이렇게 말했던 것이다.

"일타야, 너는 저 열쇠 뭉치를 보고 무슨 생각이 드느냐."

"욕심을 부리는 것은 염라대왕의 감옥 문 여는 자물쇠를 잡아당기는 것과 같다고 「자경문自警文」에서 배웠습니다."

"그렇다. 열쇠 뭉치를 탐하는 것은 지옥문을 여는 것이다. 넌 청정 수행자가 되어야 한다. 「자경문」의 이 구절이야말로 만고 진리가 아니겠느냐."

재물 쌓고 색 밝히면 염라대왕 감옥 열고
청정행자는 아미타불 연화대로 모셔가네
利慾閻王引獄鎖
淨行彌陀接蓮臺

이윽고 두 사람은 법당으로 들어가 참배하고 종무소로 갔다. 원주는 일타보다 나이가 두세 살 많아 보였고, 삭발한 지 오래되어 머리카락이 듬성듬성 자라 있었다.

"방부 들이러 왔습니다. 지금 주지스님을 뵐 수 있겠습니까."

"주지스님은 출타하셨습니다."

"조실스님은 뵐 수 있겠습니까."

"잠깐 기다리십시오. 조실스님께서는 공양하신 후 노스님들과 다담茶談을 나누셨습니다. 지금도 조실채에 계시는지 가보고 오겠습니다."

일타의 빈 배 속에서 쪼르륵 소리가 났다. 허기가 졌으나 참을 만했다. 얘기로만 듣던 효봉을 만나게 되어 긴장한 탓이었다. 일타는 통도사 극락암에서 경봉에게 효봉이 금강산에서 절구통수좌라는 별명을 들으며 용맹정진하여 마침내 오도했다는 얘기를 자주 들었던 것이다.

잠시 후 원주가 영천과 일타를 조실채로 안내했다. 원주는 조실채로 가면서 일타에게 은근히 겁을 주었다.

"조실스님보다는 주지스님에게 잘 말씀드려야 방부를 들일 수 있습니다. 주지스님께서는 절 살림을 워낙 깐깐하게 하시는 분이니까요. 허투루 곡식이 새면 그날은 난리가 납니다. 된장도 아깝다고 고추를 똥에 찍어먹으라고 야단칠 정도니까요."

조실채에는 효봉 혼자 앉아서 고요히 좌선을 하고 있었다. 원주가 인기척을 서너 번 내자 효봉이 방문을 조금 열고 고개를 내밀었다. 영천과 일타는 고개를 깊이 숙이고 합장했다.

"어디서 왔는가."

"통도사에서 왔습니다."

"젊은 수좌는."

"저도 통도사에서 왔습니다. 경봉 스님께서 안부를 전하라고 했습니다."

"그대는 경봉 스님을 어찌 아는가."

효봉은 경봉이라는 말에 반색하며 작은 눈을 크게 뜨고 말했다.

"제 은사는 고경 스님이시나 때때로 극락암으로 올라가 경봉 스님을 뵙고 수좌의 길을 동경하게 됐습니다."

"허허, 상호가 아주 영민하게 생겼구먼. 어서 들어오거라."

좁고 소박한 방으로 들어선 영천과 일타는 효봉에게 귀의하듯 삼배를 올렸다. 일타는 경봉을 처음 볼 때도 그랬지만 효봉을 대하면서 대인 같다는 느낌에 압도되었다. 키가 장대했고 이목구비에는 범상치 않은 기운이 흐르고 있었다.

"무엇 하러 왔는가."

영천이 먼저 답했다.

"저는 만행 중이고 이 수좌는 하안거 방부를 들이려고 왔습니다."

"방부를 들인다면 누구라도 받아야지."

효봉은 일타를 다시 한 번 쳐다보더니 말했다.

"몇 살인가."

"올해 열여덟 살입니다."

"우리 선방에 든다면 가장 어린 나이로군."

"큰스님, 꼭 입방케 하여주십시오. 용맹정진하여 은혜를 갚겠습니다."

효봉은 잠시 눈을 감고 생각에 잠겼다. 무언가 여의치 않은 일이 있는 듯 어깨를 좌우로 흔들더니 눈을 뜨고 말했다.

"주지스님을 만나고 왔는가."

"출타 중이라서 뵙지 못했습니다."

"주지스님이 살림하느라 고생이 많지. 더 이상 선방 수좌는 방부를 받지 않겠다고 할지도 모르니 이렇게 사정해보거라."

일타는 효봉의 자비로운 말에 감격했다. 주지가 방부를 받지 않겠다며 돌아가라고 하면 "조실스님 이하 대중이 다 가면 가겠습니다" 하고 버티면 된다고 일러주었다. 더불어 "쌀 많이 있다"고 송광사의 공양간 사정까지 알려주면서 주지가 똑똑한 수좌를 만나면 혼이 좀 날 것이라고 웃었다. 주지는 객승이 오면 양식을 아끼기 위해 누구든지 간에 대뜸 돌아가라고 하는 모양이었다.

효봉은 공양간 살림에 초탈해 있었다. 경봉이 금강산에서 효봉을 만난 이후 도우道友가 됐다는데, 과연 서로 탁마하는 자비로운 도반이 분명했다.

해 질 무렵에야 주지가 돌아와 영천은 객사로 가고 일타 혼자서 종무소로 갔다. 주지는 어린 일타를 흘끗 살피더니 다른 사무를 보면서 눈길도 건네지 않고 물었다.

"강원은 마쳤는가."

"중학교를 다니느라 그럴 시간이 없었습니다."

"강원을 마치고 오게. 우리 송광사는 강원을 마쳐야 선방 방부를 받는다네."

효봉의 얘기와는 달랐다. 송광사 선방에 들려면 자격을 갖춰야 하는 모양이었다. 일타는 눈앞이 캄캄했다. 한 달을 고생해서 걸어왔는데, 통도사로 돌아가라고 하니 다리에 힘이 쭉 빠지는 듯했다.

일타는 효봉이 일러준 대로 말했다.

"주지스님, 선방 입실에 무슨 자격이 있습니까. 조실스님 이하 대중이 다 가면 가겠습니다. 방부를 받아주십시오."

주지는 일타를 똑바로 보더니 짙은 눈썹을 꿈틀거렸다. 누구든 송광사에 오면 먼저 가라고 말하는 것이 주지의 인사법인 모양이었다. 이러한 주지 때문에 발길을 돌린 수좌들이 제법 많았는데, 그것을 알고 있는 효봉이 일타에게 퇴짜 맞지 않는 요령을 알려주었던 것이다.

"이보게. 난 입실 자격만 따져보는 주지라네. 방부를 받고 안 받고는 조실스님께서 결정하시니 큰스님께 가서 허락을 받으시게."

"이미 허락을 받았습니다."

"하하하. 나이는 어린데 강골 근기로군."

"고맙습니다."

"나한테 고마워할 것은 없네. 송광사 정랑에 똥만 싸고 가는 수좌는 되지 말게. 우리 조실스님처럼 선방 좌복에 엉덩이가 문드러지도록 정진하게나."

객사로 돌아와보니 영천은 또 떠나려고 바랑을 챙기고 있었다.

원주가 말한 대로라면 내일 도인이라고 소문난 성철 수좌가 하안거를 나기 위해 송광사로 온다고 하니 일타는 가슴이 설레었다.

성철이 선방에 방부를 들인다면 송광사에는 효봉과 성철, 두 사람의 도인이 머무는 셈이었다. 일타는 은근히 신바람이 났다. 중노릇 잘해야겠다는 신심이 솟구쳤다. 그런 신심을 불가에서는 결코 무엇에도 흔들리지 않는 '말뚝신심'이라고 했다. 일타는 송광사 화장실에 똥만 싸고 가는 수좌가 되지 않겠다고 이를 악물었다.

소문대로 35세의 성철이 송광사 삼일암 선방에서 하안거를 나려고 왔다. 멀리서 온 탓인지 떨어진 짚신에다 낡은 바랑을 멘 모습이 영락없는 걸사였다. 그의 걸음걸이는 자신감으로 가득 차 있었다. 선방 대중들이 공양 시간에 모여 수군거렸다.

"철 수좌가 왔다."

"철 수좌는 불경도 밝아 팔만대장경을 거꾸로 외우는 분이다."

선방 대중 가운데 가장 어린 일타는 성철을 외경심으로 맞이했다. 성철이 풍기는 분위기에 압도되어 '나도 이번 하안거에는 일대사를 해결하여 저렇게 당당하게 중노릇해야지' 하는 마음을 냈다.

성철은 이미 오도를 하였다고 수좌들 사이에 평이 나 있었다. 금강산 마하연에서 수행하던 성철이 팔공산 동화사로 내려와 오도를 한 것은 1940년, 그의 나이 29세 때라고 전해지고 있었다. 동화사 금당선원에서 성철은 출가한 지 3년 만에 몽중일여夢中一如에서 숙면일여熟眠一如의 경지로 더 나아가 깊은 잠 속에서도 사라지지 않은 화두를 경험했던 것이다. 몽중일여란 꿈속에서 화두가 성성한 경지를 말하고 숙면일여란 깊은 잠 속에서도 화두가 또렷하게 들려 있는 것을 뜻했다.

그때 성철이 부른 깨달음의 노래는 이러했다.

황하수 서쪽으로 거슬러 흘러
곤륜산 정상에 치솟아 올랐으니
해와 달은 빛을 잃고 땅은 꺼져내리도다
문득 한번 웃고 머리를 돌려 서니
청산은 예대로 흰 구름 속에 있네
黃河西流崑崙山
日月無光大地沈
遽然一笑回首立
靑山依舊白雲中

일찍이 스승 동산이 당부했던 길 없는 길, 문 없는 문의 경지로 나아가 부른 오도의 노래였다. 성철은 선방의 좌복을 박차고 나와 흰 구름이 걸려 있는 팔공산을 바라보며 문득 한번 미소를 지었던 것이다.

일타는 성철의 얼굴이 호랑이 같다고 느꼈다. 그가 주는 첫인상은 백수의 왕처럼 당당하고 사나웠다. 훤칠한 이마에다 눈빛은 빛나고 어깨는 반석 같았다. 성철은 송광사 노승들의 기세에 결코 밀리지 않았다. 성철의 태도가 너무나 드세어 여린 일타의 가슴이 조마조마할 정도였다.

조실인 효봉과 입승인 영월에게 절을 먼저 하고 앉아 있는 모습이 여느 수좌 같지 않았다. 다른 수좌 같았으면 무릎을 꿇고 공손하게 앉아 있을 텐데, 성철은 그렇지 않았다. 위아래 나이를 무시한 채 책상다리를 하고 앉아 있었다. 도道와 진리에 대해서만 인정하고 승복하겠다는 성철의 다부진 태도였다.

마음이 불편해진 영월이 이맛살을 찌푸리며 물어왔다.

"은사는 누구시오."

"동산 스님입니더."

"시봉은 얼마나 했소."

"시봉할라고 출가하지 않았십니더."

"허허허."

영월이 좌우로 서너 번 고개를 흔들었다. 도전적인 성철의 태도에 기분이 상했던 것이다.

"여기 오기 전에 어디서 정진했는가."

"정진이랄 거 있십니꺼. 혼자 참선하고 공양은 죽지 않을 만큼만 생식했십니더."

"괴각이구먼."

"괴각이 아닙니더. 그리 생각하는 스님들 눈에만 그리 보입니더."

효봉이 뭐라 말할 새도 없이 영월이 퇴짜를 놓았다.

"생식을 하는 스님은 여기 대중과 같이 지낼 수 없소."

영월이 거절한 이유는 성철을 감당하기가 부담스러울 것 같아서였다. 생식하는 것을 트집 잡았지만 사실은 성철이 바른 소리를 해댈 것 같았고, 대중들과 생활하면서 고분고분 얌전하게 정진할 것 같지 않았기 때문이었다. 수틀리면 어른이고 누구고 바른 소리를 해댈 것이 틀림없으니 거절했던 것이다. 성철은 입승인 영월에게 매달리지 않았다.

"잘 알겠십니더. 며칠 쉬었다 가겠십니더."

"그거야 주지스님에게 물어보고 알아서 하시오."

"그럼, 이만 나가보겠십니더."

조실과 입승에게 방부를 들여달라고 사정하고 말고가 없었다. 성철은 아무 말 없이 뚜벅뚜벅 걸어나갔다. 주지도 성철에게는 꼼짝을 못했다. 성철이 묵을 방으로 국사전國師殿 노전을 군소리 않고 배정해주었다.

국사전 노전에는 젊은 수좌인 도우가 있었는데, 그도 역시 일타처럼 성철에게 반했다. 그래서 일타와 도우는 밤중에 영월을 찾아가 성철이 하안거를 날 수 있도록 사정했지만 소용이 없었다.

일타는 감히 말을 붙일 용기가 나지 않았고 도우가 나서서 영월에게 통사정을 했다.

"입승스님, 대중들 모두가 철 스님이 왔다고 말뚝신심을 내고 있습니다. 방부를 허락해주십시오."

"일대사는 자네들 스스로 해결해야지 철 수좌가 해결해주는가."

"대중들 모두 철 스님에게 거는 기대가 큽니다. 하안거를 날 수 있도록 해주십시오."

"안 되네. 더구나 지금은 호열자가 돌고 있네. 선방에서 파리채를 들고 파리를 잡아라 하면 철 수좌가 내 말을 들을 것 같은가. 아마도 철 수좌는 호열자가 돌든 말든 참선만 하고 앉아 있을 것이네. 그런 수좌라면 대중 생활은 곤란하다는 것이지."

노전으로 돌아온 도우가 허탈해하며 일타에게 말했다.

"일타 스님, 웬만한 일이면 내 얘기를 다 들어주는 입승스님인데 아무래도 철 스님이 거북한 모양이오."

"조실스님에게 사정해보면 어떨까요."

"조실스님께서 뭐라고 경책하는 말씀을 할 줄 알았더니 묵묵히 계시기만 할 뿐이니 더 나설 수도 없습니다."

도우는 실망한 빛이 역력했다. 낙심하여 그도 곧 떠나버릴 것 같았다. 그러나 도우는 노전에서 불공이 들어오면 신도들을 위해 염불을 해주고 있었기 때문에 바로 떠날 수는 없었다. 노전에서 염불하고 나면 많지는 않지만 신도들에게서 수고비가 좀 들어왔으므로 도우는 용돈도 모을 겸 한 철만 더 나기로 작정하고 있었던 것이다.

도우는 성철에게 차비라도 줄 수 있었지만 일타는 아무것도 줄 것이 없었다. 일타는 밭으로 나가 생식하는 성철에게 날마다 풋풋한 상추를 뜯어다 주었는데, 며칠 후 성철은 기어이 도우가 준 새 바랑을 짊어지고 송광사를 떠나버렸다. 만공을 만나 법거량을 하기 위해 정혜사로 향했다.

일타는 섭섭한 마음에 일주문까지 따라나가면서 말했다.

"스님, 어디로 가십니까."

"만공 스님을 뵈러 정혜사로 가네."

"혼자서 가십니까."

"중이 가는 길은 혼자 가는 길이네."

일타는 아쉬우면서도 한편으로는 가슴에 시원한 바람이 이는 것을 느꼈다. 바랑을 메고 표표히 떠나는 성철의 뒷모습이 아름답고 거룩하게 다가와 일타는 성철의 모습이 보이지 않을 때까지 그 자리에 서서 배웅했다.

'오는 사람 막지 말고 가는 사람 잡지 말라.'

그랬다. 수행자들의 오고 감은 강물의 파문처럼 잠시 일었다가 곧 사라졌다. 일타도 성철이 송광사에 왔던 것을 곧 잊고 말았다. 선방의 좌복 위 살림은 화두로 시작하여 화두로 끝나는 일과였다. 화두가 아닌 것은 모두 비우고 버려야 했다. 화두 밖의 것들은 모두가 망상을 짓는 것일 뿐이었다.

선방 대중들은 가끔씩 조실채로 불려가 공부를 제대로 하고 있는지를 효봉에게 점검받았다. 일타도 예외는 아니었다. 효봉은 어린 일타를 누구보다도 아꼈다. 아무 때나 조실채로 올라오게 하여 이런저런 질문을 했다.

"너는 어떤 화두를 들고 있느냐."

"시심하를 들고 있습니다."

"시심하라, 한 자 한 자 말해보거라."

효봉은 의아해하며 말했다. 조실채에 먼저 와 차를 마시고 있던 다른 수좌들은 웃음을 터뜨렸다. 일타는 창피했지만 또박또박 말했다.

"이 시是 자, 마음 심心 자, 어찌 하何 자입니다."

"누구한테서 화두를 탔는고."

"중학교에 다니면서 스스로 들었습니다. 시심하, '이 마음이 무엇인가' 하고 학교를 오갈 때나 틈만 나면 스스로 의심하고 궁리했습니다."

"하하하."

"큰스님, 왜 웃으십니까."

효봉은 소리 내어 웃더니 정색을 하고 말했다.

"알고 보니 네 녀석은 엉터리다. 엉터리 중에서도 아주 큰 엉터리다."

효봉은 죽비를 들어 자신의 손바닥을 탁탁 치면서 '시심하'가 아니라 '시심마'라고 자세하게 가르쳐주었다. 심마心麽는 중국어 사투리로 '뭣고'이니 시심마는 '이 뭣고'가 된다는 것이었다.

"큰스님, '이 뭣고'만 들고 있으면 되겠습니까."

"그렇다. 그것만 오매일여 붙들고 있으면 마음자리가 드러나게 돼 있다. 자성自性이 드러나게 될 것이다. 마음자리를 보는 것이 견성이고 성불이니라."

"큰스님, 명심하겠습니다."

"그럼, 어서 선방으로 가보거라."

일타는 시심마란 화두를 들고 조그만 상 위로 올라갔다. 며칠 전부터 좌복에 앉기만 하면 졸린 탓에 사용하지 않는 상을 공양간에서 가져와 그 위에 앉아 참선을 했다. 그래도 졸리기는 마찬가지였다.

그런데 희한했다. 아무리 꾸벅꾸벅 졸아도 상 아래로 떨어지는 일은 없었다. 고개가 상 밑에까지 축 늘어지는데도 가부좌를 튼 몸은 방바닥으로 굴러 떨어지지 않았다.

"일타 수좌는 잠이 많아서 안 되겠어. 목침을 놔두어야지."

선방 수좌 중에 한 사람이 상 위에 목침을 놓고서는 주의를 주었다. 그래도 일타는 수마를 물리치지 못했다. 시심마를 들고 있으면 어느새 수마에 잡히어 머리는 방아가 되어 목침을 찧고 있었다. 일타의 이마에는 붉은 혹이 나고 푸른 멍이 들었다. 일타의 그런 모습 때문에 선방에는 느닷없이 웃음보가 터지곤 했다. 포행

시간에 한 수좌가 말했다.

"일타 수좌는 무슨 화두를 들고 있는가."

"시심마를 들고 있습니다."

"화두도 간택을 잘못하면 아무리 정진해도 진전이 없으니 큰스님께 다시 말씀드리고 다른 화두를 타는 것이 어떠하겠는가."

"정말 그렇습니까."

"나도 처음에는 무 자 화두를 들었다가 지금은 다른 것으로 정진하고 있다네. 영험이 있는지는 두고봐야 하겠지만 발심이 된 것만은 확실하다네."

그날 밤 일타는 용기를 내어 조실채로 올라갔다. 효봉은 일타가 왜 왔는지 단번에 알아보고는 말했다.

"네게는 시심마가 어렵다. 지금 이후에는 간시궐乾屎厥을 화두 삼아 들도록 해라."

"큰스님, 고맙습니다."

"옛날에 어떤 중이 운문 스님에게 '어떤 것이 부처입니까' 하고 물었느니라. 그러자 운문 스님께서 '마른 똥막대기니라' 하고 대답했던 데서 유래한 화두니라. 자, 이제 의심이 날 것이다. 그렇지 않느냐."

일타는 은근히 장난기가 발동하여 말했다.

"진진찰찰법왕신塵塵刹刹法王身이라, 진진찰찰마다 부처의 몸 아닌 것이 없다고 했습니다. 그러하니 마른 똥막대기가 아니라 진똥

막대기인들 부처가 아니겠습니까."

그때였다. 효봉이 방 안에 놓아둔 주장자를 들고 일타를 후려쳤다. 순식간에 일타의 눈에서 번갯불이 번쩍였다.

"망상을 피우는 것을 보니 너도 별수 없이 똥만 싸고 갈 놈이구나!"

일타는 꼼짝없이 주장자로 매를 맞고 선방으로 돌아왔다. 주장자를 맞은 등짝이 화끈거렸다. 일타는 이를 악물었다. 목젖 아래에서 분심이 솟구쳤다. 순간 일타는 좌복에 앉아 '간시궐'을 잊지 말자고 송화두로 들었다.

밤낮으로 미친 사람처럼 '간시궐'을 노래하듯 중얼거리니 화두가 조금은 들리는 것도 같았다. 옆에 앉은 수좌가 무슨 말을 걸어와도 한결같이 "간시궐!" 하고 대답했던 것이다.

효봉에게 간시궐 화두를 탄 것은 일타에게 귀중한 경험이 됐다. 참선을 해야 된다는 생각을 평생 동안 버리지 않게 된 계기가 됐던 것이다.

일타는 하안거를 해제한 날 송광사 경내를 한 바퀴 돌았다. 감로암으로 올라가 원감국사 비를 돌며 효봉에게 탄 화두 간시궐을 중얼거렸다. 어느 할머니 신도가 허공을 향해 간시궐을 외는 일타를 보더니 도리질을 하며 손사래를 쳤다. 젊은 수좌가 허기져 간식을 달라고 중얼거리는 줄 알았던 것이다.

"간식을, 간식을."

일타는 하안거 동안 화두를 타파하지 못한 분심이 일어 '간시궐'을 외고 있는 중이었다. 일타는 계곡물 소리가 들리는 반석 위에 앉아 화두를 들기도 했다. 화두에 몰입하면 계곡물 소리는 물론 새소리조자 들리지 않았다.

포행을 할 때도, 구참 수좌들과 말할 때도, 장작을 팰 때도, 혼자 있을 때도 간시궐 화두를 들었다. 그런 일타를 보고 어느 수좌가 격려했다.

"좀 더 밀어붙이면 동정일여動靜一如까지는 가겠구먼."

"스님, 동정일여가 무엇입니까."

"행주좌와行住坐臥라, 갈 때나 머물 때나 앉아 있을 때나 누워 있을 때나, 어묵동정語默動靜이라, 말할 때나 침묵할 때나 움직일 때나 가만히 있을 때나 화두가 성성한 것을 동정일여라고 하지. 허나 그것만으로는 어림없고 공부를 더 잘하려면 한 소식을 깨친 선지식을 만나야지."

"선지식을 뵈려면 어디로 가야 합니까."

"멀리 갈 것이 있나. 이 도량에 효봉 조실스님도 선지식인데."

"조실스님께서 화두를 주셨으니 다른 선지식도 뵙고 싶습니다."

"속리산 복천암 선방으로 가보게."

"그곳에는 어떤 분들이 있습니까."

"성철 스님도 있고, 보문 스님도 있고, 우봉 스님도 있고, 영천 스님도 계시지."

일타는 외삼촌인 영천과 자신에게 강한 인상을 심어주었던 성철이 있다는 말에 복천암이 그리웠다. 그곳에서 화두를 들고 몸을 던져 공부하고 싶었다.

그런데도 일타는 낯선 복천암으로 쉽게 발걸음을 떼지 못했다. 거기까지 또 탁발하며 걸어가야 하는데 엄두가 나지 않았다. "중이 가는 길은 혼자 가는 길이다"고 바람처럼 훌쩍 떠나버린 성철이 새삼 부러울 뿐이었다.

일타는 송광사 뒷방에서 간시궐을 외면서 뒹굴었다. 기왓장에 난반사하던 햇살도 꺾이고 지친 풀벌레 울음소리가 여름이 물러가고 있음을 알려주었다. 법당 앞뜰에 핀 옥잠화 흰 꽃도 시들시들했고, 아침저녁으로는 제법 차가운 바람이 산 위에서 불어 내려와 장삼 속으로 파고들었다. 여름의 끝자락을 붙들고 있는 것은 배롱나무뿐이었다. 배롱나무를 목백일홍이라고 부르는 스님도 있었는데, 모내기를 하던 늦봄부터 피기 시작한 붉은 꽃이 아직도 스러지지 않고 선명했다.

밤이면 뒷방으로 일타처럼 떠나지 않고 있는 스님들이 지대방 삼아 모여들었다. 이야기하다 보면 배가 고파지므로 일타는 요깃거리를 마련해놓곤 했다. 나이가 어리니 간식 시봉이라도 해야 환영을 받았다. 부전스님에게 가서 재를 지내고 난 과일이나 떡을 얻어오기도 했고, 원주가 조계산에서 야생으로 자라고 있는 차나무에서 잎을 채취해 덖은 차를 얻어와 우려주기도 했다. 도우가 있을 때는 나이가 비슷하여 함께했지만 그가 소리 소문 없이 떠난 뒤였으므로 일타는 혼자 구참들의 심부름을 했다.

스님들은 일타에게 고마워하면서 한마디씩 했다.

"복천암으로 언제 갈 건가. 그곳에 가보면 알겠지만 도인스님들은 하나같이 이력을 마친 스님들이라."

이력을 마쳤다고 함은 강원이나 율원에서 경과 율을 공부하여 유식하다는 것을 뜻했다. 경을 공부한 뒤에 선에 들어야 존경받는 수좌가 된다는 얘기도 했다.

"경은 부처님 말씀이거든. 선은 부처님 마음이고. 그러니 말씀도 소중하고 마음도 소중한 기라."

세월은 흐르는 계곡물처럼 빠른데 언제 경을 공부하고 어느 때 선에 드느냐고 얘기하는 스님도 적지 않았다.

"이보게. 즉심시불인데 그까짓 거 경을 봐서 뭐 하겠는가. 깨치면 바로 부처가 되는데 중에게 무슨 이력이 필요하냐고. 우리 모두 성불하려고 출가한 것 아닌가."

일타는 은근히 헷갈렸다. 통도사로 가 강원에 입학할 것인지, 복천암으로 가 참선할 것인지 차츰 망설여졌다. 며칠 동안 고민한 끝에 일타는 복천암으로 가기로 결정했다. 그곳의 도인들이 얼마나 유식한지 눈으로 직접 확인하고 싶었다.

초가을 태풍이 불어 나뭇가지가 꺾이고 하늘이 낮게 가라앉은 우중충한 날이었다. 일타는 바랑을 메고 송광사 일주문을 나섰다. 주지에게 탄 노잣돈은 바랑 깊숙이 넣었다. 이번에는 무슨 봉변을 당하더라도 제대로 탁발하면서 하심을 키우는 만행을 하고 싶었다.

태풍의 기세는 북녘으로 올라갈수록 더했다. 폭우를 몰고 다니며 수확을 기다리는 논밭을 망쳐놓기도 했고, 다리를 끊어 마을을 고립시켜놓기도 했다. 바람도 거세어 일타는 길을 걷다가도 민가의 처마 밑에서 몸을 움츠리곤 했다.

집이 무너져 초상을 당한 사람도 있었다. 그때마다 일타는 가는 걸음을 멈춘 채 장삼 자락을 걷어붙이고 울력에 동참하거나 상가에서는 귀동냥으로 익힌 염불을 해주었다. 자신을 허물고 세상 사람들 속으로 들어가 고락을 함께했다. 그러자 굳이 탁발을 걱정하지 않아도 숙식이 해결되곤 했다.

화두를 드는 것이 자기 자신을 없앰으로써 무아無我의 경지에 들어 세상과 한 몸이 되는 정진이라면, 이번의 만행도 일타에게는 천금 같은 공부나 다름없었다.

선방은 산문 안에만 있는 것이 아니었다. 세상 어디고 간에 선방 아닌 곳이 없었다. 머슴이 코를 골며 자는 골방도 선방이고, 애통하게 울부짖는 초상집도 선방이고, 폭우에 쓰러진 벼를 일으켜 세우는 논도 선방이고, 폭우가 할퀴고 간 끊어진 다리를 복구하는 현장도 바로 선방이었다.

일타는 어디에서나 화두 간시궐을 잊지 않았다. 화두가 곧잘 머릿속에서 사라지곤 하여 노래 부르듯 송화두를 했다.

"간시궐, 간시궐."

주위 사람들이 웃음을 터트릴 때도 있었다. 송광사에서 어느 할머니 신도가 그랬던 것처럼 마을 사람들 중에 장난기가 많은 이가 선소리를 하듯 소리쳤다.

"대사님께서 간식 달라고 하신다. 어서 간식을 가져오너라."

다시는 일어서지 못할 것처럼 비통해하던 사람들도 그 소리에 웃음을 참지 못하고 터트리며 힘을 냈다. 효봉이 일타에게 준 간시궐의 위력이었다. 그러나 간시궐의 뜻이 '마른 똥막대기'라는 것을 알면 누구라도 기절초풍할 일이었다. 지나가는 객승이 위로는 못해줄망정 헛소리를 한다고 손가락질할 것이 분명했다. 그러나 간시궐 덕분에 뜻밖의 새참공양을 받기도 하였으니 간시궐은 참으로 도깨비방망이 같은 마력을 가진 화두였다.

20여 일 후.

일타는 속리산에 도착했다. 태풍이 지나간 하늘은 깊은 호수처럼 더 고요하고 푸르렀다. 산길 곳곳에는 태풍이 지나간 흔적이 역력했다. 일타는 큰절로 먼저 가 참배를 하고 공양했다. 그러고는 바로 복천암 가는 길로 나섰다.

복천암은 수좌들이 즐겨 찾는 암자 중에 하나였다. 속리산 산자락 중에서 최고의 명당으로 치는 곳이고, 특히 복천암의 석간수는 서너 달만 장복하면 웬만한 잔병이 다 치료될 만큼 영험한 약수였다. 돌부처처럼 가만히 앉아 참선만 하다 보면 근력이 약해져 잔병이 생기기 쉬우므로 수좌들에게 약수는 무엇보다 중요했다.

복천암 입구에 도착한 일타는 뜻밖에 도우를 보고는 반가워 달려갔다. 송광사에서 슬그머니 사라졌던 도우가 복천암 앞으로 흐르는 개울물에서 빨래를 하고 있었다.

"도우 스님, 어디로 가셨나 궁금했습니다."

"성철 스님을 모시고 싶어 이리로 왔지요."

"여기 계셨군요."

"태풍 때 밀린 빨래를 이제야 하고 있습니다. 일타 스님이 왔으니 이제 도인스님들 시봉하는 일도 줄어들겠구면."

일타는 당장 도우 앞에 산더미처럼 쌓인 빨랫감부터 끌어당겨 도와주었다. 큰스님들 옷이라고는 하지만 빨래한 지 오래되어 쉰내가 났다. 일타는 코를 싸쥐었다가 무심코 빨래만 하는 도우를 보고는 소매를 걷어붙였다.

"일타 스님, 스님은 한창 힘을 쓸 때라 많이 먹어야 하는데 이곳은 송광사보다 형편없어요."

"공부하러 왔으니 배가 좀 고픈들 어떡하겠습니까."

"원주스님이 큰절에서 쌀을 타오는데 하루에 일인당 세 홉에서 지금은 두 홉으로 줄었어요. 생식하는 성철 스님이나 영천 스님은 그마나 견딜 만하지요."

"다른 스님들은 죽을 먹습니까."

"그거면 다행이지요. 원주스님은 술을 좋아하는 노장이라 쌀로 술을 빚으니 양식이 더욱 부족할 수밖에 없어요."

"불평하는 스님이 없습니까."

"복천암 스님들은 아무도 먹는 것을 가지고 따지지 않아요. 도인들이라 식탐食食 정도는 이미 해탈했겠지요."

복천암에서 생활해보니 과연 먹는 것을 가지고 갈등을 일으키는 스님은 없었다. 각자가 자기 수행만 할 뿐 옆 사람의 모습을 놓고 가타부타 말하는 법이 없었다.

스님들 중에서 가장 엄격한 사람은 역시 성철이었다. 특히 성철은 큰절에서 특별 대접을 받는 관리들일수록 더욱 무시하고 외면했다. 한번은 큰절의 행자들이 복천암까지 빗자루를 들고 올라와 산길과 마당을 쓰는 등 소란을 피웠다. 알아보니 보은 군수가 도인으로 소문난 복천암 스님들을 만나러 온다는 것이었다. 그때는 뒤늦게 청담까지 선방에 입실해 있었다. 그날 아침 성철은 도우를 데리고 속리산 비로봉으로 올라가버렸다. 보은 군수와 마주치지 않기 위해서였다. 일타는 나중에 도우에게 성철을 따라 비로봉으로 간 얘기를 듣고는 성철의 가풍을 느꼈다. 성철이 산길을 가다 도우에게 이런 말을 했는데 도우는 그 순간 얼음 조각을 입에 문

것처럼 가슴이 서늘해졌다고 얘기했다.

> 뜻은 비로자나불 정수리에 두고, 행실은 동자 발밑에 절
> 하듯 하게[高踏毘爐頂 行低童子足]

그런데 일타는 또 혼자 남아 복천암 스님들을 시봉을 하게 되
었다. 어느 날 도우가 공양간에서 죽을 쑤다 말고 말했다.

"일타 스님, 동안거가 끝나면 복천암을 떠나려고 하오."

"갑자기 어디로 간단 말입니까."

"시봉하다 보니 내 공부를 못하겠어요."

"그럼, 저 혼자 공양주도 하고 채공도 하란 말입니까."

"그래도 복천암은 살기가 편한 곳이오. 먹는 것을 가지고 타박
하는 스님은 아무도 없으니 말이오. 끼니를 건너뛰어도 말하는 스
님이 없고, 무른 밥을 해도 그렇고, 죽만 쑤어주어도 그러니 시봉
하기가 얼마나 좋은 곳이오."

결국 도우는 동안거를 해제하는 날 청담을 따라 가버렸다. 다시
일타는 혼자서 동분서주할 수밖에 없었다. 선방에 앉아 간시궐을
들지만 공양 때가 가까워지면 색다른 각자의 공양을 걱정하는 공
양주가 되지 않을 수 없었다.

복천암은 송광사처럼 공양거리가 통일되어 있지 않고 스님들의
입맛에 따라 각양각색이었다. 공양 때만 되면 발우에 담겨지는 공

양거리가 다 달랐다. 신경을 곤두세우고 입맛을 맞추다 보면 일타가 든 간시궐은 10만 8천 리나 멀어져버리고 캄캄했다.

한 스님은 몸에 열이 많아 냉식冷食을 했다. 뜨거운 것을 먹지 못하니 늘 찬물에다 식혀서 올려야 했고, 성철은 쌀가루와 콩가루 그리고 솔잎가루를 섞은 생식을 했고, 영천과 보문은 쌀가루를 넣지 않은 솔잎가루와 밤 그리고 대추를 찧은 벽곡辟穀을 했다. 또한 우봉은 자기에게 올라온 쌀을 모아 떡을 해달라고 졸랐다.

산에 가 땔감으로 솔방울을 줍는 부목 노릇까지 하려니 일타는 점점 불만이 쌓였다. 스님들 시봉하다 보니 참선을 제대로 할 수 없었고, 경에도 밝은 스님들을 상대하자니 기가 죽기도 했다.

어느 날 일타는 썩은 가지를 지게에 지고 내려오다가 중얼거렸다.

'에이, 간시궐이고 뭐고 참선도 옳게 못할 바에야 이력이나 마치러 가자. 경 보러 가자.'

결국 일타는 동안거를 보낸 뒤에도 복천암에서 스님들을 시봉하면서 참선하려던 계획을 바꾸어 통도사로 돌아와버렸다. 불경을 가르치는 통도사 강원에 입학하기 위해서였다.

일타 스님의 부모를 불문으로 인도한 정혜사 만공 선사의 탑

물소리 바람 소리

가을비가 오려는 듯 차창에 빗방울이 날벌레처럼 붙기 시작했다. 고명인은 와이퍼를 작동시켜 빗방울을 닦아냈다. 시야가 멀리 트이고 풍경이 또렷하게 드러났다. 추수가 끝난 들판은 언제 보아도 황량했다. 예전에는 움막 같은 볏단들이 들판을 지켰는데, 지금은 기계가 추수를 하면서 알곡만 챙기고 볏짚은 잘게 간 뒤 논에 뿌려 썩히는 모양이었다.

"볏짚이 필요해서 마을로 나가봤지만 구하기 힘들더군요. 소를 기르는 농가에서 다 가져가버리고, 남은 것들은 기계로 갈아서 논에 버렸다고 해요. 그래서 고령의 농가까지 가서 겨우 구했지요."

겨울을 나려면 큰절에서도 볏짚이 필요했다. 겨울을 보내고 이른 봄에 먹는 봄배추를 덮거나, 올해 새로 이식한 나무를 감싸주

거나, 추위를 타는 화초를 보호하는 데 상당한 양의 볏짚이 사용되기 때문이었다.

"스님, 속가 고향이 농촌이십니까."

"태어나기는 농촌에서 태어났고 학교는 도회지로 가 다녔습니다. 그래서 그런지 저는 늘 농촌과 도회지, 두 곳 모두 추억이 있습니다."

승용차가 해인사 인터체인지를 벗어나 88고속도로에서 광주 방향으로 진입했다. 혜각이 송광사에 먼저 들르자고 해서였다. 일타가 처음으로 안거한 수행처는 송광사 선방인 모양이었다.

"일타 큰스님을 생각하니 공연히 미안한 생각이 듭니다."

"왜 그렇습니까."

"큰스님께서는 은사인 고경 노스님께서 입적하시자 바로 송광사 선방으로 가셨는데, 한 달에 걸쳐서 탁발하시면서 걸어갔다고 합니다. 첫 행각 때부터 고행을 하신 것이지요. 그런데 고 선생이나 저는 지금 편안하게 가고 있으니 미안한 생각이 들지 않습니까."

만행 길에 들어선 혜각은 이미 스승 일타의 마음속으로 들어가 있는 듯했다. 편안하게 가는 자신을 자책하는 것도 스승을 추모하는 마음이 절절하기 때문일 터였다.

"마음 같아서는 삼보일배를 하고 싶지만 어디 행동으로 옮기기가 쉽습니까. 잘못하면 사람들에게 비웃음의 대상이 돼버리니까요."

"스님, 삼보일배가 무엇입니까."

"말 그대로 세 번 걷고 한 번 절하며 가는 것을 말합니다. 티베트 스님들은 오체투지로 삼보일배 하면서 몇천 리 길을 간다고 합니다."

"왜 그런 고행을 합니까."

"제가 티베트의 설산에 갔을 때 한적한 시골길에서 그들을 만나 물어본 적이 있습니다."

"무어라고 하던가요."

"그냥 해맑게 웃기만 했습니다. 전혀 고통스러운 표정이 아니었습니다. 지금까지 제가 본 웃음 중에서 그렇게 맑은 웃음을 본 것은 처음이었습니다."

"그것이 그 스님의 대답이었습니까."

"그렇습니다. 그 스님은 그런 웃음을 얻기 위해 고행을 하고 있는 것 같았습니다. 말이 없었습니다. 해맑은 웃음을 한번 지어보임으로써 저의 물음에 대답을 한 것입니다. 순간 바로 이것이구나! 하는 느낌이 들어 더 묻지 않았습니다."

"염화미소란 것도 그런 것입니까."

"글쎄요, 미소의 힘이라 할까요. 그 스님은 오체투지 중이어서 고개만 들고 미소 지었는데, 그때 저는 바로 이분이 부처님이구나 하고 깨달았던 것입니다."

"미소를 짓는 순간 부처님이 되는 것입니까."

"비록 한순간이지만 부처님이 되는 것입니다. 저는 가끔 꽃을 꺾어와 빈 병에 꽂아놓습니다. 꽃은 누구에게나 마음을 열게 하는 힘이 있습니다. 꽃이 미소 짓고 있기 때문입니다."

혜각은 잔잔하게 미소 지으며 말했다.

"오래전에 읽은 책이어서 제목은 기억나지 않습니다만 그 내용은 지금도 생생합니다. '미소의 힘'을 얘기하는 책이었습니다. 책은 저를 한순간이나마 부처님이 되게 했습니다. 첫 장부터 공감의 미소를 짓게 했으니까요. 저자는 슬픔으로 괴로워하는 한 여인에게 슬픔에게도 미소를 보낼 수 있어야 한다고 충고하고 있었습니다. 인간은 슬픔 이상의 존재이기에 그렇다는 것입니다."

고명인은 시장했지만 휴게소를 지나치면서도 감히 식사를 하자는 제의를 못 했다. 일타 스님이 송광사까지 탁발하면서 갔다고 하니 자신도 최소한 한두 끼 정도는 굶는 것이 예의일 것 같아서였다.

88고속도로는 시멘트로 포장된 도로여서 승차감이 좋지 않았다. 더구나 중앙분리대도 없는 이차선 도로였으므로 맞은편에서 달려오는 차들이 돌진해오는 순간에는 공포감이 들기도 했다.

전라도부터는 더 굵어진 빗방울이 차창을 세차게 때렸고, 비구름으로 덮인 올망졸망한 산들이 선경을 연출하고 있었다. 도로는 노면이 거칠어 통행료가 아까울 정도였지만 가을비에 젖은 산야의 풍광은 모처럼 마음을 푸근하게 해주었다. 먼 산속에 자리한 조그만 암자처럼 보이는 절들이 숨바꼭질하듯 비구름 자락에 가리어 보일락 말락 했다.

묵묵히 가을 풍경을 감상하고 있던 혜각이 갑자기 합장을 하면서 말했다.

"양해를 구할 일이 하나 생겼습니다."

"스님, 말씀하십시오. 저는 스님이 가라는 대로 운전하겠습니다."

"송광사로 가려 했는데 문득 사형師兄 생각이 났습니다. 우리 문중의 좌장이신 혜인 스님이지요. 일타 큰스님의 맏상좌이신데, 지금 정혜사 선방에 계십니다. 마침 오늘이 목욕하는 날이니 가면 만나뵐 수 있습니다. 선방 수좌들은 목욕하는 날만 외부 손님을 맞을 수 있기 때문입니다. 저는 사제로서 인사드린 지가 너무 오래되어 뵙고 싶습니다만 고 선생은 어찌 하시겠습니까."

"스님, 걱정하지 마십시오. 저는 스님이 가자는 대로 움직일 생각입니다. 저도 일타 큰스님의 맏상좌 분이 어떤 분인지 궁금합니다."

"고맙습니다."

그렇다면 88고속도로의 종점인 광주까지 갈 필요가 없었다. 남원까지만 88고속도로를 타고 달리다가 전주로 빠져나가 다시 서해안고속도로를 찾아 들어가 홍성인터체인지로 나가는 길이 지름

길일 것 같았다.

고명인은 지도책을 덮고는 물었다.

"맏상좌라고 하면 세속의 장남 같은 존재입니까."

"그렇게 보면 됩니다. 세속의 장남이 재산 같은 것을 상속받는 위치라면 승가의 맏상좌는 은사의 유지를 받들고 기리는 데 수장을 말하지요."

"법상좌라는 말은 또 무엇입니까."

"말 그대로 법을 받은 상좌를 말합니다. 다른 말로 수법제자라고도 하지요. 그러나 법은 스승과 제자 사이에 은밀하게 전해지는 것이므로 법상좌라는 말은 매우 조심스럽게 사용되고 있습니다. 게송으로 남기는 전법게傳法偈라는 것이 있긴 있습니다만."

"사형께서 정혜사 선방을 찾아 안거하는 특별한 이유라도 있습니까."

"그 이유는 모르겠습니다. 다만 정혜사는 만공 큰스님이 계셨던 곳입니다. 만공 큰스님은 일타 스님의 전 가족이 출가하는 데 불연佛緣의 원천이었던 스님이시지요. 그러니 그런 분위기를 좇아 사형인 혜인 스님께서 정혜사 선방에 안거하고 계신지도 모르겠습니다."

고명인은 불연의 원천이라는 말에 흥미를 느꼈다.

"말하자면, 만공 스님께서 일타 스님 가족을 불문에 귀의하도록 한 구심력이었군요."

"틀림없는 사실입니다. 친가만 보더라도 재가시절에 일타 스님의 아버지는 불명을 법진, 어머니는 원만성이라고 만공 스님에게 받았거든요. 그리고 일타 스님의 누나인 응민 스님은 금강산 법기암으로 가 출가한 이후 만공 스님의 지도를 받았고요."

고명인은 빗줄기가 다시 잦아들자 와이퍼의 속도를 줄였다. 가을비치고는 자못 기세를 보이더니 어느새 제 풀에 꺾인 듯 수그러들고 있었다. 비가 그치면 날씨는 더 추워질 것이 분명했다. 고명인은 문득 뜨거운 국물이 생각나 전주로 가는 국도변에 차를 세웠다.

"스님, 공양 시간이 좀 지났습니다만 괜찮겠습니까."

"예전 스님들은 탁발을 못하면 굶기도 했다는데 공양 시간이 좀 늦었다고 미안해할 것은 없습니다. 감사할 뿐이지요."

고명인은 혜각을 순두부집으로 안내했다. 전주 하면 비빔밥이지만 가을비가 내린 뒤끝이라 뜨거운 국물이 좋을 것 같아서였다. 혜각은 뚝배기에 담긴 순두부를 뜨다 말고 또 응민 얘기를 꺼냈다.

"친가 쪽입니다만 일타 스님 집안에서 가장 먼저 출가한 분이 바로 응민 스님입니다. 더구나 응민 스님은 말년에 수덕사 견성암에서 제자들을 지도하며 정진했던 분입니다."

응민의 속가명은 김경희金敬喜였다. 1937년 공주사범학교를 졸업한 응민은 공부를 더 하고 싶어 일본으로 유학하고자 했지만 결혼할 것을 강요하는 어머니의 반대에 부딪혔다. 향학의 길에 고비를 맞은 응민은 외할아버지인 추금에게 자문을 구했다. 그때 추금은 참 공부를 하려면 불문에 들어 정진하라고 조언해주었고, 응민은 그길로 금강산으로 들어가 대원大願을 은사로 출가하고 말았다.

집을 떠난 딸의 소식을 궁금해하던 가족들은 이듬해 응민으로부터 108염주를 목에 건 사진 한 장과 짧은 편지 한 통을 받았다.

한 생각에 검은 머리 한 다발 끊는 일 아까울 것이 없나이다. 이 세상 모든 것 다 버릴 것인데, 구할 것 많은 복잡한 세상으로부터 벗어나 부처님의 세계에서 법의 꽃을 피우는 일은 진실로 그 가치가 무한합니다. 자타일시성불도自他一時成佛道.

응민 자신이 먼저 출가했으니 이제 가족 모두가 불도를 이루자는 응민의 결연한 서원이 담긴 편지였다. 이후 응민은 걸어서 수덕사를 찾아가 만공 선사의 회중會衆이 되었다. 당시 수덕사 선방에는 1백여 명의 수좌가 수덕사 조실로 있던 만공의 지도를 받고 있었는데 만공이 수좌들에게 주는 화두는 '만법귀일 일귀하처'였다. 만공이 이 화두를 즐겨 주는 것은 서산의 천장암에서 한 소년에게 말문이 막혀 쩔쩔맸던 일을 잊지 못했기 때문이었다.

천장암에서 경허에게 점검받으며 정진하고 있을 때였다. 한 소년이 찾아와 하룻밤을 묵으면서 만공에게 이런 질문을 하였던 것이다.

"모든 이치가 한 곳으로 돌아간다는데 그 한 곳은 대관절 어디로 간다는 것입니까. 사람들은 이것만 알면 만사에 막히는 것이 없다 하는데 이게 도대체 무슨 뜻입니까."

만공은 분명하게 대답을 못했다. 그런데 그 소년은 만공을 크게 발심케 한 보살의 화신이나 다름없었다. 만공은 부끄러워 견딜 수 없었으므로 뜬눈으로 밤을 새우고는 천장암을 빠져나와 온양 봉곡사로 가 노전을 보면서 '만법귀일 일귀하처'를 화두 삼아 용맹 정진한 끝에 오도를 이뤘던 것이다.

응민이 만공의 지도를 받으며 정진하던 어느 날이었다. 만공이 북을 두드려 선방 수좌들을 큰방으로 모아놓고 질문을 하나 던졌다. 경허가 남긴 임종게의 선지禪旨를 얘기해보라는 질문이었다.

마음달이 외로이 둥글어
그 빛과 모든 상을 삼키니
빛과 경계를 함께 잊었거늘
다시 이 무슨 물건인고
心月孤圓

光吞萬像

光境俱忘

得是何物

　큰방에 모인 수좌들은 누구 하나 대답을 못 하고 꿀 먹은 벙어리처럼 묵묵히 앉아 있기만 했다. 이에 만공이 '밥값 내놓으라'고 고함을 치려 할 때였다. 뒷줄에 앉아 있던 응민이 일어나 답했다.

　"빛이 비추는 바가 없으면 경계 또한 있는 바가 없습니다. 마치 거울로 거울을 비추는 것과 같아서 상相 가운데에는 불佛이 없습니다."

　만공의 굳었던 얼굴은 금세 풀어졌다.

　"방울대사가 이번 안거 기간의 대중들 밥값을 내는구나."

　'방울대사'는 만공이 지어준 응민의 별호였다. 목소리가 은쟁반에 옥이 굴러가는 듯하다고 하여 '방울대사'라고 별호를 지어줄 만큼 만공은 정진 잘하는 응민을 누구보다도 아꼈던 것이다.

　실제로 응민은 수덕사 선방 시절, 들고 있는 화두를 놓치지 않으려고 아무리 반가운 도반이 와도 만나지 않고 반드시 몸을 피했는데, 만나면 말을 하게 될 것이고 그러면 화두가 달아날지 모른다는 이유를 내세워 그랬다. 응민은 만공으로부터 '정진제일 수좌'라는 칭찬을 듣지 않을 수 없었고, 그 소문은 속가까지 전해져 가족들에게 더욱더 불심의 씨를 뿌렸다.

응민을 '방울대사'라고 부르던 만공도 세연世緣을 다하는 날이 왔다. 1946년 10월 20일이었다. 만공은 정혜사 밑 산자락에 전월사轉月舍를 지어 머물고 있었는데, 갑자기 시자더러 목욕물을 준비하게 했다.

"이제 그만 달을 굴려야겠다. 목욕물을 떠오너라."

달을 굴리지 않겠다는 것은 전월사를 떠나겠다는, 이승의 옷을 벗겠다는 의미나 다름없었다. 전월사란 '달을 굴리는 집'이란 뜻이기 때문이었다.

가을이 깊어가고 있었다. 아침저녁으로는 무서리가 내리고 찬 바람이 불었다. 시자는 즉시 솥에 물을 붓고 솔가지를 꺾어 아궁이에 넣은 뒤 불을 붙였다. 물이 따듯하게 데워지자 목욕물을 나무통에 옮겨 붓고는 말했다.

"조실스님, 목욕물을 통에 옮겨놓았습니다."

"알았다."

9척 장신으로 기골이 장대했던 만공도 옷을 벗고 나니 뼈와 가죽만 남은 늙은이의 모습 그대로였다. 시자는 만공의 야윈 모습을 보고는 눈물이 나올 것 같아 자리를 피했다. 만공은 온몸을 구석구석 닦고 난 후 새 법복으로 갈아입더니 거울 앞에 서서 거울에 비친 자신을 보고는 말을 건넸다.

"자네와 내가 이제 인연이 다하여 이별을 하게 되었네. 허허."

다비하는 날이었다. 만공을 믿고 따르던 승속의 대중들이 구름처럼 몰려들었다. 법구를 다비하던 중 하늘로 뻗치는 연기 너머로 학이 한 마리 나타나 허공을 배회했다. 응민은 학이 만공의 혼백이라고 믿었다. 학은 한동안 수덕사의 허공을 몇 바퀴 돌더니 너울너울 날갯짓하며 어디론가 사라졌다.

만공이 없는 수덕사는 한동안 텅 비었다. 수좌들이 선지식을 찾아 다른 절로 하나둘 떠나버렸기 때문이었다. 응민도 걸망을 메고 떠났는데, 윤필암으로 갔다가 그 옆의 김룡사, 수도암을 거쳐 1948년에는 성철, 청담, 향곡, 자운, 혜암, 법전 등이 정진하고 있던 봉암사로 갔다.

당시 봉암사는 '부처님 법대로 살자'고 맹세한 비구들이 결사 중이었으므로 비구니가 방부를 들인다는 것은 아주 어려운 일이었다. 응민은 고승들이 모인 봉암사로 가 그곳의 대중이 되려고 했다.

그런데 성철이 앞장서 막았다. 비구 절이므로 '부처님 법대로' 비구니와 함께 살 수 없다는 것이 성철의 주장이었다. 응민이 물러서지 않자, 성철은 '진리를 구하는 데 몸을 사리지 않겠다'는 위법망구의 근기를 요구했다.

봉암사에 비구니스님이 전혀 없는 것은 아니었다. 근기를 시험한 후 통과하면 봉암사 산내 암자인 백련암에서 정진할 수 있었다. 응민은 봉암사의 그 같은 사정을 알고는 찾아가 방부를 받아달라고 졸랐다. 응민은 봉암사에서 고승들의 지도를 받으며 참선정진하고 싶었고, 속가의 셋째 외삼촌 보경寶瓊이 원주 소임을 보고 있었기 때문에 거절하지는 못하리라고 생각했다.

보경이 응민을 달랬다.

"응민 스님, 여기 봉암사는 꽉 차서 더 이상 방부를 들일 수가 없어. 수도암으로 다시 돌아가 기다려봐. 형편이 되면 연락할 테니까."

"외삼촌 스님, 신경 쓰지 마세요. 방이 없다면 백련암 산신각에서라도 살겠어요."

보경은 응민을 설득하지 못하고 돌아갔는데, 며칠 후 봉암사 대중들 사이에서 응민의 일이 화젯거리가 되었다. 그러던 어느 날이었다. 백련암 비구니스님들이 봉암사로 내려가고 없는 날이었다. 그때 봉암사에서는 자운과 성수에 의해 보살계 행사를 준비하고 있었던 것이다. 백련암 인법당에는 묘엄 혼자 남아 지키고 있었는데 향곡이 호랑이처럼 느리게 올라와 묘엄에게 물었다.

"응민이라는 비구니가 어디 있느냐."

"저기, 산신각 안에 있습니다."

"신발이 없잖은가."

"안에서 문을 걸어 잠그고 좌선 중입니다."

"허락이 떨어져야 하는 것이지, 지 맘대로 방부를 들이고 안 들이고 하나. 천하에 빌어먹을 년 같으니라고."

산신각 앞에서 향곡이 소리쳤다. 그래도 산신각 안에서 기척이 없자, 향곡은 문짝을 확 잡아당겨 패대기쳤다. 향곡에게 멱살이 잡힌 채 산신각 뒤로 끌려간 응민도 지지 않았다. 결국 향곡은 "나는 사자 새끼가 나온 줄 알았더니 눈먼 강아지도 못 되는 것이 까분다" 하고 내려가버렸다.

잠시 후, 묘엄은 연기가 나는 것을 보고 산신각으로 달려갔다. 응민이 입고 있던 장삼과 걸망을 벗어 태우고 있었다.

"나는 이제 내 몸뚱어리뿐, 이런 적삼 속옷으로는 산문 밖으로 나갈 수 없을 것이오."

할 수 없이 묘엄은 봉암사로 내려가 보경에게 전후 사정을 모두 얘기했다. 보경은 자신의 힘으로는 어찌할 수 없었으므로 성철에게 부탁해보라고 했다.

"묘엄 스님이 성철 스님께 부탁해봐요. 응민이 장삼과 걸망까지 다 태우고 저렇게 버티고 있다고 말이오."

"보경 스님, 걱정 마세요. 제가 여쭤볼게요."

응민이 성철에게 불려간 것은 이처럼 우여곡절이 있고 난 후였다. 물러서지 않겠다는 응민의 의지와 묘엄의 간청으로 불려가기는 했지만 그 정도에서 봉암사 문턱을 넘은 것은 아니었다.

그때 향곡과 성철은 봉암사 노전에서 함께 기거하고 있었는데, 응민을 본 성철이 한마디 툭 던졌다.

"봉암사에서 살고 싶다꼬."

"그렇습니다, 큰스님."

"좋데이. 그라믄 내 시키는 대로 할 낀가, 말 낀가."

"큰스님께서 시키면 무슨 일이든 하겠습니다."

"여기서 지켜보고 있는 향곡 스님이 지금부터 증명하는기라."

장삼과 걸망을 태워버린 응민은 적삼 속옷 차림이었고, 향곡과 성철은 앉은뱅이책상을 사이에 두고 앉아 응민의 근기를 시험했다.

응민이 예를 갖추어 삼배를 했다. 향곡은 이미 백련암 산신각에서 응민에게 질려버렸는지 입을 다문 채 한마디도 안 했다. 질문을 던지는 사람은 성철이었다.

"내 시키는 대로 할 낀가, 말 낀가."

"네, 시키는 대로 하겠습니다."

성철은 응민에게 다섯 번이나 다짐을 받은 후, 책상 서랍에서 장도칼을 꺼내 응민 앞으로 던졌다. 쑥뜸을 할 때 사용하는 장도칼이었다. 묘엄은 가슴이 조마조마했으므로 방에서 도망치고 싶었다. 이윽고 성철이 무겁게 입을 열었다.

"지금 당장인기라. 니 손가락을 끊어보그래이."

"큰스님, 시키는 대로 하겠습니다."

응민은 조금도 주저하지 않고 오른손 손가락 하나를 향해 장도칼을 내리쳤다. 바로 피가 솟구쳤다. 칼날이 무디었던지 손가락은 단 한 번으로는 잘리지 않았다. 왼손잡이인 응민이 서너 번 세게 내리치니 장도칼의 손잡이가 빠져나갔다. 그래도 성철은 차갑게 말했다.

"여기저기 치지 말고 하나만 끊으래이."

장도칼의 나무 손잡이가 흔들리는 데다 무딘 칼날이었으므로 응민은 단지斷指를 하지 못했다. 향곡이 보다 못해 벽장에서 천을 꺼내 동여매주었다. 겁에 질려 떨고 있던 묘엄이 방바닥에 번진 피를 닦고 있는 사이 성철은 다시 한마디를 던지고는 일어서서 나가버렸다.

"응민이는 보살계 설하는 데로 가그래이."

법당에서는 자운과 성수가 불자들에게 보살계를 주고 있는 중이었다. 사흘 동안 부처님 법대로 보살계를 주는 행사인데, 그날은 첫날이었다.

이처럼 응민의 근기는 비구를 초월할 정도였다. 물론 몇십 년 동안 참선으로 닦은 도道의 경지도 뛰어났다. 1966년부터는 수덕사 견성암으로 돌아와 젊은 비구니 수좌들을 지도하며 머물렀는데, 수덕사 조실 혜암은 이렇게 말하곤 했다.

"응민 수좌의 법은 참으로 뛰어나다. 비구였으면 능히 사바를 감명케 했을 것이나 비구니가 된 것이 참으로 안타깝다."

혜각과 고명인이 수덕사에 도착한 것은 오후 3시쯤이었다. 충청도는 가을비가 한 방울도 내리지 않았는지 날씨는 차갑고 건조했다. 수덕사 입구도 여느 대찰처럼 식당과 기념품 상가가 형성되어 있었는데, 고명인은 길을 잘못 들어 상가를 끼고 왼쪽으로 들어갔다가 다시 후진하여 되돌아 나왔다. 가까스로 오른쪽에 있는 일주문을 찾은 뒤 경비실 앞에 승용차를 세웠다.

"차는 못 들어갑니다. 걸어서 올라가셔야 합니다."

"혜인 스님을 뵈러 왔습니다. 선방 수좌들이 목욕하는 날에 맞추어 찾아왔습니다."

경비원은 차 안에 장삼 차림의 혜각이 탄 것을 확인하고는 더 묻지 않고 출입을 허락했다. 구불구불한 산길은 거미줄처럼 뻗어 있었다. 혜각이 기억을 더듬거리며 가리키는 방향으로 고명인은 운전했다. 조금 더 오르자 산중에 널따란 절 주차장이 나타났다.

"웅민 스님이 계셨던 견성암은 저쪽입니다."

"견성암으로 갈까요."

"아닙니다. 오늘은 수덕사 선방인 정혜사로 바로 올라갑시다."

혜각은 사형인 혜인을 먼저 만나고 싶은 모양이었다. 큰절 왼편으로 난 산길이 정혜사로 가는 길이었다. 산길은 시멘트로 포장되어 있었지만 사륜구동차가 아니면 오르기 힘들 정도로 급경사의 오르막길이었다. 일차선의 좁은 노면에다 곡선이 심한 산길을 고명인은 조심스럽게 운전하면서 혜각에게 물었다.

"혜인 스님에게 찾아뵌다고 말씀은 올렸습니까."

"우리 중들은 그런 인사가 없습니다. 오고 가더라도 흔적을 남기지 않으려고 하니까요. 만나도 그만이요 못 만나도 그만입니다.

마음을 냈다면 이미 간 것이고 온 것이니까요."

"아, 스님. 응민 스님 얘기를 듣다 말았군요. 스님은 견성암에서 언제 돌아가셨습니까."

"1984년 12월이었습니다. 7일 동안 제자들과 함께 용맹정진을 끝내고 난 3일 후였습니다. 그러니까 18일 아침에 목욕을 하고 나서 새 법복으로 갈아입으시고 단정히 앉아 입적하셨습니다. 스님도 입적하시기 전에 임종게를 남겼습니다."

> 한없는 겁의 수효 빈 배처럼 왔으니
> 하늘땅의 힘 빌리지 않는 빈 배일러라
> 중생을 제도하여 빈 배를 채움이여
> 우연히 왔다 가니 참으로 빈 배로다
> 無央劫數來虛舟
> 不借乾坤本虛舟
> 廣度衆生滿虛舟
> 偶來偶去眞虛舟

응민 스스로 지은 호가 허주虛舟, 즉 빈 배였다. 한없는 겁의 세월 속에서 빈 배로 왔다가, 중생을 제도하겠다는 서원을 가득 채운 참된 빈 배로 간다는 임종게였다. 진눈깨비가 흩날리는 날 빈 배는 홀로 아득한 저세상으로 떠나갔으니 세상 나이 62세, 스님이 된 나이 44세였다.

고명인은 정혜사에 도착해서 자신도 모르게 안도의 한숨을 길게 쉬었다. 정혜사는 산 정상 가까이에 자리 잡고 있었다. 산 아래의 세상 풍경이 작고 보잘것없는 모습으로 웅크리고 있었다.

"저 건물이 선방입니다."

목욕하는 날이어서인지 선방은 개방되어 있었고, 한쪽에서는 스님들이 족구를 하고 있었다. 혜각은 요사로 가 혜인을 찾았다. 그동안 고명인은 정혜사 마당 끝에 놓인 의자에 앉아 산 아래 풍경을 내려다보았다.

산 밑에는 마을의 집들이 갯바위에 붙은 굴처럼 다닥다닥 붙어 있었고, 손금처럼 뻗은 도로 위를 자동차들이 고물거리며 기어가고 있었다. 작은 벌레처럼 꼼지락거리는 사람들을 보고서 고명인은 자신도 모르게 중얼거렸다.

'내가 저기에서 저렇게 살고 있었구나.'

더 높은 곳으로 올라가면 저 인간 세상은 더 보잘것없게 보일 것이었다. 점점 작아졌다가 하나의 희미한 점으로 보일지도 몰랐다. 고명인은 다시 중얼거렸다. 일타 스님에게 들었던 법문의 한 구절이 번갯불처럼 뇌리를 스쳤던 것이다.

'한 개의 물방울 안에 삼천대천세계가 있다더니 바로 저것이었구나.'

잠시 후, 혜각이 다소 감상에 젖어 있던 고명인을 불렀다. 고명인은 천천히 일어나 혜각에게 갔다.

"혜인 스님께서 곧 오신답니다. 목욕하러 가셨는데 아직 오시지 않은 모양입니다."

혜각과 고명인은 혜인이 거처하는 새 요사의 마루에 앉아 기다렸다. 노란 기름을 먹인 마루에 앉아보니 뜻밖에 따뜻했다. 마루 깊숙이 햇살이 쌓이고 바람이 피해 가는 마루였다.

고명인은 기둥에 등을 기댄 채 마루 끝에 앉아 상념에 잠겼다. 자신이 왜 정혜사 요사까지 와 있는지 문득 정리해보고 싶었던 것이다. 그런데 이상하고 분명한 사실은 미국에서 벌려놓은 사업들이 요 며칠 동안 자신과 무관한 일처럼 까마득히 멀어져버렸고, 특별한 이유 없이 어머니의 영가에 홀린 것처럼 고승 일타의 흔적을 좇고 있다는 점이었다.

자신이 해인사를 찾아가게 된 이유는 한때 불자였던 어머니의 영가를 위한 것이었지만 이제는 일타의 입적 주기 때마다 스님이 수행한 곳을 만행한다는 혜각과 동행하고 있었다. 혜각은 은사를 추모하는 마음이 지극하여 만행 길에 나섰겠지만 고명인이 혜각을 따라나선 것은 다분히 감상적이고 그 동기가 모호한 충동적인 일이었다.

'일타 스님은 어떤 분인가.'

고명인에게 동기가 있다면 이 정도일 뿐이었다. 자신이 생각해도 자신의 결정이 너무 현실감이 없어 우습기조차 하였다. 작고한 한국의 고승 한 분을 안다고 하여 자신에게 무슨 득이 있을 것인가. 눈에 보이지 않는 영혼의 가치보다는 눈앞에 놓인 치열한 생존경쟁의 현실이 자신에게는 더 중요하지 않은가. 차라리 이 시간에 미국에서 천신만고 끝에 일궈놓은 사업을 챙기고 추스르는 것이 남은 인생에 더 도움이 되지 않겠는가.

그런데도 고승 일타는 자력이 강한 자석처럼 밑도 끝도 없이 고명인의 마음을 잡아당기고 있었다. 값어치를 따질 수 없는 무형無形의 무언가를 고명인 자신에게 안겨줄 것만 같았다. 고명인은 그것도 어쩔 수 없는 인연이라고 생각했다. 스님을 처음 만났을 때는 지나가는 바람처럼 스쳤지만 지금은 그게 아니었다. 이미 입적한 일타 스님이 묵직한 존재감으로 다가왔다. 어느새 고명인은 일타 스님이 누구인지, 스님이 이 세상을 살다 간 까닭이 무엇이었는지를 알고 싶었다.

갑자기 혜각이 벌떡 일어나 토방으로 내려서고 있었다. 마당 건너편에서 잿빛 털실 벙거지를 쓴 깡마르고 키 작은 스님이 걸어오고 있었다. 혜각이 만나고자 했던 혜인이 분명했다. 혜각은 공손하게 합장하며 말했다.

"사형님, 기다리고 있었습니다."

"연락이나 하고 오지 그랬어. 그랬으면 일찍 올라왔을 텐데."

"괜찮습니다. 아 참, 이분은 미국에서 오신 고 선생이라고 합

니다."

　고명인은 혜인에게서 차돌처럼 단단하고 녹록지 않은 결기 같은 것을 느꼈다. 그러나 혜인의 목소리는 의외로 부드러웠다. 초면인 고명인을 편안하게 했다.

　"반갑습니다."

　혜각과 고명인은 혜인을 좇아 방으로 들어가 일배를 했다. 혜각이 절을 더 하려 들자, 혜인은 거절하듯 일어나 입가심거리를 찾기 위해 두리번거렸다.

　"여기는 선방이고 남의 절이라 대접할 게 별로 없어요."

　"아닙니다. 스님을 뵙게 되어 영광입니다."

　고명인이 다시 인사를 하자, 혜인이 가지런한 치아를 드러내며 물었다.

　"미국에서 왔다고 했습니까."

　"네."

　"왜 나를 찾아왔습니까."

　"일타 스님이 어떤 분인지 알고 싶습니다. 스님께서 일타 스님의 맏상좌라고 하시니 기대가 더 됩니다."

　혜각이 가만히 앉아 있기가 뭐했던지 혜인의 근황을 물었다.

　"광덕사 큰 불사는 회향하셨는지요. 불사도 바쁘실 텐데 선방에 드셨다는 얘기를 듣고 사제로서 느끼는 바가 참 많았습니다."

　혜각은 사형인 혜인을 사판事判과 이판理判을 넘나드는 특이한 수행자로 보고 있었다. 혜인도 은사인 일타가 당부한 말을 빌려 자신이 선방에 온 각오를 드러내고 있었다.

"큰스님께서 수행이 없는 불사는 조화造花 같다고 하셨지 않은 가. 그러니 수행이 없는 불사는 생명력도 없고 향기도 없다는 것이겠지."

손님에 대한 대접이 미안했던지 혜인은 냉장고에서 자신이 복용하는 비닐 포장에 담긴 한약 즙을 꺼내와 권했다. 스님의 신도가 동안거를 나는 동안 몸을 보호하라고 보내온 시주물인 듯했다.

고명인은 한약 즙을 단숨에 빨아 마시고는 답례하는 기분으로 말했다.

"스님, 일타 스님은 어떻게 만나셨습니까."

"허허허."

혜인은 허공을 쳐다보면서 잠시 생각에 잠기더니 곧 은사를 만나게 된 인연을 자랑스럽게 얘기했다.

"내 고향은 제주도이지요. 열다섯 살에 한 탁발승에게 출가를 했어요."

그때 혜인이 탁발승에게 밥 한 그릇을 얻어먹듯 덥석 받은 법명은 청진이었다. 어느 날 탁발승은 은사로서 혜인에게 별 책임감 없이 제주도를 소리 소문 없이 떠나버렸고, 혜인은 다시 제주도의 한 절에서 향봉을 만나 사미승 시절을 보냈다. 그런 다음 향봉이 강원도의 절로 가게 되자 혜인도 따라나섰다.

군대도 향봉이 머문 강원도의 한 절에서 중물을 들이다 가게 되었는데, 혜인은 군대 생활이 싫었다. 음식이 입에 맞지 않아서 였다. 군대 식당에서는 수행자에게도 고기와 오신채가 든 음식이 나올 수밖에 없었으므로 혜인은 그 냄새만 맡아도 견디기 힘들었다. 고기와 오신채가 든 음식을 먹지 않으려면 일반 사병들과 식사를 따로 하는 부대장의 전령이 되는 수밖에 없었다.

할 수 없이 혜인은 부대장의 전령이 되는 방법을 알고서 속가에 돈을 송금해달라고 편지를 보냈다. 얼마 뒤 군대 사정을 모르는 속가 부모는 부대가 아닌 향봉의 절로 송금했고, 향봉은 혜인에게 그 돈을 보내지 않고 '웬 시줏돈이냐!' 하고 쾌재를 부르며 절 불사하는 데 써버렸다. 나중에 이 사실을 알게 된 혜인은 억울해하며 항의했으나 향봉은 오히려 큰소리를 쳤다.

"내 죽거든 금니 빼다가 팔아 가져라."

"스님, 속가에서 부친 돈을 돌려주지는 못할망정 그게 은사스님으로서 하실 말씀입니까."

그길로 혜인은 '이런 사람은 절대로 스승으로 모실 수 없다'며 이를 악물고 향봉의 절을 떠났다.

혜인은 동화사 선방에서 한번 만났던 일타를 찾아갔다. 일타의 연비한 손을 보는 순간 울컥하고 발심이 솟구쳤던 적이 있었던 것이다. 일타의 상좌가 되기 위해 가는 길이었다.

그런데 일타는 연비하여 뭉툭하게 된 주먹손으로 상좌가 되겠다고 애원하는 혜인의 손을 잡으며 거절했다.

"자네와 나는 열세 살밖에 차이가 나지 않아. 상좌보다는 그냥 형제같이 왕래하며 지내면 어떻겠나."

"스님, 저를 상좌로 받아들여주십시오."

"허허허."

혜인은 각오한 바가 컸으므로 물러서지 않았다. 미안한 듯이 겸연쩍게 웃는 일타에게 시위를 벌이듯 말했다.

"스님, 저는 이 방을 나서면서부터는 누구를 만나든지 일타 스님 상좌라고 광고하고 다닐 겁니다."

"내 상좌가 되는 것이 그리 소원인가."

"스님을 처음 뵀을 때 연비하신 손을 보고 이분이야말로 제 스승이라고 확신했습니다. 다만 그때는 차마 용기를 내지 못했습니다."

혜인은 한 번 결정하면 태산이라도 우직하게 밀어붙이는 성격이었다. 일타와 헤어져 서울로 올라온 혜인은 일타의 도장을 몰래 판 뒤 조계종 총무원으로 가 은사와 상좌 관계로 서류를 꾸며 등록했다.

훗날 향봉이 이 사실을 알고는 총무원으로 찾아가 소란을 피웠다. 급기야 총무원 호법부 간부스님이 일타에게 내려와 조사했지만 일타가 '혜인은 내 상좌다'라고 인정해 향봉이 소란을 피웠던 사건은 맥없이 무마되고 말았다.

혜인은 그때가 생각난 듯 참지 못하고 소리 내어 웃었다.

"하하하. 어찌 됐든 우리 스님께서 저를 상좌로 받아들여준 것이지요. 아마 누가 그랬더라도 내 상좌라고 했을 분이 바로 일타 큰스님입니다."

"참으로 자비로우신 분이었군요."

"나는 아직까지 우리 큰스님만큼 자비로운 분을 본 적이 없습니다. 큰스님은 자비의 화신이었습니다."

혜인의 얘기를 묵묵히 듣고 있던 혜각이 맞장구를 쳤다.

"스님, 속퇴하여 무역업으로 성공한 처사 얘기 있지 않습니까. 그 처사가 큰스님이 좋아하는 골동품을 지족암으로 사가지고 와 저도 많이 봤습니다."

"그 처사가 속퇴하기 전에 내가 일타 큰스님께 이렇게 말씀드린 적이 있어요. 스님의 명예에 오점을 남길지도 모르니 승적을 제적시키자고 했지요."

"사형님께서는 당연히 하실 수 있는 말씀입니다. 큰스님의 상좌들 수가 몇십 명이니 교통정리를 하는 것도 맏상좌의 역할이 아니겠습니까."

일타의 제자들 중에 학교의 문턱도 밟아보지 않은 상좌가 저지른 일이었다. 그 상좌는 명문대학을 나온 여자와 눈이 맞아 딸을 낳게 되었는데, 여자의 부모가 몹시 반대를 했지만 두 사람은 몰래 결혼을 하고 살았다. 이삼 년이 지난 뒤 혜인은 더 참지 못하고 일타에게 보고하지 않을 수 없었다. 그러나 일타는 그 상좌를 위해 승적의 제적을 반대했다.

"그놈은 일자무식이고 여자는 일류대를 나왔으니 수준 차이가 나서라도 어디 오래 살겠나. 아마도 여자에게 차임을 당할 거다. 그러면 그놈은 어디로 가겠나. 오갈 데 없으면 절로 와야지. 혜인 수좌, 그놈의 승적을 없애지 마라."

혜인은 은사의 자비로운 면모가 새삼 떠오른 듯 두 눈을 지그시 감고 또 하나의 일화를 마저 얘기했다. 어떤 노비구니스님이 갓난 아이를 데려다 기저귀 갈고 우유 먹이며 키워 성인이 되자 비구니로 출가시켰는데, 그만 그 비구니가 절을 나가 결혼해버린 사연의 얘기였다.

"눈이 펑펑 내리던 날이었지요. 속퇴한 그 여자가 스님께 드릴 선물을 준비해서 아기를 업고 절에 찾아왔어요. 그런데 새댁을 본 노비구니스님이 받은 선물을 눈밭에 팽개치면서 아기 업은 새댁을 내쫓아버리더군요. 그래, 제가 어느 날 우리 스님께 물었지요. 스님께서는 그런 일이 있다면 어찌 하시겠습니까, 하고 말입니다."

일타는 아무런 망설임 없이 이렇게 말했다.

"당연히 받아들여야지. 아기 이름도 지어달라면 지어주고 생일 축원도 올려달라면 당연히 올려서 축원해주어야지."

누구보다 일타를 오랫동안 시봉했던 맏상좌답게 혜인은 고명인이 미국에서 왔다는 말에 더 배려하고 싶었는지 은사와 함께 경험했던 이야기보따리를 더 풀어놓았다.

"아마도 1960년대일 겁니다. 스님 제자들 중에 젊은 상좌였습니다. 그 상좌가 자의 반 타의 반으로 술집에 가게 되었는데 어찌하다가 그만 성병을 앓게 된 일이 있었습니다. 그 상좌는 겁이 나 큰스님의 신도를 찾아가 자초지종을 얘기하고 소개받은 병원으로 가 치료를 받았던 것 같습니다. 그런데 그 신도가 큰스님께 상좌의 실수를 고자질한 바람에 사건이 드러난 것이지요. 하루는 스님께서 저를 부르시더니 어찌 처리했으면 좋겠느냐고 물었습니다."

혜인은 일타에게 단호하게 처리하자고 말했다.

"스님 한 번 실수하면 그 실수를 반복하게 됩니다. 그리고 그 실수가 길게 간다면 우리 문도와 문중에 치명적일 수 있으니 단호히 승적을 제적하고 내보내야 합니다."

일타는 또다시 자비롭게 대처할 것을 지시했다.

"한 번의 잘못으로 한 사람의 인생을 망칠 수 있나. 그 인생이 불쌍하잖아. 모른 체하는 것이 어떻겠는가."

일타는 그 상좌의 허물을 아무에게도 발설하지 않았고, 그 상좌도 공부를 잘하여 제자들 중에서 지계 제일의 상좌가 되었으니 일타의 자비가 밑거름이 되어 일궈낸 결실이었다.

한편, 일타는 천성적으로 수행자들이 남 흉보는 것을 아주 싫어했다. 스님 자신이 남을 험담해본 적이 단 한 번도 없었기 때문이었다.

"제가 남들에게서 들은 얘기를 가지고 누구누구는 어떻다고 비평을 하면 처음에는 듣는 체하시다가 나중에는 읽던 책의 글귀로 흥얼흥얼 콧노래를 부르시곤 했어요. 그러면 더 이상 말씀드릴 마음이 사라져요."

비난하지 말라고 책망하면 일러바친 혜인에게 상처를 줄까 봐 콧노래를 부름으로써 알아서 얘기를 중단하게 하였다는 것이다.

혜인이 자꾸 문밖을 향해 귀를 기울이자, 혜각이 고명인에게 눈치를 주었다. 선방 수좌들에게는 목욕하는 날이 유일한 휴식시간인데, 더 이상 시간을 빼앗지 말자는 눈치였다. 고명인은 아쉬웠지만 엉거주춤 일어섰다.

"해제하면 광덕사로 오세요. 그리하면 큰스님이 어떤 분인지 더 많은 얘기를 들을 수 있을 겁니다."

혜인이 선방으로 들어가고 난 후 혜각과 고명인은 잠시 정혜사 마당에서 서성거렸다. 바로 승용차로 내려가기에는 뭔가 아쉬운 느낌이 들어서였다. 무언가 더 할 일이 있을 것 같았고, 어딘가 더 들러야 할 것 같았다. 힘들게 산 정상까지 올라왔다가 그냥 내려간다는 것이 왠지 허전했다. 그래서 혜각과 고명인은 마당가에 놓인 긴 의자에 앉아 잠시 가을 햇볕을 쪼였다. 잠시 후, 고명인이 먼저 말문을 열었다.

"만공 스님께서는 어느 방에서 거처하셨습니까."

"아! 조실채 말입니까."

혜각이 그제야 더 들러야 할 곳이 생각났다는 듯 무릎을 쳤다. 고명인에게 감사의 표시로 합장하기까지 했다.

"무슨 좋은 생각이 떠올랐습니까. 저에게 합장을 다 하시고."

"하마터면 만공 스님께서 머무르시던 금선대를 지나칠 뻔했습니다. 더구나 금선대는 일타 스님의 아버지인 법진 스님께서 머무르시던 암자였습니다."

"여기서 멉니까."

"아닙니다. 바로 이 아래 계곡 저편에 있습니다."

돌계단 산길은 물이 쫄쫄 흐르는 계곡을 따라 나 있었다. 원래는 이 돌계단을 이용하여 정혜사를 오르내렸는데, 시멘트로 포장한 승용차 길은 물자를 실어 나르기 위해 최근에 낸 듯싶었다. 정혜사 정문으로 나와 돌계단을 내려서면서 혜각이 말했다.

"고 선생, 선객들이 왜 정혜사 선방을 알아주는지 아십니까. 한철 정진하여 일대사를 해결하겠다는 것이 가장 큰 이유겠지만 또 다른 이유도 있습니다. 그것은 이곳 선방에 고승들의 법향法香, 즉 진리의 향기가 훈습되어 있다는 것입니다. 저는 고승들이 남긴 법향을 맡을 때마다 가슴이 뜁니다."

혜각은 경허의 제자인 혜월의 얘기를 먼저 꺼냈다. 지독한 흉년이 들어 도둑이 횡횡할 때였다. 삼경이 막 지나고 있었다. 정혜사는 그때도 선방이었고, 하루 종일 좌복에 앉아 용맹정진하던 선객들은 잠깐 동안 잠에 곯아떨어져 있었다. 혜월은 장좌불와 중이었으므로 좌복 위에 좌선의 자세로 앉아 잠을 자는 둥 마는 둥 하고 있었다.

그때였다. 공양간에서 부스럭거리는 소리가 났다. 쥐가 내는 소리가 아니었다. 사람의 발소리도 났다. 혜월은 잠을 쫓으며 귀를 기울였다. 공양간에서 쌀가마니를 들어내는 밤도둑이 분명했다. 어쩐 일인지 밤도둑은 행동이 굼떴다. 끙끙 하고 힘을 쓸 뿐 민첩하게 움직이지를 못하고 있었다.

할 수 없이 혜월은 선방 밖으로 나갔다. 과연 도둑은 쌀가마니를 지게에 얹어놓고는 그 무게 때문에 일어서지를 못하고 있었다. 흉년이 들어 몇 끼를 굶은 농부가 분명했다. 혜월은 밤손님이 놀라지 않게 가만히 뒤로 가서 지게를 밀어주었다. 다리를 후들거리며 잘 일어서지 못하자, 혜월이 "한번 일어나기만 하면 되네, 어서 일어나보시게" 하고 말했다.

그제야 도둑이 놀라 뒤돌아보며 "스님, 잘못했습니다. 용서해주십시오" 하고 말하더니 다시 주저앉으려 했다. 그러나 혜월은 여전히 나직하게 "일어나 앞만 보고 가시게. 양식이 떨어지면 또 찾아오게" 하고 말했다.

고명인은 혜각의 얘기를 듣는 동안 가슴이 먹먹했다. 도둑을 만나 도둑의 편이 돼준 혜월의 자비심을 도무지 가늠할 수 없었다.

공양간의 쌀가마니는 선방 대중들의 양식이지만 무소유의 삶 속에 있는 혜월에게는 도둑의 양식이기도 한 것이었다. 고명인이 아무런 대꾸도 못하고 돌계단을 내려서는 동안 혜각이 또다시 입을 열었다.

"정혜사에는 혜월 스님의 자비심만 있는 것이 아닙니다. 만공스님과 금봉 스님의 불꽃 튀는 선화禪話도 있습니다."

"조용한 선방에서 말입니까."

"목숨을 내놓고 진리를 묻고 답하는 일이니까요. 진리란 장사치들이 흥정하는 물건이 아니지요. 정답이 아니면 목숨을 내놓든지 무릎을 꿇어야 합니다."

선객들 중에는 이른바 모난 돌이 많았다. 개성대로 정진하는 것이 선객들의 자유이고, 스승을 닮는 것이 아니라 부처를 이루려는 것이 선수행이기 때문이었다.

만공의 제자 중에는 금봉이라는 술꾼이자 골초가 있었다. 금봉은 술을 마시고 나서야 선방의 좌복에 앉곤 했다. 선방을 나서면 담배를 입에 물고 다녔다. 그래도 스스로 닦은 법이 깊으니 아무도 손가락질을 못했다.

한번은 정혜사 선방에서 이런 일도 있었다. 술을 거나하게 마신 금봉이 스승 만공을 거칠게 몰아붙인 사건이었다. 마을로 내려가 한나절 동안 말술을 마시고 선방에 든 금봉이 만공을 보자마자 시비를 걸었다. 다짜고짜 만공의 두 귀를 잡고 끌더니 만공의 엉덩이를 발로 차 선방 문밖으로 나가떨어지게 했다. 선객들이 놀라 주춤거리는 사이에 벌어진 불경스런 일이었다.

제자에게 당한 만공은 선방으로 들어와 좌복 위에 앉아 아무 일도 없었다는 듯이 정진했다. 그런 뒤 밤이 되자 조실채인 금선대로 내려갔다. 다음 날 만공은 시자를 시켜 금봉을 불렀다.

"어제 무엇을 했느냐."

금봉은 고개를 들지 못하고 말했다.

"스님의 엉덩이를 발로 찼습니다."

"이理였느냐, 사事였느냐."

이理는 만공의 법을 저울질해보느라 그랬다는 것이고, 사事는 만공에게 술주정했다는 것을 인정하는 것이었다. 금봉은 솔직히 시인했다.

"스님, 용서해주십시오. 사事로 그랬습니다."

만공은 단소를 들어 금봉의 엉덩이를 세차게 후려쳤다. 평소에는 아름답고 구슬픈 소리를 내는 단소였지만 이날만큼은 예리한 칼로 변해 금봉의 엉덩이를 몇 뼘이나 찢었다. 그날부터 금봉은 안거 기간 내내 화장실에 들어도 용변을 제대로 볼 수 없었다. 화장실에 앉으면 가까스로 아물려고 하던 상처가 다시 찢어졌기 때문이었다.

이때의 안거 이후 금봉은 불퇴전의 각오로 정진하여 만공에 이어 정혜사 선방의 조실이 되었는데, 그래도 골초의 습을 버리지 못했으므로 어디를 가든 젊은 선객들이 담배 연기를 뿜어대는 금봉과 한방에 들기를 꺼렸다고 한다. 효봉이 젊은 선객들에게 "너희들은 어찌 금봉의 담배만 보고 금봉의 도道는 보지 못하느냐"고 나무랐을 정도였다.

수덕사에서 정혜사까지 벽초가 놓았다는 돌계단을 하나하나 딛고 내려가니 달덩이처럼 둥글게 깎은 만공의 부도가 나타났다. 햇볕이 잘 들지 않는 계곡이어서 부도 주위가 칙칙했지만 푸른 이끼가 긴 둥근 부도는 옛 고승들의 사리탑과 달리 만공이 자재하게 굴린 법을 형상화시킨 것 같았다.

"공처럼 생긴 부도는 처음 본 것 같습니다."

"성철 스님의 부도도 이렇게 공 모양입니다만 만공 스님의 부도가 최초일 것입니다. 전통을 따르지 않고 이런 모양을 결정하는 데는 큰 용기가 필요했을 것입니다. 승속을 불문하고 죽음의 문화처럼 보수적인 것도 없으니까요."

혜각은 만공의 부도를 손으로 어루만지며 마치 자신이 조각을 한 것처럼 감회에 젖었다. 금선대는 만공의 부도 가까운 곳에 있었는데, 문이 안에서 잠겼으므로 들어갈 수는 없었다. 혜각이 금선대 문을 열고자 했지만 꿈쩍을 안 했다. 고명인도 손을 문 안으로 넣어 빗장을 풀려고 했지만 어림없었다. 금선대 안에 누가 있는지는 모르지만 출입금지라는 의지가 강하게 느껴졌다.

"아무래도 그냥 돌아가야 할 것 같습니다."

"문이 안에서 잠긴 것을 보니 동구불출의 정진을 하고 있는 것이 틀림없습니다."

혜각은 안거 기간 동안에는 흔한 일이라는 듯이 선선히 물러섰다.

"누에가 실을 뽑아 스스로 갇히듯이 자결할 각오로 문을 닫아걸고 수행하는 도반들이 있거든요."

"일타 스님의 아버님도 저렇게 정진하셨습니까."

"법진 스님은 이미 중물이 들어 불문에 들었기 때문에 삶 자체가 부처님 법다웠다고 합니다. 옆에서 보고만 있어도 가랑비처럼 중물이 옷에 젖는 것 같았다고 합니다."

"법진 스님을 직접 뵌 적이 있습니까."

"그때 저는 출가한 지 몇 년 되지 않아 강원에서 공부하느라 뵙지는 못했습니다. 허나 사형님들에게 얘기는 많이 들었습니다. 큰스님께서는 제주도 밀감을 선물 받으면 꼭 혜국 스님을 시켜 아버지인 법진 스님께 갖다드리곤 했다고 합니다. 그때만 해도 밀감은 아주 귀한 과일이었으니까요. 혜국 스님이 가끔 밀감 심부름을 한 모양입니다. 밀감 상자를 들고 수덕사로 가 법진 노스님을 뵐 때마다 오래된 매화나무 향기를 맡듯 마음이 향기로워지곤 했답니다. 산자락에 지게를 부려놓고 게송을 읊조리며 썩은 나무를 줍고 있거나, 암자 툇마루에 앉아 '일만법이 일만법이' 하고 만공 큰스님에게 탄 화두를 소리 내어 외는 노스님의 천진한 모습을 뵐 때마다 절로 신심이 나곤 했답니다."

"부드러운 봄바람 같은 분이었군요."

"맞습니다. 깨달음을 이루려고 사납고 거칠게 정진한 분이 아니라 당신의 성품대로 밥 먹고 숨 쉬는 평상의 모든 일상사를 불법 위에 자연스럽게 놓고 사신 분이었던 것 같습니다. 생식을 하면서도 도를 닦고자 억지로 그랬다기보다는 생식에서 즐거움을 누리는 분이었다고 합니다. 메주 몇 덩이 얻어 천장에 매달아놓고 참선정진하다가 배고프면 메주 덩이의 콩 조각과 솔잎을 씹어 드셨던 모양인데 바로 그 맛을 산해진미라 했고, 거기에다 석간수 한 모금이면 신선이 따로 없다고 말했던 분이었다고 하니까요. 이때 남기신 게송을 보아도 스님이 얼마나 무위무욕無爲無慾의 삶을 살았는지 짐작이 됩니다."

나는 본래 바위틈에서 사는 수행자
한 주먹 콩과 솔잎이 나의 입에 가장 맞네
묵묵히 띠집에 앉아 먼 산을 바라보나니
앞봉우리 뒷바위는 천만년 그대로이네
我本巖間一衲子
太豆松葉適口味
默坐茅庵遠望山
前鋒後巖千萬年

이렇게 욕심 없이 산 법진에게 역시 만공의 제자인 벽초가 송아지 한 마리를 금선대로 보낸 일이 있었다. 해방 후부터 1950년 중반까지 법진은 수덕사 농감農監이란 소임을 10여 년간 맡았는데, 절의 농토를 잘 일구어 절 살림이 튼튼해진 대가로 당시 주지 소임을 보던 벽초가 고마움을 표시하기 위해 보낸 송아지였다.

법진은 벽초가 난감해할까 봐 송아지를 돌려보내지 않고 키워 황소가 되었을 때에야 수덕사로 내려보냈다. 수행자가 소를 키운다는 것은 거추장스런 일이었으나 보낸 사람의 마음을 받아들이면서도 고마움을 크게 갚는 법진의 천진한 행동이었다.

"참으로 천진도인의 모습이었던 것 같습니다. 돌아가실 때도 아이 같았다고 합니다. 89세에 돌아가셨는데 부처님보다 근 10년을 더 살고 있다며 늘 죄송스러워했다고 합니다. 그리고 또 89세 되던 1986년 7월 초에는 해제 전에 죽으면 공부하는 사람들에게 방해가 될 테고, 해제 후에 죽으면 다들 바랑을 짊어지고 떠나버린 다음일 텐데, 누가 나의 장례를 지내주지 하고 아이처럼 걱정했다고 합니다. 진짜 어린아이 같지 않습니까. 하하하."

법진은 하안거 해제 전날 아들인 일타를 만나 몇 마디 대화를 나눈 뒤 숨을 거두었다. 스스로 원한 대로 해제 전날의 입적이었다.

"노스님, 구름내〔雲川〕 고향으로 가시겠습니까."

"구름내로 뭐 하러 가나."

"그럼, 어디로 가시겠습니까."

"청산에 흰 구름 나르고 맑은 물이 흐르는 곳이면 다 내 고향이다."

법진의 임종게도 자신이 평소에 말하고 생각하던 것 그대로였다.

> 팔십팔 세의 생애로 이미 기한 다했으니
> 칠십구 세 부처님보다 더 많이 살았구나
> 오늘에 이르러 과연 어느 길로 갈 건가
> 푸른 산과 흰 구름 흐르는 물 사이로다
> 米壽生涯已限盡
> 勝於瞿曇七十九
> 今日路豆何處去
> 靑山白雲流水間

고명인은 승용차를 세워둔 정혜사로 다시 올라갔다. 혜각은 푸른 산과 흰 구름, 흐르는 물 사이로 가겠다던 법진 노사의 환영이 보이는 듯 금선대 쪽을 자꾸 뒤돌아보더니 이윽고 돌계단을 올랐다.

일타 스님이 경봉 선사 회상에서 수행했던 통도사 극락암

무소의 뿔처럼

속리산 복천암에서 통도사로 돌아온 일타는 바로 강원으로 들어갔다. 일타는 통도사 불교전문강원에 입학한 후 틈만 나면 사리탑으로 올라가 탑돌이를 하며 언젠가 득도하여 중생을 제도하겠다는 초심을 다졌다. 강의가 없는 그날도 지눌 보조국사가 지은 「계초심학인문」을 외면서 사리탑을 돌았다.

"무릇 처음 발심한 사람은 반드시 악한 벗을 멀리하고 어질고 착한 이를 가까이해야 하며, 5계와 10계 등을 받아서 잘 지키고 범하고 열고 닫을 줄 알아야 한다.

다만 금구성언金口聖言에 의지할지언정 용렬한 무리들의 망설을 따르지 말라. 이미 출가하여 청정한 대중 속에 참여하였거든 항상 부드럽고 화합하고 착하고 순수함을 생각할 것이요, 교만심으로 잘난 체하지 말지니라."

일타가 석종 모양의 사리탑을 도는 것은 사미승 때부터 스스로 초심을 다지고 맹세하는 의식이었다. 사리탑을 무심히 돌다 보면 자신이 믿고 의지할 금구성언이 들려올 듯도 하였다. 실제로 사리탑에는 부처의 진신사리가 봉안돼 있으므로 부처가 홀연히 침묵을 깨고 천둥 같은 소리로 그의 눈을 맑히고 귀를 씻어줄 것만 같았다.

초심初心은 초발심初發心의 준말이고, 발심發心이란 발무상보리심發無上菩提心의 준말이니, 부처가 고행 끝에 얻었던 '위없는 깨달음'을 이루겠다는 첫 마음을 말했다.

일타는 사리탑을 돌다가 걸음을 멈추었다. 문득 사리탑에서 꽃향기가 나는 것 같았다. 주위를 집중해서 보니 어디선가 봄바람에 꽃향기가 실려 오고 있었다. 일타는 슬그머니 사리탑을 내려와 꽃향기가 나는 쪽으로 걸었다. 영각影閣 앞에 서 있는 오래된 홍매화나무가 꽃향기를 내뿜고 있었다.

홍매화나무는 어제 낮 강원에서 한 강사가 읊조린 시 한 수와 맞아떨어졌다. 강사가 봄을 맞이하여 강원의 학인들이 공부에 더욱 정진할 것을 강조하며 황벽 선사의 게송을 소개했던 것이다.

생사 해탈하는 것이 평범한 일이 아니니
고삐를 바짝 당겨 잡고 한바탕 일을 치러야 하네

매서운 추위가 한 번 뼈에 사무치지 않았던들

매화가 어찌 코를 찌르는 향기를 얻을 수 있으리오

塵勞逈脫事非常

緊把繩頭做一場

不是一番寒徹骨

爭得梅花撲鼻香

홍매화나무는 붉은 꽃을 가지가지마다 영롱한 이슬처럼 매달고 짙은 향기를 뿜어대고 있었다. 한겨울 내내 참았다는 듯이 붉은 꽃망울을 일제히 토해내고 있었다. 일타는 홍매화나무 꽃망울을 보면서 가슴에 사무치는 무언가를 느꼈다.

'매서운 추위가 내 뼈에 사무치지 않은들 어찌 코를 찌르는 향기를 얻을 수 있겠는가.'

머리가 영특한 일타는 홍매화나무가 매서운 추위를 보내고 나서야 향기를 토해내고 있는 것처럼 자기 자신도 그런 수행자가 되겠다고 다짐했다. 「계초심학인문」의 첫 구절이자 모든 문장의 주어인 초심지인初心之人, 즉 처음 발심한 사람은 다른 사람이 아니라 바로 자기 자신이었다.

일타는 홍매화나무 꽃그늘 아래에서 좌선하는 자세로 앉아 중얼거렸다.

'그렇구나. 내가 외운 이 「계초심학인문」은 7백 년의 시공을 초월하여 내 인생의 지침이 되라고 지눌 보조국사께서 내게 당부하시는 말씀이구나. 아니, 내게만 말씀하시는 것이 아니라 승속을 뛰어넘어 모든 이들에게 말씀하고 계시는구나.'

악한 벗을 멀리하고 어질고 착한 이를 가까이하라

'지눌 스님은 갓 출가한 학인들에게 원리악우遠離惡友를 강조했지만 부처님은 그보다 더 일찍이 승원에 모인 제자들에게 무소의 뿔처럼 혼자서 가라고 설하지 않았던가.'

"우리는 참된 벗을 얻는 행복을 기린다. 자기보다 뛰어나거나 비슷한 벗과는 가까이 친해야 한다. 그러나 이런 벗을 만나지 못할 때는 허물을 짓지 말고 무소의 뿔처럼 혼자서 가라."

어떤 벗이 좋은 벗이고 나쁜 벗인가. 훗날, 일타는 초심자들에게 「계초심학인문」을 가지고 법문할 때마다 『아함경』에 나오는 부처가 설한 '벗의 조건'을 인용하곤 했다. 출가자이든 재가자이든 종교가 무엇이든 간에 남녀노소 누구라도 거울처럼 그 사람됨을 비추어볼 수 있기 때문이었다.

부처가 설한 좋은 벗이란 이러했다.

"첫째는 그릇됨을 멈추게 할 수 있는 사람이니, 마음이 바르고 생각이 어질고 원願이 커서 능히 남의 그릇됨을 잘 분별하고 그치게 할 줄 아느니라.

둘째는 자비심이 있는 사람이니, 남의 이익을 보면 함께 기뻐할 줄 알고 남의 잘못을 보면 근심할 줄 알며, 남의 덕을 칭찬할 줄 알고, 남의 악한 행위를 보고 능히 자신의 악을 구제할 줄 아느니라.

셋째는 모든 사람에게 해를 끼치지 않는 사람이니, 남의 게으름을 방관하지 않고 남의 재산에 손상을 입히지 않으며, 남으로 하여금 공포를 느끼지 않게 하고 조용히 훈계할 줄 아느니라.

넷째는 이익이 되는 일과 행동을 함께하는 사람이니, 자신의 몸과 재산을 아끼지 않고 공포로부터 구제하며, 함께 깨닫기를 잊지 않느니라."

반면에 부처가 설한 나쁜 벗이란 이러했다.

"첫째는 두려움을 주어 상대방을 억누르려고 하는 사람이니, 먼저 주고 나중에 빼앗거나 적게 주고 많이 바라거나 사리사욕을 위하여 힘으로 친교를 맺는 사람 등이니라.

둘째는 감언이설이 많은 사람이니, 선과 악을 구별하지 못하거나 겉으로는 착한 척하면서도 비밀이 많으며, 남이 고난에 처하였을 때 구제하지 않거나 모른 척하는 사람 등이니라.

셋째는 폭력을 자주 사용하는 사람이니, 때와 장소를 가리지 않고 광기를 부리거나 조그마한 허물을 큰 시빗거리로 삼아 주먹을 휘두르는 사람 등이니라.

넷째는 덕이 되지 않는 사람이니, 술을 마시거나 도박을 할 때, 음행이나 노래 부르고 춤을 출 때만 벗이 되는 사람 등이니라."

지눌이 말한 원리악우를, 참선정진 끝에 문리가 트인 일타는 훗날 다음과 같이 심화시키어 대중들에게 법문하곤 했다.

"원리遠離는 출가의 근본정신입니다. 출가한 사람은 세속의 모든 것을 떠나야 합니다. 세속의 명예나 행복은 말할 것도 없고 혈육의 정마저도 멀리 떠나야 합니다. 모름지기 참된 중노릇은 세속적인 애착을 완전히 벗어버리지 않으면 불가능할 뿐입니다.

출가는 멀리 떠나는 행이요
인욕은 안락의 길이며
자비는 세상을 벗어나는 마음이요
적정은 곧 열반의 길이다
出家是遠離行
忍辱是安樂道
慈悲是出世心
寂靜是涅槃道

밖으로는 세속의 모든 인연으로부터 멀리 떠나고, 안으로는 내부에서 일어나는 모든 번뇌 망상으로부터 떠나야 합니다. 비록 멀리 떠나기가 쉽지는 않지만, 인욕하면 능히 편안한 안락도의 경지에 이를 수 있습니다. 그때가 되면 세속을 완전히 뛰어넘어 뭇 생명 있는 자에게 자비를 베풀고, 스스로의 마음이 한없이 고요해져 열반의 경지에 자연스럽게 도달할 수 있습니다.

실로 이 짧은 게송에는 수행의 요긴한 뜻이 남김없이 담겨져 있습니다. 그러나 원리행遠離行이 올바로 이루어지지 않으면 참다운 열반의 경지도 불가능해질 뿐입니다. 참다운 구도자가 되기를 원한다면 부디 도에 장애가 되는 것들로부터 멀리 떠나십시오. 결코 도는 어려운 것이 아닙니다. 그것은 우리들 한마음을 바르게 다스리는 데 있습니다.

조과 도림鳥窠 道林 선사와 백낙천의 이야기를 통하여 '악한 벗을 멀리하고 어질고 착한 벗을 가까이하라'는 가르침을 다시 한 번 정리해보겠습니다.

중국의 조과 도림 선사는 날씨가 맑은 날이면 높은 나무 꼭대기에 앉아 참선을 하였습니다. 항주 자사로 부임한 백낙천이 스님의 명성을 듣고 찾아갔다가, 스님이 나무 꼭대기에 앉아 계신 것을 보고 소리쳤습니다.

―스님, 그곳은 대단히 위험합니다.

―그대가 서 있는 곳이 더 위태롭다.

―저야 두 다리로 대지를 버티고 서 있는데 위태로울 리 있습니까.

―한 생각 나고 한 생각 꺼지는 것이 생사이며, 한 숨 내쉬고 한 숨 들이쉬는 것이 생사이다. 생사의 호흡지간에 사는 사람이 어찌 위태롭지 않다고 하는가.

백낙천은 스님의 도력에 놀라 공손히 절을 올리고 물었습니다.

―어떤 것이 도입니까.

―모든 악을 짓지 말고 모든 착한 일을 받들어 행하라〔諸惡莫作 衆善奉行〕.

―그것이라면 세 살 먹은 아이라도 다 아는 것 아닙니까.

―세 살 먹은 아이도 말할 수 있는 일이지만 팔십 노인도 행하기는 어려운 일일세.

'악한 벗을 멀리하라'는 것은 곧 모든 악을 짓지 말라는 것이고, '어질고 착한 이를 가까이하라'는 것은 모든 선을 받들어 행하라는 말입니다.

악우惡友가 어찌 외부의 나쁜 사람만을 말하는 것이겠습니까. 내 마음속에 꽉 들어앉아 있는 번뇌 망상! 부처님께서 항복받으신 8만 4천 마구니도 결국은 내 마음속에 있는 번뇌 망상이라는 것을 명심하면서, 중선봉행과 수행을 가로막는 내 마음속의 악우를 제거하는 일을 게을리 하지 말아야 할 것입니다."

일타는 홍매화나무 꽃그늘에 앉아 「계초심학인문」의 나머지 구절도 마저 외웠다. 한 구절 한 구절 마음속으로 외울 때마다 그 뜻은 메아리처럼 긴 여운을 남겼다. 마치 지눌 보조국사가 지금 나타나 일타 자신을 향해 법문하는 것처럼 감동이 밀려왔다. 일타는 흰 설원처럼 티 하나 묻지 않은 빈 마음으로 지눌의 법문을 하나하나 새겼다. 지눌은 7백 년이란 시공을 뛰어넘어 강원에 갓 입학한 일타에게 자비롭지만 때로는 엄하게 당부하고 있었다.

'만일 한가로이 근거 없는 이야기로 세월을 헛되이 보낸다면 어찌 마음자리를 깨달아 윤회를 벗어나는 길을 구한다고 하겠는가! 다만 뜻과 절개를 굳건히 지니고 자기의 몸을 꾸짖어 게을리 하지 말고, 그릇됨을 알았거든 선한 데로 옮겨서 고치고 뉘우치고 부드럽게 만들지니라. 이렇게 부지런히 닦다 보면 관觀하는 힘이 더욱 깊어지고, 갈고 닦을수록 수행의 문이 점점 맑아지느니라.

항상 불법을 만나기 어렵다는 생각을 일으키면 도 닦는 업이 늘 새로워질 것이요, 항상 경사스럽고 다행하다는 생각을 일으키면 마침내 물러나지 아니하리라. 이와 같이 오래오래 하다 보면 자연히 선정과 지혜가 뚜렷이 밝아져서 자신의 마음자리를 보고, 환幻과 같은 자비와 지혜로써 모든 중생을 제도하여 인간과 천상의 큰 복밭이 될 것이니, 모름지기 간절히 힘쓸지어다.'

일타는 홍매화나무 꽃그늘에서 일어나면서 주먹을 쥐고 맹세했다.

'그렇다. 나는 기어코 선정과 지혜를 얻어 내 자신의 마음자리를 보고, 자비와 지혜로써 중생을 제도할 것이다.'

일타는 계곡가로 내려가 소나무 그루터기에 앉아 강원에서 아직 배우지 않은 대혜 종고大慧 宗杲 선사의 「서장書狀」을 펼쳤다. 한 달 후 배울 것에 대한 예습인 셈이었다. 매화꽃 향기가 묻은 봄바람이 살랑살랑 불어와 목덜미를 간질였다. 그때였다. 누군가가 꼬끼오 하고 닭울음소리를 내며 다가왔다. 돌아보니 사미 시절을 함께 보낸 장난꾸러기 도반이었다.

"말뚝스님, 무엇을 그리 골똘히 보고 있는가."

말뚝스님은 사미승 때 통도사 도반들이 지어준 일타의 별명이었다. 그런 별명이 붙게 된 것은 작년, 은사 고경이 입적한 후였다. 누군가가 일타의 바랑을 짊어지고 가버려 일타의 호주머니는 말 그대로 무일푼이 된 일이 있었다. 그때 일타가 가진 것이라고는 입고 있는 누비옷 한 벌뿐이었다. 그런데 봄이 되어서도 무거운 누비옷을 계속 입으려고 하니 덥기도 하고 퀴퀴한 냄새가 날 정도로 더러웠다. 갈아입을 옷이 없으니 별수 없었다. 그러던 어느 날이었다. 일타는 산내 비구니 암자에 갔다가 은사 고경이 입었던 흰 광목 장삼을 얻어올 수 있었고, 은사 옷을 승복으로 입으려고 먹물을 들였다. 새 장삼이 생기자 그제야 속옷을 빨아 널었다. 그런데 속옷을 빨고 나니 장삼만 걸치고 경내를 다닐 수는 없었다. 할 수 없이 일타는 속옷이 마를 때까지 하루 종일 책상에 붙어 앉아 경을 보았다. 그런 일타를 본 도반들이 "말뚝스님 하나 나왔다"고 별명을 붙였다.

"지금 내가 온 줄도 모르고 삼매에 빠진 자네는 영락없는 말뚝 스님일세."

석양이 기우는 듯 노송의 그늘이 계곡가로 길게 눕고 있었다. 잠시 후에는 범종 소리가 두 사람의 가슴을 치며 울려 퍼졌다.

서울 선학원에서 『금강경』과 보조국사의 『수심결』을 법문하던 경봉이 극락암으로 내려왔다는 소식이 일타의 귀에도 들려왔다. 선학원은 광복 전부터 민족대표 33인 중 한 사람이었던 용성의 가풍을 이어온 도량이었는데, 조선불교를 지키는 거점이나 다름없는 곳이었다. 일타는 반가운 마음에 강원 수업이 끝나자마자 통도사에서 10여 리나 떨어져 있는 극락암으로 올라갔다.

봄비가 내린 뒤끝이었으므로 산길이 촉촉하게 젖어 있었다. 나뭇가지에는 아직도 빗방울들이 매달려 보석처럼 반짝이고 있었다. 갠 하늘에는 흙을 문 제비들이 둥지를 짓느라고 바삐 날고 있었다.

일타는 옆구리에 읽다 만 「서장」을 끼고 걸었다. 경봉에게 묻고 싶은 의문 나는 구절이 있었다. 강원의 강사에게 질문할 수도 있었지만 일타는 경봉에게 묻고 싶었다. 경봉은 예전부터 일타가 믿고 존경하는 통도사의 고승 중 한 사람이었다. 일타는 경봉의 누더기 장삼만 보아도 가슴이 상쾌해지고 경봉을 볼 때마다 '나도 공부하여 저런 도인이 되어야지' 하고 신심이 일어나곤 했다.

1892년 경남 밀양에서 태어난 경봉은 어머니를 여읜 뒤 16세에 통도사로 와서 성해를 은사로 출가하고 해담 강백에게 비구계를 받았는데, 강원에서 『화엄경』을 공부하면서 "종일토록 남의 보배를 세어도 반 푼어치의 이익이 없다〔終日數他寶 自無半錢分〕"는 구절에 크게 발심하여 경전 공부를 그만두고 내원사, 해인사, 직지사, 마하연사, 석왕사 등의 선방을 돌며 참선한 당대의 대선사였다.

일타가 은사 고경을 시봉했던 통도사 안양암에서 경봉은 광복 전에 일찍이 동구불출의 정진을 하며 도를 깊이 닦았고, 이후 극락암으로 옮겨 화엄산림법회를 주재하면서 용맹정진하던 중 36세 되던 1927년 12월 13일 새벽에 방 안의 촛불이 파파파 하고 춤추는 것을 본 순간 홀연히 대도를 성취하였던 것이다. 그때 남긴 경봉의 오도송을 일타는 단숨에 외워 즐겨 중얼거리곤 했다.

내가 나를 온갖 것에서 찾았는데
눈앞에 바로 주인공이 나타났네
허허 이제 만나 의혹 없으니
우담발화 꽃빛이 온 누리에 흐르누나
我是訪吾物物頭
目前卽見主人樓
呵呵逢着無疑惑
優鉢花光法界流

일타는 극락암으로 가는 도중에 산길을 내려오는 강원의 학인을 만났다. 그는 강원 학인들 중에서 가장 뚱뚱했는데, 산내 비구니 암자에서 속가 누나가 공양주보살을 하고 있다는 소문이 도는 학인이었다. 실제로 그는 그곳으로 올라가 떡이나 과일을 먹고 오는지 입으로 무언가를 늘 우물거릴 때가 많았다. 그도 역시 다른 도반들처럼 일타를 말뚝스님이라 불렀다.

"말뚝스님, 어디 가는가."

"극락암 경봉 큰스님을 뵈러 가는 길이지."

"나도 가볼까."

"오늘 큰스님의 법문이 있으니 함께 가는 것이 어떤가."

"큰절에 있어봤자 감자밭 울력이나 하라고 부를 테니까 극락암으로 가는 것이 좋겠다."

농번기가 된 봄날에는 일손이 부족하여 강원의 학인은 물론이고 선방의 수좌들까지 논밭으로 나가 울력에 동원되곤 했던 것이다.

"어찌할 텐가."

"큰스님께서는 법문하실 때 욕을 잘하신다는데 육두문자나 한번 들어볼까."

"방편으로 하신 거지."

"방편이라, 정말일까. 조사선의祖師禪義를 깨닫고 나서 첫 설법을 하는 동안 보살들을 놀라게 하신 것이."

"우리 강원의 강사스님도 들었다고 하니 사실이 아니겠나."

"화엄경의 도리가 두 눈, 두 귀, 두 콧구멍에도 있다고 하셨다는데 난 정말 이해를 못하겠어. 그뿐인가, 좆에도 씹에도 화엄경의 도리가 있다고 하셨다는데 도통 모르겠다구. 하하하."

일타도 뚱뚱한 학인을 따라서 웃었다. 웃고 나니 밑도 끝도 없는 의혹이 마음속에서 솟았다.

'화엄경의 도리가 정말 남녀의 생식기에도 있는 것일까.'

강원의 뚱뚱한 학인은 극락암으로 함께 갈 것 같더니 슬그머니 물러섰다. 일타는 극락암으로 혼자 가는 동안 내내 의혹에 잠겼다. 사실 학인이 던진 말을 처음 듣는 것은 아니었다. 지대방에서 입담이 좋은 선배 학인에게 우스갯소리로 몇 번이나 들었던 것이다. 어쨌든 경봉이 한밤중에 촛불이 춤추는 것을 보고 홀연히 오도하고 난 다음 날, 화엄산림법회 중에 쌍소리로 사자후를 토했던 것은 사실인 모양이었다.

일타가 극락암에 도착하자 다행스럽게도 경봉은 막 법문을 시작하려 하고 있었다. 경봉이 법상을 향해 천천히 걸어가고 있었는데, 밖에서 보던 모습과 사뭇 달랐다. 누더기 장삼을 입고 산길을 포행하는 경봉의 모습은 흰 구름인 듯 바람인 듯 걸림 없는 자유인 같은 느낌을 주었는데, 법당 안에서 묵묵히 걷는 거구의 경봉은 사자처럼 위엄이 서려 있었다.

곧 입정을 알리는 죽비 소리가 났고, 법당에 모인 대중들은 심연 같은 침묵의 선정 속으로 빠져들었다. 잠시 후, 경봉이 주장자를 내리치는 소리가 탁탁탁 세 번 나자, 대중들은 눈을 뜨고 법상을 우러러보았다. 경봉은 화답하듯 미소를 한번 짓더니 멋들어진 게송을 염불처럼 읊조렸다.

> 비 개인 뒤 산빛이 새롭고
> 봄이 오니 꽃이 붉다
> 달이 차가운 솔가지에 걸리고
> 바람은 뜨락 잣나무를 흔드네
> 雨過山青
> 春來花紅
> 帶月寒松
> 搖風庭栢

 게송을 읊조린 뒤 경봉은 바로 설법을 시작했다. 경봉의 목소리는 위압적이지 않고 오랜만에 반가운 손님을 만나 차 한 잔을 사이에 두고 다담을 나누듯 따뜻했다. 그러면서도 법당에 가득 들어찬 대중 때문인지 신명이 나 있었다.

 비가 오기 전보다 지나간 뒤의 산빛이 더 곱고, 봄이 오니 꽃만 붉은 것이 아니라 만물이 모두 봄빛을 띠어 찬연하다.

화가의 눈에도 하루에 몇 번씩 산빛이 변하고, 바다 물빛도 몇 번이나 바뀐다고 한다.

여러분도 바람이 잣나무를 흔들고 달이 찬 솔가지에 걸려 있는 풍광을 다 알겠지만 부처님의 진리 법문은 바로 거기에 있다.

내가 아무 말도 하지 않고 가만히 있다가, 누웠던 주장자를 여러분에게 보이고 법상을 세 번 쳤는데, 이것이 법문이다. 이 주장자를 보아라. 죽은 송장에게 아무리 보인들 송장이 볼 수 있나. 나는 주장자로 법상을 탁! 치는 소리를 귀로 들었다. 그러나 여러분은 귀로 탁! 치는 이 소리는 헤아리지 못한다. 이 무슨 도리인가. 참선 공부를 해야 알지 그렇지 않고서는 수없이 들어도 모른다.

모든 상대적인 이변二邊을 떠나서 대자유, 대자재를 얻어 온좌穩坐하여 영원히 살 수 있는 진리가 분명히 있건만, 그러한 진리가 있는지조차 모른다.

우주 만물에 불법이 다 있다. 생활이 불법이요, 우리의 모든 행동이 불법이지, 불법이 어디 따로 있는 것이 아니다. 공기 속의 전기와 전자는 사람에게도 통하고, 나무에게도 통하고, 돌이나 물에도 통하고, 삼라만상 어디든 통하지 않은 곳이 없는데 불법의 진리 또한 그렇다.

우리 일상생활 주변이 온통 진리 그대로인데 우리는 지혜가 넓지 못하고 안목이 어둡기 때문에 통찰하지 못하는 허물이 있다.

백천 시냇물은 모두 바다로 극極함을 삼는다. 삼라만상은 허공으로 극함을 삼는다. 육범사성六凡四聖은 부처님을 극함으로 삼는다. 명안납자明眼衲子는 이 주장자를 극함으로 삼는다.

이 주장자가 어찌 극함이 되는가. 만약 어떠한 사람이 이 도리를 얻는다면, 나는 그 사람에게 이 주장자를 분부分付하겠다.

한가로이 선상에나 기대고 있을 것을
주장자를 말함은 후학에게 길을 가리키기 위해서다
不如閑倚禪床畔
留與兒孫指路頭

예전에 중국의 복주 고령사에 신찬神贊이라는 분이 있었다. 처음 출가하여 고향의 대중사에서 은사를 시봉하고 있었는데, 은사스님은 늘 경전만 보았지 참선은 안 했다. 그래서 신찬은 생사 문제를 해결하기 위해서 선지식 스님을 찾기 위해 은사를 하직하고 떠났다.

행각을 하고 다니다가 대선지식인 백장 화상을 만나 도를 깨닫고 본사로 돌아오니 은사가 물었다.

"너는 내 곁을 떠나서 무엇을 익히고 왔는가."

"아무런 일도 익히지 않았습니다."

이후 신찬은 대중과 함께 머물며 절의 자잘한 일을 돌보게 되었고, 은사는 여전히 예전 그대로 불경을 펴놓고 조백槽粨만 씹었다. 어느 날 은사가 목욕을 하다가 신찬에게 등을 밀라 하자, 신찬이 등을 밀면서 혼잣말을 하였다.

"좋은 불전佛殿인데 부처가 영검하지 못하구나."

은사가 고개를 돌리니 신찬이 또 중얼거렸다.

"부처는 영검하지 못하나 광명은 놓을 줄 아는구나."

은사가 또 창가에서 불경을 읽는데, 벌이 들어왔다가 창문에 부딪치면서 나가려고 애쓰는 것을 보고 신찬이 게송을 지었다.

문으로 나가려 않고

봉창을 치니 크게 어리석다

백 년을 옛 종이를 뚫은들

어느 날에 나갈 수 있겠는가

空門不肯出

投窓也大痴

百年鑽古紙

불경만 읽어서는 생사 해탈을 할 수 없다는 말이다. 은사는 신찬이 좀 전에 등을 밀면서 한 말과 지금 지은 게송을 가만히 생각해보니, 신찬이 필시 깨달은 것 같다는 느낌이 들어 읽던 불경을 덮어놓고 물었다.

"너는 행각하다 누구를 만났는가. 내가 아까부터 네 말을 듣자니 매우 이상하구나."

"저는 백장 화상에게 쉴 곳의 가르침을 받았는데 이제 그분의 덕을 갚으려는 것뿐입니다."

은사는 대중에게 알려 공양을 차려 잘 대접하고 신찬에게 설법을 청했다. 그런 뒤 은사는 신찬의 설법으로 깨닫고 이렇게 말했다.

"늘그막에 이런 지극한 설법을 들을 줄이야 누가 알았으랴!"

나중에 신찬이 고령사로 가서 대중을 교화한 지 몇 해 만에 임종이 가까워지니 삭발하고 목욕한 뒤 종을 쳐 대중이 모이자 말했다.

"그대들은 소리 없는 삼매를 알겠는가."

"모르겠습니다."

"그대들은 조용히 들어라. 모든 생각을 비우고."

대중이 모두 신찬의 무성삼매(無聲三昧, 열반의 법문)를 들으려고 귀를 기울이고 있는 가운데, 신찬은 엄연히 그리고 아주 조용히 입적했다.

참된 성품이 물듦이 없는 것은 흡사 연꽃에다 똥물을 붓고, 온갖 색깔을 부어도 닿기는 닿지만 물들지 않거나 묻지 않는 것과 같다. 진흙에 박았다가 빼내도 조금도 흙이 묻거나 더럽혀지지 않듯이 모든 더러운 것을 묻히려 해도 우리 참된 성품에는 묻힐 수가 없는 것이다. 자기 스스로 망상을 피우면 피웠지 소소령령昭昭靈靈한 이 자리는 외외락락巍巍落落하여 조금도 어리댈 수 없는 것이다. 다만 허망한 인연만 여의면 곧 여여한 부처니라.

일타는 문득 들려온 범종 소리 때문에 법문 중에 한 대목을 잘 듣지는 못했지만 눈물이 날 정도로 감격스러웠다. 작년에 통도사를 떠나 복천암에서 동안거를 날 때까지 여러 고승들의 법문을 들어보았지만 경봉만큼 가슴을 뭉클하게 한 적은 없었다. 경봉의 법문은 달랐다. 게송이 봄비처럼 가슴을 적셨고, 고산준령을 대하듯 가슴을 압도하는 외외한 진리가 있었으며 봄바람처럼 마음을 부드럽게 어루만지는 자비가 느껴졌다. 일타는 물론 산내 암자에서 올라온 대중들도 합장한 채 한동안 법당을 뜨지 못했다.

경봉의 법문은 대중들의 마음을 사로잡았다. 그만큼 울림이 컸고 감동을 주었다. 법문을 들은 산내 암자의 수좌나 신도들이 극락암을 내려가지 않고 경봉이 머문 방 앞에서 서성거렸다. 일타도 방 앞에서 먼저 들어간 사람들이 나오기를 기다렸다.

축축한 바람이 또 불어오더니 멎었던 봄비가 다시 한두 방울씩 내리기 시작했다. 방문을 활짝 열어놓았으므로 방 안의 풍경이 다 드러나 보였다. 경봉은 자신을 만나러 온 사람들에게 시자가 우려 온 차를 일일이 따라주고 있었다. 수좌들과 주고받는 얘기에는 긴장이 감돌았다. 한 수좌는 경봉을 다시 만난 지 5년이 되는 모양이었다.

"5년 동안 공부한 것을 내놓아보시게."

"스님, 내놓을 거 있습니까. 벌써 이 방에 꽉 차 있습니다."

"방에만 찼지 그대에게는 차지 않았구나."

수좌는 말을 더 못 하고 고개를 숙였다. 한참 후 수좌가 경봉에게 다시 물었다.

"스님, 어찌 하면 공부를 마칠 수 있습니까."

"야반삼경에 촛불춤을 보거라〔夜半三更 觀燭舞〕."

일타는 밖에서 두 사람의 문답을 들으며 나름대로 생각했다.

'당신이 잠을 잊고 용맹정진하던 중 야반삼경에 촛불춤을 보고 대오하신 경험을 말씀하시는 거구나. 수좌에게 공부 한번 제대로 해보라는 말씀이 아닐까.'

경봉은 수좌에게 당부의 말을 계속했다.

"지지부진 진취가 없거든 산에 가서 발을 쭉 뻗고 실컷 울어라. 뼈에 사무치는 울음을 울어야 한다. 참선 공부는 철저하게 생명을 걸고 하지 않으면 안 된다. 세상에 돈 버는 것도 10여 년간 풍풍우우風風雨雨에 피땀 흘려야 가능한데, 하물며 가치를 따질 수 없는 무가보인 자기보장(自己寶藏, 마음부처)을 찾는 수행은 생명 걸고 하지 않으면 도저히 이룰 수 없는 것이다. 그저 간단없이 오나가나 앉으나 누우나 일여一如해져서 전에는 그렇지 않던 것이 그저 밥 먹을 때도 들리고 가도 들리고 대소변을 보든지 이야기를 해도 목전에 역력히 드러남은 물론 꿈 가운데서도 일여해서 화두가 독로獨露해야 한다."

경봉은 삶의 어려움을 호소하는 신도에게도 자상하게 얘기하고 있었다.

"인생은 연극이다. 중은 중의 배역을 잘해야 하고, 속인은 속인의 배역을 잘해야 한다. 그래야 멋들어진 연극이 된다. 이왕 사바세계에 왔으니 근심 걱정 놓아버리고 한바탕 멋들어지게 살아라."

신도에게 용기를 주는 얘기도 하고 있었다.

"사람과 만물을 살려주는 것은 물이다. 갈 길을 찾아 쉬지 않고 나아가는 것은 물이다. 어려운 굽이를 만날수록 더욱 힘을 내는 것이 물이다. 물처럼 살아라."

비가 더 세차게 내릴 무렵에야 일타는 경봉과 대면했다. 방 안에는 이미 촛불이 켜져 있었다. 기와지붕에서 떨어지는 낙숫물 소리가 제법 커졌을 때는 수좌들과 신도들이 비를 피해 서둘러 암자를 내려간 뒤였으므로 경내는 솔숲을 때리는 빗방울 소리가 들릴 만큼 고요했다. 빗소리는 가만가만 속삭이듯 들려오고 있었다.

"오래 기다렸지. 어서 들어오게, 일타 수좌."

"큰스님, 인사드리겠습니다."

경봉은 아직 강원 학인인 일타에게 수좌란 호칭으로 부르고 있었다. 경봉은 자신에게 삼배를 올리는 일타를 이미 알고 있었다. 일타의 은사 고경이 경봉을 만날 때마다 일타를 자랑하곤 하였기 때문이었다.

"그래, 지금은 어디에 있는가."

"송광사에서 하안거, 복천암 선방에서 동안거를 나고 지금은 통도사 강원에 있습니다."

"공부는 할 만한가."

"지금은 비록 강원에서 공부하고 있지만 결국에는 참선정진을 하고 싶습니다."

"자네 은사인 고경 스님도 내생에는 참선을 한다고 했지. 일타 수좌가 은사스님의 유지를 받들어 크게 깨쳐보게나."

"명심하겠습니다."

시자가 다시 차를 우려 왔다. 경봉은 차를 많이 마셨음인지 마시는 둥 마는 둥 하고는 일타에게 권했다.

"일완청다一梡清茶이니 한 잔 더 마시게."

일타는 그윽한 차향을 맡으며 조금씩 마셨다.

"극락암 입구에 있는 콩밭을 보았는가."

"네, 큰스님."

"허헛헛."

경봉은 다짜고짜 크게 웃어젖혔다.

"큰스님, 왜 웃습니까."

"콩밭에 서 있는 허수아비는 보았는가."

"보았습니다."

"음, 지금은 소가 나타나지 않는 모양이구먼. 허헛헛."

경봉은 해방이 되던 1945년 8월 초에 있었던 일이라며 크게 웃으며 얘기했다. 콩밭에 산짐승을 쫓기 위해 마른풀로 허수아비를 만들어 세워두었는데, 어느 날 소가 달려들어 콩은 물론이고 허수아비까지 먹어치운 일이었다.

극락암 대중들은 그 일을 경봉에게 보고하며 걱정하지 않을 수 없었다. 콩 농사를 짓는 것도 암자 살림 중 일부였기 때문이었다. 그러나 경봉은 한 스님에게 보고를 받더니 야단을 치기는커녕 손뼉을 치며 시 한 수를 읊조렸다.

마른풀로 사람을 만들어 옷 입혔더니

들새와 산짐승들 사람인 줄 의심했네

흉년과 험한 세상 아랑곳 안 하고
전쟁 나서 징병해도 민적에서 빠졌구나
서 있는 그 모양 언제 봐도 춤추는 듯
형용은 야밤중에 다시 새로워
들소가 힘도 세고 눈까지 밝아
곧 밭에 뛰어들어 허수아비를 먹어버렸네

　일타는 경봉이 왜 허수아비 얘기를 꺼내는지 이해했다. 강원에서 공부하든 선방에서 참선하든 산짐승이나 들새처럼 허수아비를 의심하지 말고, 오히려 허수아비조차 먹어버리는 우직한 소가 되어야 한다는 것을 가르쳐주기 위함이었다.
　경봉은 일타에게 인연의 지중함도 얘기했다.
　"흘러가는 시냇물 가에서 물소리를 많이 듣고 자란 대를 베서 퉁소나 젓대를 만들면 그 소리가 여느 대밭의 대보다 소리가 배나 곱다. 오동나무도 보통 산중에서 자란 것보다 물가에서 물소리를 듣고 자란 것을 베서 거문고나 가야금을 만들면 소리가 배나 곱다. 무슨 말인지 도저히 이해가 안 되는 말이라도 귀를 지나가면 누구에게나 여래장으로 통하게 되는데, 이 여래장을 통해서 지나가면 언제든지 나오게 된다."
　일타는 차를 마시다 말고 찻잔을 내려놓으며 합장했다. 빗소리는 두 사람이 차를 마실 때만 속삭이듯 들려오는 듯했다. 경봉의 얘기를 듣는 동안에는 아득하게 물러나 있다가도 말없이 차를 마시는 동안에는 방 안 깊숙이까지 들려오는 느낌이 들었다. 경봉은 피곤한 듯 다탁을 밀치며 물었다.

"그래, 내게 무엇을 말하러 왔는가."

"큰스님, 「서장」에 난해한 대목이 있습니다. 어찌 이해해야 하는지 여쭙고 싶어서 왔습니다."

"「서장」은 깨닫기 전보다 깨닫고 나서 스스로 자기를 점검할 때 아주 중요한 책이지."

"깨닫고 난 후 봐야 하는 책입니까."

"내가 해인사 선방에 있을 때 나를 지도했던 제산 조실스님에게 내 오도송을 보냈더니 「서장」의 장제형장張提刑章을 보라는 편지를 보내주었다네. 일타 수좌가 지금 그 부분을 한번 소리 내어 읽어보겠는가."

일타는 얼떨결에 「서장」의 내용 중에 장제형장을 읽어 내려갔다.

"노거사의 행동 하나하나는 그윽하게 도와 합치하지만, 다만 아직 단번에 확 내려놓지를 못했을 뿐입니다. 만약 매일매일 온갖 인연에 대응하면서도 옛 걸음[故步]을 잃지 않는다면, 단번에 확 내려놓을 수 없다 해도 임종 때는 염라대왕이 팔짱을 끼고 항복할 겁니다. 하물며 일념—念이 대응해 있다면 말할 나위가 있겠습니까. 내 눈으로 보지는 않았지만 행동을 살펴보건대 작은 일이나 큰일이나 적당하게 조절함으로써 지나침이 없습니다. 이는 바로 도에 합치돼 있음입니다. 여기까지 와서는, 번뇌라는 생각도 일으키지 않아야 하며, 불법이란 생각도 일으키지 않아야 합니다. 불법이나 번뇌나 모두 밖의 일이니까요. 그렇다고 하는 생각도 일으키지 않아야 합니다. 다만, 자기 자신을 돌이켜보십시오. '이와 같은 생각은 어디서 오는가. 행동할 때는 어떤 모습이 있는가. 행동을 알면, 자기 마음대로 되며 마치지 않은 일이 없고 지나침이 없다. 바로 그때 누구의 은혜를 받을 것인가'라고 회광반조하십시오. 이와 같이 공부하여 한동안 지나게 되면 마치 활쏘기를 배워서 자연히 과녁을 맞히는 것과 같은 형편이 될 겁니다."

일타는 「서장」의 장제형장을 읽다 말고 잠시 호흡을 멈추었다. 송광사 삼일암 선방과 복천암 선방에서 화두를 들고 참선하던 기억이 떠올라서였다. 목숨을 바치는 공부라면 역시 참선정진밖에 없을 것 같았다.

"왜 읽다 마는 것인가."

"좌복에 앉아 있을 때가 그립습니다."

일타는 마저 읽었다.

"전도顚倒한 중생은 자기를 잃고 대상의 사물만 쫓아가다가 사소한 욕심에 빠져서 그지없는 괴로움을 받고 있습니다. 날마다 아직 눈도 뜨지 않고 자리에서 일어나지도 않아 깬 듯 만 듯할 때부터 식심은 이미 분분히 일어나 망상을 따라 흘러갑니다. 선악의 행위를 아직 짓지 않았지만, 천당과 지옥은 자리에서 일어나지 않았을 때부터 이미 가슴속에 일시에 이루어져 있으니, 선악의 행위가 발할 때를 기다린다면 벌써 제8식에 떨어진 겁니다. 부처님께서는 이렇게 말씀하셨습니다.

'모든 근(根, 감각)은 자기 마음에서 나온다. 기(器, 무정물), 신身 등의 장식藏識은 망상이 그것을 만들어낸 것이다. 이것들은 강물처럼 씨앗처럼 등불처럼 바람처럼 구름처럼 찰나에 바뀌면서 깨어진다. 그 조급함은 원숭이처럼 왁자지껄 설쳐대며, 파리처럼 더러운 데를 즐기고, 바람 앞의 등불처럼 느긋하지 못하고, 무시無始 이래로 내려온 허망한 습기習氣의 인因은 두레박줄처럼 빙빙 돌고 돈다.'

이 말씀을 터득하여 타파할 수 있다면 즉시 남도 없고 나도 없는 지혜〔無人無我智〕라고 부르겠습니다. 천당이고, 지옥이고 별천지에 있는 것이 아닙니다. 다만 당사자가 깬 듯 만 듯하여 자리에서 내려오지 않았을 때의 가슴속에 있는 것이지 외부에서 오는 것이 아닙니다. 선악의 생각을 일으킨 듯 만 듯하고, 잠을 깬 듯 만 듯할 때 반드시 되비쳐 보고, 되비쳐 볼 때는 억지로 힘을 들여 다투지 마십시오. 다툰다면 힘만 낭비할 뿐입니다. 승찬 조사가 '움직임을 그쳐 고요함으로 돌아가려고 하면 그치려고 할수록 더욱 움직인다'고 말씀하시지 않았습니까. 나날이 쓰는 번뇌 속에서 차츰차츰 힘이 덜어지는 걸 깨달을 때가 바로 본인이 힘을 얻는 곳이요, 바로 본인이 부처가 되고 조사가 되는 곳이오."

경봉은 갑자기 일타에게 「서장」을 덮으라고 말했다.

"그만 읽게나. 무슨 뜻인지 알고 읽는 것인가."

일타는 솔직하게 말했다.

"모르겠습니다."

"오늘은 모른다는 것만으로도 큰 이익을 얻었다고 생각하게. 화두를 들고 정진하다 보면 저절로 터득할 때가 있을 것이니 너무 서두르지는 말게나. 강원의 공부도 설익은 자네를 익게 하는 밑거름이 될 것이니 열심히 하게나. 내가 앞에서 얘기한 콩밭을 망쳐 놓은 소처럼 말이네."

일타는 경봉에게 묻고자 가지고 왔던 「서장」을 다시 펴지 않았다. 강원에서는 「서장」의 대의나 안 다음 화두를 들고 힘을 얻었을 때 펼쳐놓고 점검하기로 했다.

"다시 뵐 때 여쭙겠습니다."

일타는 문득 분심이 일었다. 「서장」의 난해한 구절을 질문하고자 큰절에서 10여 리나 걸어 올라왔지만 입도 뻥긋 못하고 내려가는 자신이 초라했다. 일타는 어디서든 목숨을 걸겠다고 어금니를 물었다. 일타가 캄캄한 마당으로 내려서려 하자, 경봉이 말렸다.

"캄캄하고 비까지 오는데 극락에서 자고 내일 새벽에 가지 그런가."

"저를 기다리는 도반들에게 걱정을 끼치고 싶지 않습니다."

경봉이 또다시 껄껄 웃더니 말했다.

"문밖을 나서면 거기는 돌도 많고 물도 많으니 돌부리에 걸려 넘어지지도 말고 물에 미끄러져 옷도 버리지 말고 잘 가게나."

일타는 걸음을 멈추고서 뒷짐을 지고 웃는 경봉의 잔영이 가실 때까지 비를 맞았다. 툭 던진 말이었지만 일타의 가슴속에는 파문이 일었다. 경봉은 일타에게 단순한 산길을 말하고 있는 것이 아니었다. 돌부리도 많고 미끄러운 물도 많은 수행자의 길을 말하고 있었다. 잠시 후 일타는 자신의 업장을 녹이는 듯한 비를 맞으며 산길을 걸어 내려갔다.

「서장」과 「절요」의 강의가 끝나는 날 오후였다. 일타는 한여름의 더위도 식힐 겸 10여 명의 학인을 따라 통도사 8경 중 하나인 자장동천으로 나갔다. 이른바 강사 앞에서 책을 통째로 외우는 책걸이 행사는 아니었으나 여러 학인이 제의해서 강사를 좌장 삼아 세족洗足을 나갔던 것이다.

걸망에 넣고 간 다관과 찻잔을 너럭바위에 풀어놓고 솔방울과 솔가지를 주위 불을 피웠다. 다관의 찻물은 자장암으로 올라가 길어온 샘물이었다. 찻물이 끓기 전부터 학인들은 개울물에 발을 담근 채 다담부터 나누었다.

"강사스님, 좋은 차시[茶詩] 한번 들려주십시오."

강사는 한시에 달통한 전문가답게 학인이 말한 '차시'를 어떻게 발음해야 옳은지 그것부터 말했다.

"나는 한자漢字에 어울린 단어는 한자음으로 발음하는 것이 더 자연스럽다고 생각해요. 다茶도 한자요, 시詩도 한자이니 우리말과 한자음이 어색하게 합쳐진 '차시'보다는 '다시'라고 발음하는 것이 언어 규칙상 옳다는 것이지. 자, 그럼 초의 선사가 우리 차를 찬양한 노래「동다송」중에서 가장 아름다운 한 구절을 읊조려보겠네."

찻물 끓는 대숲 소리 솔바람 소리 쓸쓸하고
맑고 찬 기운 뼈에 스며 마음을 깨워주네
흰 구름 밝은 달 청해 두 손님 되니
도인의 찻자리 이것이 빼어난 경지라네
松竹濤俱簫涼
淸寒瑩骨心肝惺
惟許白雲明月爲二客
道人座上此爲勝

찻물이 소소소 하며 대숲을 스치는 바람 소리를 내자, 강사가 찻잎을 넣어둔 다관에 뜨거운 찻물을 넣었다. 솔가지가 타는 냄새가 차 맛을 더 기다려지게 했다. 강사는 학인들 중에서 일타를 먼저 불렀다.

"일타 스님, 차 한 잔 받으시게."

차를 따르는 강사가 제일 먼저 일타에게 찻잔을 내밀었다. 한 학인이 농담 반 진담 반으로 말했다.

"강사스님, 어째서 일타 스님이 제일 먼저 차를 받습니까."

"입은 많지만 차를 마실 만한 입이 적지 않은가."

"차 마시는 입이 따로 있다니 처음 듣는 얘기입니다."

"이 차는 공부를 잘한 학인에게 주는 차이니 그리 알기 바라네."

학인들이 여기저기서 투덜거렸다.

"공부를 잘한다는 기준이 무엇입니까."

"강원에서 배운 「서장」이나 「절요」를 한 자도 틀리지 않고 외울 수 있는 학인이 이 자리에 있는가."

학인들이 말을 못하자 강사가 다시 말했다.

"꿀 먹은 벙어리처럼 왜 말이 없는가. 그래서 내가 입은 많지만 차를 마실 만한 입이 적다고 한 것이네. 수행자들이 차를 마시는 것은 다만 혀를 즐겁게 하기 위해 마시는 것이 아니지. 지금 여기서 마시는 차도 공부 잘하여 반드시 득도하겠다는 발심의 차가 되어야 하네."

강사가 일타에게 다시 말했다.

"일타 스님에게는 진정 차 마실 입이 있는가, 없는가."

일타는 찻잔을 말없이 바라보고 나서는 말했다.

"스님께서는 저더러 무엇을 외울 것인지 말씀해주십시오. 제가 단 한 자도 틀리지 않고 외울 때는 스님께서 제 부탁을 들어주셔야 합니다."

"부탁이 무엇인가."

"학인 모두에게 차를 주셔야 합니다."

강사의 말에 주눅이 들었던 학인들이 일제히 박수를 치며 환호했다.

"좋지.「서장」의 첫 부분을 외워보게. 자장암 샘물로 우린 맑고 향기로운 일완청다를 학인들 모두에게 주겠네."

학인들은 모두 일타의 입을 주시했다. 일타는 강사가 지적한 「서장」의 첫 부분을 또박또박 외웠다.

"시랑 증개曾開는 예전에 장사에 있으면서 원오 노사의 편지를 받았습니다. 그때 스님을 일컬어 '늦은 나이〔晩歲〕에 만났으나 깨달은 바가 범상치 않고 매우 뛰어났다'고 하였습니다. 그 뒤 스님을 생각함이 8년이 지났건만 아직도 스님의 법문을 직접 듣지 못한 것을 늘 안타깝게 생각하다 보니 사모하고 우러르는 마음이 더욱 간절합니다.

제가 어려서부터 발심하여 선지식을 찾아뵙고 이 일〔一大事〕을 질문하였으나 스무 살이 지나서는 혼인과 벼슬살이를 하였으므로 참선 공부에 전념하지 못하고 이러구러 늙음에 이르렀습니다. 그런데도 들은 것이 있지 아니하므로 늘 스스로 부끄럽게 여기고 탄

식하였습니다.

　그러나 뜻을 세우고 원을 세운 것은 진실로 천박한 지견이나 이루고자 하는 것이 아닙니다. 깨닫지 못한다면 모르되, 깨닫는다면 반드시 고인이 몸소 증득한 곳에 도달해야만 비로소 크게 쉬는 경지라고 생각합니다. 저의 이런 마음은 한 생각도 일찍이 퇴굴退屈하지는 않았으나, 공부한 바가 끝내 순일하지 못했음을 알았습니다. 말씀드리자면 '뜻과 원력은 크나 역량이 모자란다'고 할 수 있겠습니다.

　지난번에 원오 노사께 매우 간절히 법문을 청하자, 노사께서는 여섯 단계의 법어를 제시하셨습니다. 처음에는 '이 일'을 바로 보이시고, 뒤에는 운문의 수미산須彌山과 조주의 방하착放下着 두 가지 공안을 들어서 착실히 공부를 지어가도록 지시하시면서 '항상 스스로 들어서 깨닫기를 오래오래 하다 보면 반드시 들어가는 곳〔入處〕이 있으리라'고 하셨습니다. 노사의 노파심은 이토록 간절하였지만 저의 아둔함은 너무 심할 따름이니 이를 어찌하겠습니까.

　이제 다행스럽게도 가정의 인연을 모두 끝내고 한가롭게 살고 있습니다. 진정 지금이야말로 제 자신을 아프게 채찍질하여 처음 세운 뜻을 실현시킬 때이지만, 다만 아직도 직접 가르침을 받지 못한 것을 안타까워할 뿐입니다. 일생 동안의 허물을 이미 낱낱이 말씀드려 바쳤으니, 반드시 제 마음을 능히 꿰뚫어 보셨을 것입니다. 부디 바라옵건대 자상하게 이끌어 깨우쳐주십시오. 평소에 어떻게 공부를 지어나가야 할까요. 다른 길을 밟지 않고 바로 본지(本地, 근본 자리)와 계합할 수 있기를 바라옵니다. 이와 같은 말도 역시 허물이 적지 않겠지만, 다만 바야흐로 제 자신의 지극한 정성을 숨기기 어려워서 그런 것이니 불쌍한 노릇입니다. 지극한 마음으로 여쭙습니다."

운문의 수미산이란 한 승려가 "한 생각〔一念〕도 일어나지 않으면 허물이 있습니까, 없습니까"라고 묻자 운문이 "수미산"이라고 답했다 하여 공안이 된 것이고, 조주의 방하착이란 법제자 엄양嚴陽이 "단 하나의 물건〔一物〕도 이르지 않을 땐 어찌합니까" 하고 묻자 조주가 "내려놓아라〔放下着〕" 하고 답하여 공안이 된 말이었다.

일타가 시랑 증개의 편지를 다 외우자, 강사가 차를 한 잔 더 권하며 말했다.

"이 편지는 재가불자인 증개가 쓴 것인데, 내용은 학인 여러분이 배우고 들어서 알고 있겠지만 일대사를 요달하는 공부와 태도는 승속을 불문하고 간절한 마음 그 이상도 이하도 아니지 않겠는가. 또한 법을 구하고자 하는 보리심과 승보를 존경하는 마음이 얼마나 지극한가. 그러지 않고서 어찌 도를 구한다고 할 수 있겠는가."

일타는 대혜가 증개에게 보낸 답서答書까지 마저 외웠다.

"편지를 받아보니, '어린 시절부터 벼슬살이 할 때까지 훌륭하신 대종장大宗匠을 참례하였으나, 중간에 과거와 혼인에 매달리고,

또 나쁜 견해와 습관에 억눌린 탓으로 공부를 순일하게 하지 못했음을 큰 죄로 생각한다고 하였습니다. 또 덧없는 세상 속의 온갖 허환虛幻한 것들은 단 하나라도 즐거워할 것들이 없다고 뼈저리게 느꼈기 때문에 오직 온 정성을 다하여 일대사인연을 참구하고 싶다고 했습니다. 그대의 이 같은 생각은 나의 뜻과 딱 들어맞습니다. 그러나 속가의 벼슬아치인지라 녹봉을 받으며 살아가게 마련이고, 혼인하고 과거를 보고 벼슬살이하는 것도 세간에 있어서는 능히 피할 수 없는 일들이니 이 역시 그대의 죄가 아닙니다. 사소한 잘못인데도 크게 두려워하니, 시작이 없는 광대한 때로부터 지금에 이르도록 참된 선지식을 받들면서 반야의 종자와 지혜를 훈습하지 않았다면 어찌 능히 이와 같을 수 있겠습니까.

그대가 말하는 큰 죄는 성현들도 능히 면치 못했을 것입니다. 다만 헛되고 환과 같아 구경법이 아닌 줄 알고서 마음을 이 문門으로 능히 돌이켜 반야지의 물로 오염된 때를 씻어내고, 스스로 청정하게 생활하면서 온갖 망념을 발밑에서부터 단칼에 두 동강을 내어 다시는 상속하는 마음을 일으키지 않을 수만 있다면 그것으로 족합니다. 굳이 앞일을 헤아리고 뒷일을 생각할 필요가 없습니다.

이미 일체가 헛되고 환과 같다고 말했다면 업을 지을 때도 환이며, 업을 받을 때도 환이며, 지각할 때도 환이며, 미혹하여 전도될 때도 환이며, 과거 현재 미래도 모두 환입니다. 지금 잘못된 줄 알았다니, 이는 환약幻藥으로써 환병幻病을 다스려 병이 낫는 것입니다. 병이 낫고 약이 필요 없어지면 원래부터 변함없는 옛 시절의 사람(舊時人)입니다. 만약 따로 깨닫는 사람이 있고 깨달은 법이 있다면, 이는 사마외도邪魔外道의 견해일 것이니 그대는 깊이 생각하십시오.

다만 이와 같이 차근차근 다잡아가되 때때로 고요한 중에도 공부가 아주 잘되는 가운데에 간절히 수미산, 방하착의 두 공안을 결코 잊지 말고, 오로지 발밑으로부터 착실하게 공부를 지어 가십시오. 이미 지나간 것은 모름지기 두려워할 필요가 없고 또한 이리저리 헤아리지도 마십시오. 헤아리고 두려워하면 곧 도에 장애가 되는 것입니다. 다만 모든 부처님 앞에 큰 서원을 일으키십시오. '바라건대 이 마음 굳세어 영원히 물러나지 않기를, 모든 부처님의 가피력에 의해 선지식을 만나뵙기를, 선지식의 말 한마디 아래서 단숨에 생사를 잊고 위없는 바른 깨달음을 증득하기를, 그리하여 부처님의 혜명을 이어서 모든 부처님의 헤아릴 수 없는 은혜를 갚게 되기를 바라나이다'라고 하십시오. 진정 이와 같이 오래오래 계속한다면 깨닫지 못할 이유가 없을 것입니다."

대혜가 답한 편지 내용을 아직 다 외우지 않았지만 강사는 학인들을 향해 박수를 유도하면서 멈추게 했다. 일타를 바라보는 강사의 얼굴에는 흡족함이 가득했다.

"앞으로 통도사 강원에서 일타 스님 같은 수재는 출현하기 힘들

것이다. 왕대밭에서 왕대 나온다는 세속의 속담처럼 일타 스님은 대강백 고경 스님의 상좌가 아닌가."

일타는 우쭐했고, 학인들 또한 자부심을 느꼈다. 강원에서 함께 배우는 학인 중에 출중한 인물이 있다는 사실이 자랑스러워서였다. 실제로 일타는 강사가 가르쳐주는 대로만 따르지는 않았다. 강사에게 「서장」이나 「절요」의 구절을 배우는 동안 자기식대로 해석할 때가 많았다. 그것은 선방에서 두 철 동안 화두를 들고 참선한 경험이 있기 때문이었다.

강사는 은근히 일타에게 자신의 후계자가 될 것을 주문하기도 했다.

"지금 일타 스님의 실력만으로도 강사가 될 수 있는데 학인 여러분의 생각은 어떤가."

"좋습니다."

또 박수가 터졌지만 일타는 합장하고 나서 거절했다.

"강사스님의 말씀은 더 공부를 열심히 하라는 경책으로 받아들이겠습니다. 저는 아직 강사 할 자격도 이력도 부족합니다. 더구나 저는 강원을 마치고 나서는 선객이 되려고 합니다. 이것은 입적하신 은사스님과의 약속이고 제 자신과의 약속입니다. 저는 제 자신과의 약속을 지킬 것입니다."

강사는 일타의 막내 외삼촌 진우와 통도사 강원의 도반으로 일타의 총명함을 이미 들어 알고 있었다. 그러기에 일타를 강사로 추천하려고 했던 것인데, 일타는 오직 선객이 되고 싶을 따름이었다. 강사는 일타가 진우의 영향을 받았는지도 모른다고 생각했다. 학인들이 삼삼오오 흩어진 뒤 일타가 물었다.

"강사스님, 진우 스님은 어디 계십니까."

"모르고 있었는가."

"뵌 지가 오래되었습니다. 올해는 은사스님 제일祭日에도 오시지 않았습니다."

"아마 바빠서 그랬을 거네."

"무슨 일이 생겼습니까."

"수좌들에게 바쁜 일이라는 게 따로 있나. 선방 좌복에 앉아 일대사를 해결하려는 게 가장 바쁜 일이지."

"선방에 계시느라고 오시지 않았군요."

"이번에는 아예 한곳에 눌러앉으려고 선방을 지어 살고 있다고 하네. 전주 서고사 밑에 법성원法性院이라고 하더구먼. 선방을 하나 열었으니 더 바빴겠지."

일타는 문득 외삼촌 진우가 그리웠다. 어린 시절에 외삼촌들 중에서 가장 따르고 좋아했던 사람이 진우였던 것이다. 지난봄에 경봉을 만났을 때도 스님은 진우의 인상이 깊이 남았던지 '진우 수좌는 어디에 있는가'라고 묻곤 했던 것이다.

한여름이었지만 자장동천의 개울물은 차가웠다. 한겨울의 얼음물처럼 발이 시릴 정도였다. 한 학인이 장난기가 발동하여 장삼을 입은 채로 물에 풍덩 들어갔다가 입술이 새파랗게 질려 나오기도 했다. 해가 기울자 개울물은 더욱 차갑게 소리치며 흘렀다.

통도사 선방은 보광선원이었다. 하안거를 해제하자 선방 수좌들이 일주문 너머로 바랑을 메고 하나둘 빠져나갔다. 일타는 부러운 눈으로 만행을 떠나는 수자들의 뒷모습을 지켜보고 있었다. 송광사에서 만났던 성철의 말이 문득 떠올랐다.

'중이 가는 길은 혼자 가는 길이다.'

일주문을 빠져나가는 수좌들의 뒷모습을 보면서 상념에 잠겨 있던 일타의 등을 누군가가 두드렸다. 일타는 강원에서 함께 공부하는 학인을 돌아보았다.

"말뚝스님, 무얼 넋을 잃고 쳐다보시오."

"스님, 내가 문제 하나 낼까요."

"말해보시오."

일타는 불볕더위를 피해 소나무 그림자 밑으로 들어서면서 말했다.

"스님들이 언제 가장 아름다운지 알아맞혀보시오."

학인이 헤죽거리며 말했다.

"에이, 그것도 문제라고 내시오. 스님이 불경을 펴놓고 독서삼매에 빠져 있는 모습이 아닌가요."

"그것은 30점밖에 안 되지요."

"그럼, 법당 부처님 앞에서 백팔기도하고 있는 모습은."

"그것은 50점."

"그럼, 선방 좌복에 앉아 선정에 든 모습은."

"그것은 80점."

학인은 머리를 조아리며 투덜거렸다.

"말뚝스님, 내 머리로는 더 이상 짜낼 것이 없소. 이제 말뚝스님이 말해보시오."

"내 생각으로는 선방 수좌들이 풀 먹인 장삼 입고 만행을 떠나는 뒷모습이 가장 아름다운 것 같소."

학인은 안양암 암주庵主의 상좌였다. 학인이 일타를 만나러 온 것은 암주가 심부름을 보냈기 때문이었다.

"우리 스님이 지금 안양암으로 오라고 했소."

안양암은 일타에게 고향집처럼 푸근한 곳이었다. 해방 전에 은사 고경을 모시고 풋풋하게 살던 암자였던 것이다. 더구나 안양암 주위에는 차나무가 자생하고 있어 이른 봄날 찻잎을 따 덖고 우려서 첫 잔은 법당의 부처님에게 헌다하고, 두 번째 잔은 은사인 고경에게 올리고 마셨던 추억이 엊그제 일처럼 생생하게 떠올랐다.

"무슨 일로 오라고 하시던가요."

"잘은 모르지만 고경 스님이 보시던 서책들이 벽장에서 한 묶음 나와 가져가라는 것 같았소."

"그 밖에는."

"뭐, 상좌들과 주고받은 편지들도 나온 모양이오."

일타는 학인을 따라 안양암으로 갔다. 일타는 암주 방으로 들어서 암주에게 삼배를 올렸다. 암주는 『능엄경』 등 불경 몇 십 권과 편지 묶음을 일타에게 내밀었다.

"이거, 나중에 찾게 될 터이니 챙겨가거라."

"그리하겠습니다."

"대강백의 유물이니 잘 보관하거라. 편지들도 잘 살펴보고. 수행하는 데 도움될 만한 경책의 말들이 있을 것이야."

일타는 큰절로 고경의 유물을 지게에 지고 와 편지부터 하나하나 꼼꼼히 점검했다. 편지는 사형들의 것들도 있었는데, 어찌해서 고경이 보관하고 있는 것인지 알 수 없었다. 특히 묘관음사에 주석하고 있는 운봉 조실이 막내 외삼촌 진우에게 보낸 편지도 있었다. 진우가 자신의 경계를 점검해달라고 하자, 거기에 대한 답신이었다. 일타는 편지를 정리하다 말고 운봉이 보낸 편지글에 빠져들었다.

일타는 통도사 선방 중 하나인 백련암에서 조실로 있었다는 운봉의 가르침을 받은 적은 없지만 편지를 읽는 동안 감개무량했다. 「서장」의 대혜가 참선의 길과 단계를 밝히고 있듯 운봉의 편지도 그에 못지않았다.

일타는 몇 해 전에 입적한 운봉이 가슴에 사무쳤다. 운봉은 1943년 2월 입적했던 것이다.

한말 안동에서 출생한 스님의 속성은 동래 정씨였고 법명은 성수性粹, 법호는 운봉이었다. 스님은 10여 세에 향교에 입학하여 사서삼경을 공부하다가 부친을 따라 은해사에 불공을 하러 갔는데, 불상을 보는 순간 환희심과 동경심이 일어 집에 돌아가기를 거부하고 출가했다고 한다.

스님은 15세에 일원一圓을 은사로 사미계를 받고, 수계 후 은해사 회옹晦翁 강백 문하에서 강원 과정을 수료했으며, 23세에 범어사에서 만화萬化에게 비구계를 받았다. 비로소 비구가 된 스님은 원적사로 가 율전을 배웠으며 곧 참선 공부를 시작했다. 금강산 마하연 선방, 오대산 상원사 선방, 묘향산 보현사 선방, 지리산 칠불암 아자방 선방 등등 전국의 선방을 돌며 정진을 거듭하다 마침내 1924년 35세 때 백양사 운문암에서 깨달음을 얻었다. 이때 스님의 오도송은 다음과 같았다.

문을 나왔다가 갑자기 찬 기운이 뼛속에 사무치니
가슴에 오래 걸려 있던 물건이 활짝 사라지며 시원하더라
서릿발 날리는 달 밝은 밤에 나그네 흩어져 떠난 뒤
단청한 누마루에 홀로 서서 빈산에 흐르는 물 굽어보노라
出門驀然寒徹骨
豁然消却胸滯物
霜風夜月客山後
彩樓獨在空山水

스님은 곧 혜월이 주석하고 있는 부산 선암사로 내려갔다. 혜월은 스님의 오도송을 보더니 의심하지 않고 바로 전법게를 내렸다.

일체 현상계는
본래 진실한 모습이 아니다
저 현상에서 상 없는 이치를 알면
그것이 곧 진성眞性을 본 것이다
一切有爲法
本無眞實相
於相若無相
卽名爲見性

또한 스님은 도봉산 망월사에서 용성이 회주가 된 만일선회萬日禪會 결사에 참여하고, 정혜사로 가 만공 회상에서 정진한 후, 통도사 백련암 선방, 내원사 선방, 범어사 선방, 도리사 선방, 운부암 선방 등에서 조실로 수좌들을 지도하다가 병환이 들어 월내 묘관음사로 주석처를 옮겼다. 이때 법제자 향곡香谷이 물었다.

"스님께서는 도를 깨쳤습니까."

"깨달았다면 도가 아니며, 도라고 하면 벌써 깨달음이 아니다."

"적정삼매寂靜三昧도 변함이 없습니까."

"누가 적정삼매라 하더냐."

"열반의 길 끝은 어디에 있습니까."

"아야, 아야."

향곡은 다시 스님이 입적하기 열흘 전에 물었다.

"스님께서 입적하시는 날은 어떤 날입니까."

"토끼 꼬리 빠지는 날이니라."

토끼 꼬리가 빠지는 날이란 2월[卯月] 그믐날 저녁을 뜻했다. 이때 스님은 향곡에게 전법게를 주었다.

> 서쪽에서 전래된 무늬 없는 인장은
> 전할 것도 받을 것도 없는 것일세
> 전하느니 받느니를 모두 떠나면
> 해와 달은 동행하지 않으리라
> 西來無文印
> 無傳亦無受
> 若離無傳受
> 烏兎不同行

전법게를 받은 향곡이 또 물었다.

"스님께서 돌아가신 뒤에 저희들은 누구를 의지합니까."

그러자 스님은 오른손으로 자리를 탁탁 치며 선시 한 수를 읊조렸다.

> 저 건너 갈미봉에
> 비가 묻어 오는구나
> 우장 삿갓을 두르고서
> 김을 매러 갈거나

김을 맨다는 것은 죽음에 이르러서도 화두를 놓지 않고 정진하겠다는 말이었다. 입적의 순간을 직감한 향곡이 다급하게 말했다.

"스님."

"날 불러 뭐 하려고."

이 퉁명스러운 대답이, 나를 부르지 말고 너 자신을 부르라는 운봉의 마지막 유훈이었다. 1943년 토끼의 달에 토끼 꼬리가 빠지는 그믐날 저녁이었다. 운봉은 세수 53세로 이승의 인연을 마감했으니 선사로서 법은 높았으나 명은 짧은 편이었다.

일타는 편지 묶음 속에서 경봉과 진우가 서로 주고받은 편지도 발견했다. 이때 진우의 선기는 자못 날카로워져 있었다. 그러나 경봉의 진검 같은 법력에는 미치지 못했다. 진우가 제법 용기를 내보이지만 승부는 싱겁게 끝나고 있었다. 청암사 수도암에서 보낸 진우의 편지였다.

고덕이 '마음길에 티끌을 덮으라'고 말한 넉 자를 해설해
주십시오〔古德云 心路覆塵 四字解說云云故〕

진우의 물음에 대한 경봉의 답신은 이랬다.

고덕을 더럽히지 않는 것이 좋겠다. 밤에 불령산을 바라
보게. 으음, 쯧!〔莫塗汚古德 夜看佛靈山 咄哶〕

일타는 막내 외삼촌 진우에게 온 편지를 정리하여 걸망에 넣
었다. 불경들은 자신이 보기 위해 보따리에 쌓아 앉은뱅이책상 밑
으로 넣어두었다. 밖에는 여전히 불볕더위가 쏟아지는 듯 이마에
땀이 돋았다. 이마뿐만 아니라 등줄기에서도 땀이 주르르 흘러 장
삼을 적셨다.
'찬물에서 꺼낸 수박이나 참외가 생각나는군.'
출가 전에 참외를 먹고 나서 개울물에 멱을 감던 추억이 떠올
랐다. 일타는 고개를 흔들었다. 지나간 시간이나 아직 오지 않은
다가올 시간을 생각하는 것은 망상일 뿐이었다. 실재하지 않는 허
깨비일 따름이었다. 실제로 존재하는 것은 지금 이 순간이었다.
더위를 이기려면 더위 속으로 들어가고, 추위를 이기려면 추위
속으로 들어가라는 선사의 말도 지금 이 순간을 벗어나지 말라는

경책이었다. 덥다고 겨울을 기다리는 것이나 춥다고 여름을 기다리는 일은 지금 이 순간을 온전하게 살지 않는 어리석음이었다. 일타는 무릎을 치며 중얼거렸다.

'그렇다, 길을 나서자. 길 위에서 땀을 더 흘리자.'

일타는 전주 서고사 밑에 법성원을 짓고 산다는 막내 외삼촌 진우를 만나고자 길을 떠나기로 했다. 안양암에서 찾아온 편지도 전해줄 겸 수좌의 길을 걷는 진우가 그리웠다.

일타는 선원의 하안거 해제에 이어 강원이 방학을 하자, 마치 자신도 선객인 양 지체하지 않고 걸망을 메고 일주문을 벗어났다. 일타는 신평에서 물금역으로 가는 완행버스를 탔다. 물금역에서 경부선을 타고 가다 대전역에서 내려 금산으로 가는 버스를 갈아탈 작정이었다.

며칠 전까지는 막내 외삼촌 진우가 있는 전주 법성원으로 가려고 했으나 달포 전에 금산의 대둔산 태고사에서 외할아버지 추금이 입적했기 때문이었다. 추금은 태고사 조실로 있었는데, 그곳 산중에서 자신의 몸을 스스로 다비하는 이른바 자화장으로 이승의 인연을 거둬들였던 것이다.

일타는 방학을 하고 나서야 뒤늦게 추금이 자화장으로 입적했다는 소식을 들었는데, 설령 부고를 받았다 해도 강원의 학인이었으므로 조문을 갈 수 있는 형편이 아니었다. 강원 학기 중에는 누구라도 함부로 산문을 나설 수 없는 것이 통도사 강원의 불문율이었다.

'나를 불문으로 반듯하게 인도하신 스님이었지.'

일타는 물금역에 도착할 때까지 혼잣말로 관세음보살을 외며 추금을 추모했다. 5년 전, 그러니까 열네 살 때 출가하기 위해 내원사에서 통도사로 걸어가던 길에 추금은 어린 일타에게 따끔하게 몇 가지 주의를 주었는데, 그것이 일타의 가슴에 각인되어 절 생활에 어렵지 않게 적응할 수 있었던 것이다.

추금은 통도사로 가는 길에 말이 많은 어린 일타에게 첫 꾸지람을 했다.

"너는 너무 말이 많다. 말이 많은 놈은 실천이 적은 법이다."

또 이런 당부도 했다.

"너는 네 집에 있는 것이 아니고 남의 집으로 가고 있다."

남의 집이란 통도사를 두고 하는 말이었다. 통도사에서 어른 스님을 모시고 살려면 적어도 이런 정도는 지켜야 한다는 당부였다.

"내가 왜 이런 얘기를 너에게 하는 줄 알겠느냐. 네 것이 아닌 것에는 절대로 눈길도 주지 말거라. 네 마음속에서 진심이 달아나니까. 한 푼이라도 생기거든 큰스님에게 보여드리고 말씀드려야 한다."

추금의 당부는 어린 일타에게 낯선 절 생활을 하는 데 좌우명이 되었고, 은사인 고경에게 칭찬과 신뢰를 받는 계기가 되었다. 그

러니 일타는 추금을 고마워하고 그리워하지 않을 수 없었다. 사미
승 시절 내내 첫째 말을 적게 하고, 둘째 내 것이 아닌 것에는 절
대로 눈길도 주지 않는다는 철칙이 일타의 좌우명이었다.

일타는 물금역에서 기차를 탄 뒤에도 줄곧 추금을 생각했다. 기
차 안에서 한 아주머니가 삶은 계란을 건넬 때도 차창에 추금을
그리고 있었다.

"스님, 이것 좀 드세요."

"괜찮습니다."

"시장하실 테니 까서 드세요. 여기 소금도 있으니 찍으시고요."

"아, 네 고맙습니다."

아주머니는 일타에게 이것저것을 물어왔다.

"고향은 어디세요."

"공주입니다."

"그래유, 저는 대전이에유."

아주머니는 일타의 고향이 충청도임을 알고 반가워하면서 사투
리를 썼다.

"고향에 가시는구먼유."

"아닙니다. 고향에는 아무도 없습니다."

"부모님이나 형제가 없다면 다 돌아가셨다는 얘기구먼유. 쓸데
없는 말을 해서 미안해유."

"돌아가신 게 아니고 모두 출가하시어 중이 됐습니다."

"가족 모두가 스님이 됐다니 놀랍구먼유."

"친가, 외가 모두 출가했으니 고향에 가도 만날 사람이 없습니다. 모두 출가하여 우리나라 이 산, 저 산에서 부지런히 도를 닦고 있거든요."

"몇 분이나 되세유."

"손을 꼽아 세어보지는 않았습니다만 마흔 명도 넘을 것입니다."

아주머니는 한동안 합장한 채 벌린 입을 다물 줄 몰랐다. 일타는 그런 아주머니 모습이 우스웠다.

"보살님, 뭘 그리 놀라십니까. 부처님도 아버지 정반왕만 빼놓고 전 가족이 다 출가하지 않았습니까."

"스님 가족은 전생에 복을 참 많이 지으셨던 모양이어유. 아무라도 머리만 깎는다고 스님이 되나유."

"보살님, 전생에 복을 짓지 않았더라도 금생에 한 생각 바꾸면 부처가 될 수 있습니다. 초발심시변정각初發心時便正覺이라고 했습니다."

"스님, 나 같은 무지렁이는 어려운 말 몰라유. 절에 가면 그저 부처님에게 이것 해달라 저것도 해달라 매달릴 뿐이지유. 세상 사람들의 소원을 다 들어주시는 부처님도 참 피곤하실 거구먼유."

"하하하."

일타는 아주머니의 말에 크게 소리 내어 웃었다.

"스님, 왜 웃으셔유."

"부처님은 중생들이 소원을 들어달라고 기도할수록 더 흐뭇해하시는 분입니다. 아, 내가 또 복을 지을 수 있구나 하고 말입니다. 그래서 부처님인 것입니다. 늘 미소를 짓고 계시지 않습니까."

"스님 말씀을 듣고 보니 그러네유."

"보살님도 자신을 위해서만 기도하지 말고 이웃의 소원도 기도해주세요. 부처님이 더 잘 들어주실 겁니다. 중생은 자기만을 위해 기도하는 사람이고, 중은 남을 위해 기도하는 사람이고, 부처님은 살아 있는 모든 것들을 위해 기도하는 분입니다. 알겠습니까."

"아이고, 스님. 좋은 법문을 들어 감사합니다유."

"중이 할 일을 하고 있을 뿐입니다. 중은 부처님 말씀을 전해주는 사람이거든요. 제가 한 말은 다 경전에 나와 있습니다. 제가 지어낸 말이 아닙니다."

일타의 첫 법문인 셈이었다. 법문은 법당에서만 하는 것이 아니라 있는 그 자리가 바로 법문의 장소요, 법당이었다. 일타와 아주머니에게는 기차 안이 법당인 셈이었다. 일타는 아주머니가 또 권하는 김으로 싼 주먹밥을 받았다. 일타는 주먹밥을 두 손에 쥐고서 오관게를 외웠다.

영천을 따라서 송광사 삼일암 선방으로 가던 길이었던가. 그때 영천이 일타에게 했던 말도 문득 떠올랐다.

"팔만사천 경전 다 외울 것 없이 오관게만 실천해도 불佛을 이룰 수 있을 것이다. 공양할 때마다 오관게를 외우니 우리 불문이 얼마나 좋은 곳이냐."

아주머니는 일타가 주먹밥을 다 먹고 나자 또 무언가를 내밀었다. 헌 지폐 몇 장이었다. 일타는 거절했다.

"만행하는 동안 쓸 여비는 있습니다. 보시 안 하셔도 됩니다."

"스님, 제 마음이니까 받으셔유."

"괜찮습니다."

아주머니는 일타의 장삼 주머니에 억지로 지폐를 찔러 넣어주며 말했다.

"복을 짓고 싶어서 그러니 받아주셔유."

"보살님, 이왕 선한 마음을 내셨으니 어려운 사람을 도와주세요. 역에서 내리면 손을 내미는 사람들이 많을 겁니다."

"스님, 제가 스님에게 돈을 돌려받는 것은 복전함에 시주를 해놓고 다시 꺼내는 것이나 같을 거구먼유. 그러니 난 받지 않을 거고 내 돈이라는 거 깨끗이 잊어버렸구먼유."

할 수 없이 일타는 조건을 걸고 받았다.

"보살님 받긴 하겠습니다만."

"이제 스님 호주머니에 들어갔으니 적선을 하시든지 그것은 알아서 하셔유. 이제 그 돈은 제 돈이 아니어유. 그래서 돈이란 돌고

도는 것이라고 하는가 봐유."

"고맙습니다. 보살님이 저에게 법문을 들었다고 하셨는데 사실은 제가 보살님한테서 법문을 들은 것 같습니다."

일타는 대전역까지 가는 동안 강원에서 배우지 못한 것을 공부한다는 느낌이 들었다. 그래서 산속의 수행자들에게 만행이 필요한 모양이었다. 아주머니는 스스로 글을 모르는 무지렁이라고 했지만 일타는 아주머니의 순수하고 따뜻한 마음에 감동했다.

이윽고 기차가 대전역에 도착하자 일타는 아주머니와 헤어졌다.

"보살님, 성불하십시오."

"스님, 건강 조심하셔야 돼유."

아주머니는 보따리를 머리에 이고 언제 일타를 만났느냐는 듯, 언제 일타에게 보시를 했냐는 듯한 모습으로 시가지 쪽으로 휑하니 사라졌고, 일타는 역 광장에서 금산 가는 시외버스를 기다렸다. 버스정류장에 서 있는 동안 『금강경』의 한 구절이 일타의 머릿속을 번갯불처럼 밝고 빠르게 스쳤다.

보살은 또 무엇에 집착해 보시해서는 안 된다. 어떤 대상이나 생각에 팔리지 않고 보시해야 한다. 보시한다는 생각의 자취마저 없어야 한다.

수보리여, 모든 보살은 마땅히 이와 같은 청정한 마음을 낼지니라. 마땅히 색에 머물러 얽매이는 마음을 내지 말며, 소리와 냄새, 맛과 느낌에 얽매이는 마음을 내지 말며, 마땅히 머무는 바 없이 그 마음을 일으킬지어다.

갑자기 『금강경』의 이와 같은 구절이 떠오른 것은 바로 아주머니 마음이 그러하기 때문일 터였다. 일타는 아주머니가 사라진 쪽으로 걸어가 두리번거렸지만 아주머니는 이미 흔적도 없었다. 아주머니의 따뜻한 마음이 일타의 가슴속에 훈훈하게 남아 있을 뿐이었다. 일타는 혼잣말로 중얼거리며 다시 버스정류장으로 돌아왔다.

'마땅히 머무는 바 없이 그 마음을 일으킬지어다〔應無所住 而生其心〕. 아, 처처가 청산이라더니 법신法身 아닌 것이 없구나.'

버스정류장에는 늙은 걸인이 흐느적거리며 다가와 버스를 기다리는 승객들에게 손을 내밀고 있었다. 일타는 아주머니에게서 받은 돈을 호주머니에서 꺼내 늙은 걸인의 손에 쥐어주었다. 고행불苦行佛처럼 말라비틀어진 늙은 걸인이 희미하게 미소를 지었다. 일타가 보기에는 미소 지을 힘조차 없어 보일 만큼 기력이 다한 걸인이었지만 고맙다는 마음을 표현하고자 안간힘을 쓰고 있었다.

'내생에는 함께 도를 닦는 도반이 됩시다.'

일타는 걸인에게 축원을 한 뒤 버스에 올라탔다. 걸인이 약속하겠다는 듯이 힘겹게 손을 흔들었다. 아주머니한테서는 돈을, 걸인한테서는 미소를 보시 받은 일타는 강원에서 맛보지 못한 경험으로 가슴이 뿌듯했다. 몸은 가볍고 머릿속은 상쾌했다. 버스에 오르자마자 일타는 달콤한 토막잠을 잤다. 흔들리는 버스 안에서 졸음이 와 잠깐 고개를 꾸벅거렸는데, 곧 잠이 들었다.

일타는 토막잠을 자면서 꿈까지 꾸었다. 꿈속에서 하얀 두루마기 차림을 한 추금이 육환장을 짚고 나타나 말했다.

"너는 어찌하여 관세음보살님을 따라가지 않았느냐."

"외할아버지 스님, 누가 관세음보살님이란 말입니까."

"허허허. 이놈아, 너에게 삶은 계란을 준 보살이 바로 관세음보살님이시다."

일타가 어리둥절해하자, 추금이 다시 말했다.

"너는 어찌하여 문수보살님을 따라가지 않았느냐."

"외할아버지 스님, 누가 문수보살님이란 말입니까."

"허허허. 이놈아, 너에게 미소를 보낸 거지 성자가 바로 문수보살님이시다."

일타가 대꾸를 못하자, 추금이 또 말했다.

"그래도 우리 일타는 몰록(시간과 공간을 초월하는 순간) 깨치지는 못했지만 앞으로 수행하는 데 힘이 될 복덕은 쌓았다. 관세음보살님과 헤어진 뒤 『금강경』을 염했고, 문수보살님에게 내생에도 도를 닦겠다고 약속했으니 그 복덕이 적지 않다. 머잖아 득력得力이 있을 것이다."

"스님, 외할아버지 스님!"

"나를 찾아 태고사로 간다니 고맙다. 허나 어찌 태고사에만 내가 있다고 할 수 있겠느냐. 나는 본래의 나로 돌아갔느니라. 나는 허공이니라."

일타는 깜짝 놀라 토막잠에서 깨어났다. 버스 조수가 일타를 깨우고 있었다.

"스님, 어디서 내리십니까. 이 버스는 대둔산 종점까지만 갑니다."

"아, 저도 대둔산 종점까지 갑니다."

눈을 뜨고 보니 버스는 비포장도로를 덜컹거리며 달리고 있었다. 버스 안은 텅 비어 있었다. 그새 승객들이 다 내리고 버스에는 운전수와 조수, 그리고 일타 한 사람밖에 타고 있지 않았다. 차창을 열고 달리는 버스 안은 흙먼지가 가득 차 숨이 컥컥 막혔다. 그렇다고 차창을 닫을 수도 없었다. 흙먼지가 실린 바람이라도 맞아야 더위를 식힐 수 있었다.

마을과 들녘을 품에 안은 높은 산들이 멀리 보였다. 버스는 산자락으로 난 산길을 흙먼지를 일으키며 아슬아슬하게 달리고 있었다.

노령산맥이 호남으로 뻗어가다가 마지막에 갑자기 용틀임하듯 솟구친 산이 바로 대둔산이었다. 따라서 대둔산은 충남 금산과 전북 완주의 경계 지점에서 금강산의 한 부분인 듯 절경을 이루었다. 전북에는 기이한 바위봉우리를, 충남에는 울창한 숲과 계곡을 연출하고 있었다.

산길을 힘겹게 달리던 시외버스는 이윽고 배티재를 넘고 있었다. 이제 10여 리만 더 가면 태고사 초입인 사하촌이 나올 터였다. 좀 전에 일타의 잠을 깨웠던 버스의 남자 조수가 다가와 말을 붙였다.

"스님, 지 고향도 태고사가 있는 진산면 행정리구먼유. 태고사에 계신가 봐유."

"아닙니다. 저는 통도사 강원 학인입니다."

"대둔산 구경가시는가 봐유."

"태고사에는 볼일이 좀 있어 갑니다."

"그렇구만유. 어릴 때에는 날마다 태고사로 가서 놀았어유."

남자 조수는 묻지 않았는데도 태고사에 전해지는 전설을 일타에게 소개하며 태고사 자랑을 하기 시작했다.

전단향나무로 조성한 삼존불을 개금하려고 밖으로 내놓았는데, 갑자기 천둥 번개가 친 뒤 폭우가 쏟아져 지저분한 금칠이 말끔하게 벗겨졌다는 전설과 강경에 사는 어부 이야기였다.

강경의 어부가 서해로 고기를 잡으러 나갔으나 풍랑을 만나 표류하다가 무인도에 도착했는데, 섬으로 들어가보니 두 명의 도인이 바둑을 한가하게 즐기고 있더라는 것이다. 도인이 자기 이름을 밝히기를 한 사람은 원효, 또 한 사람은 최치원이었다. 어부가 자신이 그곳에 온 이유를 말하자, 두 도인은 어부에게 단지와 불궤를 내주며 돌아가라고 말했다.

"이 단지는 몇백 명이 먹어도 쌀이 줄어들지 않는 보물단지이니 배를 타고 가는 도중 그대의 배고픔을 해결해줄 것이오. 다만 바닷가에 닿거든 단지를 바다에 띄워 돌려보내시오. 또한 이 불궤는 대둔산 태고사로 가지고 가서 제자리에 걸도록 하시오."

뿐만 아니라 두 도인은 눈 깜짝할 사이에 관세음보살상을 조각해주면서 뱃머리에 모시고 가면 풍랑이 없을뿐더러 무사히 항해할 수 있을 것이라고 말했다. 어부는 관세음보살상을 뱃머리에 놓고 바다를 건너던 중 욕심이 생겨 단지를 돌려주지 않고 고향으로 가져가려는 삿된 마음을 냈다. 그러자 바다가 어부의 마음을 알고는 갑자기 풍랑을 일게 하여 목숨을 위태롭게 했다.

그제야 어부는 삿된 마음을 냈던 것을 참회하고 두 도인을 향해 용서해달라고 빌었다. 잠시 후 바다는 놀랍게도 다시 잠잠해졌다. 어부는 단지를 다시 바다에 띄워 돌려주고는 곧장 태고사로 찾아가 불궤를 바쳤다. 그런데 그 불궤를 본 절 스님들이 이상한 일이라고 수군거렸다. 어느 날 태고사에서 온데간데없이 사라져버린 불궤가 바로 어부가 가져온 불궤였던 것이다. 그러니 두 도인은 태고사의 불궤를 어부를 통해 돌려준 것이나 다름없었다. 이러한 사연이 어부에 의해서 저잣거리에 알려지면서 강경 사람들은 해마다 태고사를 찾아가 강경에서 생산한 소금을 시주하면서 복을 빌게 됐다는 얘기였다.

태고사太古寺.

절은 퇴락하였으나 역사는 깊었다. 신라 때 원효가 창건하였는데 고려 때는 태고 보우가 주석하며 수많은 제자들을 가르쳤고, 조선조에는 진묵 일옥이 가람을 중창하여 사세를 키웠다. 도학자 우암 송시열이 젊은 시절에 태고사에서 공부하여 더욱 유명해졌는데, 한말부터 절이 비워져 있다시피 하다가 해방 후에는 조실 추금과 선객 도천이 머물면서 명맥을 유지하고 있는 절이었다.

시외버스 종점에서 내린 일타는 사하촌에서 잠시 걸음을 멈추었다. 지게를 받쳐놓고 쉬고 있던 동자승이 일타에게 다가와 합장했다.

"스님, 태고사에는 지금 아무도 없습니다."

"무슨 일이라도 있느냐."

"조실스님께서 돌아가시고 난 뒤 절이 텅 비었습니다."

"하안거를 해제했으니 그럴 것이다."

"아닙니다. 조실스님이 안 계시니 스님들 모두가 다른 선방으로 간다고들 떠나셨습니다."

"조실스님을 모셔본 적이 있는가."

"그럼요. 제가 조실스님 장삼을 여러 번 빨아드렸습니다."

"조실스님이 안 계시니 허전하겠구나."

"저에게 「초발심자경문」을 가르쳐주시기로 했는데 이제 어느 스님한테 배울지 막막합니다."

"공부가 하고 싶은 모양이구나."

"큰스님이 되려면 다 잘해야 된다고 조실스님께서 말씀하셨습니다."

동자승이 지게를 지고 앞섰다. 일타는 동자승 뒤를 따라가면서 물었다.

"정말 절에 아무 스님도 안 계신다는 것이냐."

"두 분만 계십니다. 금강산에서 오신 스님과 원주스님입니다."

"금강산에서 오신 스님이 계신단 말이냐."

"도천 스님입니다."

"그 스님에게 「초발심자경문」을 배우지 그러느냐."

"도천 스님께서는 하루 종일 말없이 일만 하십니다. 스님께서는 일하는 것이 수행이라고 말씀하실 뿐입니다."

동자승은 속눈썹이 길고 눈동자가 머루처럼 유난히 까맸다. 말할 때마다 입이 비쭉 나오는 것이 귀엽기조차 했다.

"몇 살이냐."

"열한 살입니다."

"지게에 얹힌 포대가 무겁지 않느냐."

"마을 사람들이 절에 올리는 쌀입니다. 고마운데 무겁다고 할 수 있겠습니까."

"내가 지고 가마. 지게를 내려놓거라."

일타는 동자승의 지게를 붙잡고 말했다. 그러자 동자승이 하얀 이를 드러내며 활짝 웃었다.

"처음에는 어른 지게를 지고 다녔는데, 지금 지게는 가벼워서 좋습니다. 돌아가신 조실스님께서 만들어주셨습니다."

"추금 스님이 말이냐."

"스님도 추금 큰스님을 아시나 봅니다."

"내 외할아버지 스님이시다."

동자승이 놀라며 정색했다.

"조실스님이 외할아버지라니 믿어지지 않습니다."

"왜 그러느냐."

"조실스님께서 돌아가셨을 때 다른 가족 분들은 다 오셨는데 스님께서는 왜 오시지 않았던 겁니까. 진짜 외할아버지라면 그럴 수 있는 것입니까."

"중이란 공부 중에는 단 한 발짝도 움직이지 않는 법이다."

"이제 조실스님과 약속한 것을 말해도 되겠습니다."

"조실스님 생전에 무슨 약속을 했다는 것이냐."

동자승은 큰 비밀을 알려주기라도 하는 듯 지게를 다시 받쳐놓고 주위를 두리번거리며 얘기했다.

자신이 입적할 날짜를 스스로 정해놓은 추금은 날마다 숲 속으로 들어가 썩은 나뭇가지를 줍곤 했는데, 하루는 동자승에게 들키고 말았다. 그러자 추금이 "이것들은 나를 다비할 나무다. 그러니 너는 누구에게도 내가 나뭇가지를 줍는다고 말해서는 아니 될 것이다" 하고 주의를 주어 동자승이 "네, 절대로 그리하겠습니다" 하고 약속을 지켰다는 것이다.

"조실스님께서 돌아가신 곳을 너는 알겠구나."

"제가 안내하겠습니다."

"고맙구나."

일타는 동자승을 앞세워 산길을 걸어 올라갔다. 가파른 돌밭 길을 지나자 가까이에서 풍경 소리가 들려왔다. 풍경은 대웅전 처마 끝에 달려 있었다. 일타는 곧장 대웅전으로 가 참배를 했다. 불전에 삼배를 하고 나오니 젊은 원주가 맞이했다.

"아이에게 들었습니다. 추금 큰스님이 외조부시라면서요."

"너무 늦게 와 죄송합니다."

일타는 원주 방으로 안내되어 들어갔다. 방은 창이 작고 비좁아 두 사람이 앉자 꽉 차는 듯했다.

"살림이 곤궁해 차 대접은 못하겠습니다만 마침 삶은 감자가 있으니 드십시오."

"저는 시장하지 않습니다."

바구니에는 삶은 감자가 담겨 있었다. 아마도 일만 한다는 스님의 새참인 모양이었다.

"우리 절은 저녁공양을 하지 않은 지 오래됐습니다. 그러니 감자를 드셔야 밤중의 허기를 면할 수 있습니다."

일타는 감자 껍질을 벗기다 말고 멈추었다. 원주 방 벽에 낯익은 게송이 한 수 적혀 있었다. 추금의 「자화장송」이었다. 원주가 말했다.

"중이 됐든 속인이 됐든 간에 죽음의 순간에는 평생의 살림살이가 다 드러나는 것 같습니다. 추금 큰스님께서는 스스로 당신의 몸을 태우고 가신 분입니다. 살아생전의 구도심이 얼마나 치열했는지를 우리들에게 보여주고 가신 분입니다. 그렇지 않습니까. 자신의 몸을 스스로 입적시키고 간 수행자는 중국의 덕성 선사, 그리고 우리 추금 큰스님이 유일합니다."

원주는 추금을 아직도 잊지 못하고 있었다. 추금에 대한 절절한 존경의 염이 일타에게도 전해졌다. 원주가 말한 중국의 덕성 선사는 선자화상船子和尙이란 별호로 불리는 도인을 말했다. 그가 선자화상, 즉 뱃사공 화상이라고 불리게 된 까닭은 이러했다.

약산 유엄藥山 惟儼 선사의 법을 이은 덕성은 양자강 나루터에서 오가는 길손들에게 뱃사공 노릇을 하면서 은거했다. 그러다 세연이 다하자, 법제자 선회善會에게 법을 전해주고 나서는 강으로 노를 저어 나가더니 배를 뒤집어 자신의 몸을 수장시켜버렸다. 평소에 법제자 선회에게 한 말은 다음과 같았다.

"앉아서 죽고 서서 죽는 것〔坐脫立亡〕이 수장하는 것만 못하느니

라. 수장을 하게 되면 나무도 태울 필요 없고 땅을 파야 할 수고도
없지 않겠느냐.”

원주는 눈을 감고 추금의 「자화장송」을 소리 내어 외웠다.

선자화상은 수장을 택하였으나
나는 도리어 화장을 택하노라
물과 불이 비록 서로 다른 듯하나
하나도 아니요 둘도 아니니라
까마귀와 까치는 서산에서 울고
서산에는 해가 기울고 있도다
이 몸은 본래의 나가 아니기에
때가 되어 이제 떠나는 것일세
가히 우습고 우습도다 대장부 남아여
이와 같이 나는 허깨비를 짓고 가노라

일타는 추금이 자화장한 곳으로 가기 위해 원주 방에서 일어
섰다. 밖에는 동자승이 벌써 와서 기다리고 있었다. 그때 원주가
말했다.

“여기서는 감자 껍질을 버리지 않습니다. 드시고 나가야 합니다.
추금 큰스님께서는 당신께서 자화장하신 날 아침에 공양주더러
한 끼 양식을 덜고 난 후 점심공양을 지으라고 하셨습니다. 입적

에 이르러서도 한 끼의 양식을 아끼신 것입니다. 그것이 우리 태고사의 가풍입니다."

일타는 얼굴이 붉어질 만큼 부끄러웠다. 그래서 자신이 벗긴 감자 껍질을 씹지 않고 삼켜버렸다. 동자승이 숲길을 앞서 걸으며 물었다.

"조실스님께서는 왜 스스로 몸을 태우셨을까요."

"도를 구할 때는 죽음을 두려워해서는 안 된다고 말씀하셨다. 추금 스님께서는 바로 그 마음을 보여주신 것이다."

동자승은 이해할 수 없다는 표정으로 고개를 갸웃거렸다. 그러나 일타는 가슴속에서 불같은 것이 솟구치는 것을 느꼈다. 아, 추금 스님의 구도의지는 당신의 몸을 태워 죽음조차도 넘어선 것이 아닌가. 일타는 문득 자신의 주먹이나 팔 하나쯤 태우지 못할까 보냐 하는 마음이 용솟음쳤다.

"바로 저기입니다."

추금이 자화장한 반석은 오솔길 끝에 놓여 있었다. 마치 좌선대 같았다. 주변에 소나무들이 울타리처럼 둘러서 있었으므로 누구라도 거기 앉으면 좌선삼매에 빠져들 수 있는 아늑한 곳이었다.

일타는 반석 앞에서 삼배를 올렸다. 그러고 나서 반석 위에 앉아 가부좌를 틀었다. 순간 일타의 두 눈에서 뜨거운 눈물이 주르르 흘렀다. 자신을 통도사 일주문으로 안내해주었던 추금이 사무치게 그리웠다. 일타는 허공을 향해 추금에게 맹세하듯 중얼거렸다.

'죽음조차 두려워하지 않은 스님의 여여한 보리심을 본받겠습니다. 언젠가 저도 스님을 좇아 구도의 길 위에 제 몸을 소신공양하여 바치겠나이다. 주먹 하나, 팔 하나, 몸뚱어리 하나 불태워 구도의 제단에 바치지 못하겠나이까.'

태고사에서 하룻밤을 보낸 일타는 아침공양을 하고 난 뒤 바로 버스 종점으로 내려갔다. 첫차가 6시 30분에 출발하기 때문이었다. 버스는 하루에 두 번밖에 운행하지 않았으므로 첫차를 놓치면 별수 없이 오후까지는 태고사에 머물러야 했다.

금산읍으로 나가 전주행을 타면 막내 외삼촌 스님인 진우가 지었다는 법성원으로 갈 수 있을 것 같았다. 다행히 금산읍에서는 전주로 가는 버스가 자주 있는 모양이었다. 일타는 버스에 오른 뒤 자신의 걸망을 무릎에 놓고 진우에게 전해줄 편지를 꺼냈다.

운봉이 진우에게 보낸 편지였다. 안양암 암주 방에서 발견된 고경의 유물 중에서 발견한 바로 그 편지였다. 편지의 마지막 구절이 일타의 가슴을 또 촉촉하게 적셨다.

몸은 물거품 같고 목숨은 바람 앞의 등불 같나니, 만약 진실한 경계가 아니면 어찌 두려워하지 아니하며 어찌 삼가지 않을 것인가. 진중하고 또 진중할지어다.

일타가 전주 서고사 밑의 법성원에 도착한 것은 오후 4시쯤이었다. 금산읍에서 전주로 바로 오긴 왔는데, 버스가 비포장도로를 달리다가 펑크가 나는 바람에 새 타이어로 바꾸느라고 시간이 지체되었던 것이다.

전주에 도착한 일타는 행인에게 법성원의 위치를 물었지만 아는 사람이 아무도 없었다. 법성원이 새로 지은 절이었으므로 알리가 없었던 것이다. 이윽고 고찰인 서고사를 묻자 절의 위치를 아는 사람이 나타났다. 법성원은 서고사 밑에 있었는데, 시외버스 정류장에서 생각보다 지척에 있었다.

법성원 입구에는 '전강 큰스님 초청 법문'이라는 현수막이 걸려 있었다. 전강의 법문은 이미 끝나버렸는지 법성원은 조용했다. 현수막의 날짜와 시간을 확인해보니 날짜는 맞는데 시간이 오전 9시로 돼 있었다. 벌써 법회는 끝난 상태였고, 신도들이 빠져나가버린 법성원은 몇몇 할머니 신도와 거사들이 마당을 왔다 갔다 할 뿐이었다.

일타는 아쉬운 마음이 들어 법성원에 선뜻 들어가지 못했다. 전강이 만공의 법을 이은 큰 선지식이라는 얘기를 경봉에게 몇 번이나 들었는데, 몇 시간 차이로 전강을 친견하지 못했다고 생각하니 몹시 아쉬웠다.

해방 전, 통도사 보광선원의 조실을 맡기도 했던 전강田岡은 오도한 경봉의 법광法胜을 단번에 사라지게 한 선사로도 유명했다.

법광이란 식광識狂이라고도 하는데 오도했을 때 무아無我의 법열에 빠져 언행의 절제가 사라져버리는 상태를 말했다.

전강이 30세, 경봉이 36세 때의 일이었다. 전강은 이미 오도하여 머리를 기르고 누더기를 걸친 채 전국을 만행하고 있던 길이었다. 전강이 통도사에 이르자 선방의 구참 선객들이 그를 알아보고 말했다.

"경봉 스님이 오도하시고 난 뒤 법광이 나서 음담패설을 가리지 않고 있습니다. 극락암으로 가시어 경봉 스님을 한번 만나보고 가십시오."

전강은 통도사 선방 선객들의 청을 거절했다.

"이보시오. 미친 사람을 만난들 무슨 소용이 있겠소."

"두 분이 만나면 무슨 해결책이 있을 터이니 가셔야 합니다."

전강은 자신의 등을 떠미는 선객들에게 밀려 극락암으로 올라갔다. 과연 경봉의 눈에서는 법광의 빛이 번들거리고 있었다. 경봉을 대면한 전강은 지팡이로 원상圓相을 그렸다. 그런 뒤 전강이 말했다.

"들어가도 치고 들어가지 아니해도 칠 것이오[入也打 不入也打]. 이 원상 안에 말이오."

경봉이 원상을 뭉개버리자, 전강도 기세를 누그러뜨리지 않고 고함을 쳤다.

"송장 치우시오."

경봉은 전강보다 여섯 살이나 위였지만 진리의 세계에서 나이는 중요하지 않았다. 전강의 고함에 경봉도 물러서지 않고 말했다.

"옳거니, 다시 물으시오."

전강은 즉시 묻지 않고 경봉을 끌고 골짜기로 갔다. 통도사 선객들과 극락암 대중도 골짜기로 들어가려고 했지만 전강이 따라오지 못하게 손사래를 쳤다.

"여기서부터는 따라오지 마시오."

두 사람은 한참 만에 나와 통도사 선객들과 극락암 대중 앞에 섰다. 두 사람이 무슨 얘기를 나누었는지는 모르지만 다시 나타났을 때는 경봉의 법광은 이미 사라져버린 상태였고, 두 사람은 법형제가 되어 있었다. 결과적인 얘기지만 전강이 출현하여 경봉의 법광이 멈춘 것은 분명했다.

금성錦城.

그 당시 전강의 법호였다. 1898년 부친 정해룡鄭海龍과 모친 황계수黃桂秀 사이에 태어난 그는 1914년 인공印空에게 출가하여 제산을 은사로, 응해應海를 계사로 삼았는데, 그때 받은 법명은 영신永信이었다. 이후 1918년 해인사 강원에서 대교과를 수료한 뒤 도반의 죽음을 목격하고 생의 무상함을 절실히 느끼고는 직지사 천불선원으로 가서 그곳의 조실인 제산의 지도를 받으며 가행정진

을 거듭했다. 이때 스님은 상기가 치솟아 머리에 돋은 종기 수십
개가 터지고 밤낮을 가리지 않고 목구멍과 콧구멍으로 피를 쏟아
냈다. 그래도 스님은 예산 보덕사, 정혜사 선방에서 참선정진을
멈추지 않고 밀고 나가다가 "어떤 것이 조사가 서쪽으로 온 뜻인
가"라는 물음에 "산 넘어 온 것이다"라고 답했다. 천지가 무너지
고 불조와 삼세제불과 역대조사가 눈앞에서 사라진 경지였다.

　마침내 스님은 23세 때 곡성 태안사 누각에서 오도하고 깨달음
의 노래를 불렀다.

　　　　어젯밤 달빛은 누각에 가득하더니
　　　　창밖은 갈대꽃 가을이로다
　　　　부처와 조사도 신명을 잃었는데
　　　　흐르는 물은 다리를 지나오는구나
　　　　昨夜月滿樓
　　　　窓外蘆花秋
　　　　佛祖喪身命
　　　　流水過橋來

　초견성한 스님은 선지식을 찾아가 인가를 받았는데, 1923년에
는 금강산 지장암의 한암을 만나 자신의 경계를 보였으며, 그해
서울 대각사로 가서 용성을 만났고, 부산 선암사로 내려가 혜월에

게도 인가를 받았다. 다만 수덕사 금선대의 만공을 만나서는 미진한 데가 있었으므로 재발심을 하게 된 바 '판치생모板齒生毛'라는 화두를 붙들고 반 철 만에 확철대오했다. 스님이 만공 곁을 떠나려 하니 만공이 물었다.

"부처님은 계명성啓明星을 보고 오도하였다는데, 저 하늘의 가득한 별 중 어느 것이 자네의 별인가."

스님은 대답을 않고 엎드려 땅을 더듬는 시늉을 했다. 그러자 만공이 얼굴 가득 미소를 머금고 말했다.

"옳거니, 옳거니〔善哉善哉〕."

만공은 스님을 칭찬하며 즉시 전법게를 내렸다.

불조가 일찍이 전하지 못하였는데
나도 또한 얻은 바 없네
이날에 가을빛이 저물었는데
원숭이 휘파람은 뒷봉우리에 있구나
佛祖未曾傳
我亦無所得
此日秋色暮
猿嘯在後峰

이는 23세에 오도한 지 실로 2년 만인 25세 때의 일이었다. 이후 스님은 통도사 대중의 청으로 33세에 통도사 선방인 보광선원의 조실로 추대되었다. 깨달음을 얻은 경봉을 만나 법형제가 된지 3년 만의 일이었다.

일타가 서성이고 있는데, 중년의 거사가 합장하며 말했다.

"스님, 절에 들어오지 않고 왜 거기에 서 있습니까."

"잠시 쉬고 있습니다."

"전강 큰스님을 친견하려고 왔습니까."

"여기 와서야 큰스님께서 오셨다는 것을 알았습니다. 하지만 제가 너무 늦게 온 탓에."

"스님, 무슨 말씀을 하시는 것입니까."

"전강 큰스님을 친견하고 싶었는데 지은 복이 없는 모양입니다."

"아닙니다. 큰스님은 지금도 절에 계십니다."

"그렇습니까."

"저기 평상에서 진우 스님과 얘기를 나누고 계십니다."

일타는 평상을 보는 순간 소리를 칠 뻔했다. 전강과 진우가 다탁을 사이에 두고 무언가 얘기를 나누고 있었다. 진우를 만나서 반갑고, 전강을 친견하는 것이 가슴 설레었던 일타는 성큼성큼 걸어가 진우를 불렀다.

"막내 외삼촌 스님."

진우는 일타를 거들떠보지도 않았다. 심각한 표정으로 전강이 묻는 말에 답을 하고 있었다. 일타는 마당에 엎드려 전강을 향해 삼배를 올렸다.

"큰스님, 절 받으십시오."

전강 역시 일타를 쳐다보지 않고 진우에게 무언가 다그치는 표정을 짓고 있었다. 두 사람은 선문답을 하고 있음이 틀림없었다. 감나무 그늘이 드리운 평상에 가부좌의 자세로 앉아 한문으로 말을 주고받고 있었다. 일타는 합장한 채 귀를 기울였다.

"전주가 다 성불하였다고 하니 그 의지가 어떠한가〔全州成佛意旨如何〕."

"살아 있는 백억의 석가가 취해 봄바람 끝에서 춤을 춥니다〔百億活釋迦醉舞春風瑞〕."

"금산사 입불이 가장 큰데 그 의지는 어떠한가〔金山立佛意旨〕."

"청산은 원래 움직이지 않는데 흰 구름이 스스로 가고 옵니다〔青山元無動白雲自去來〕."

"조사의 열반 소식은 어떠한가〔祖師涅槃消息如何〕."

"아이고 아이고 아이고."

이에 전강은 손뼉을 치며 평상에서 일어나 일타를 쳐다보며 말했다.

"진우 수좌는 역시 용맹이 있도다."

도가 툭 터져서 무슨 질문을 해도 물러서지 않고 맞서는 진우에게 전강은 용맹하다고 격려하고 있었다. 진우가 차를 따르자 전강은 즉시 마시지 않고 일타를 불러 평상 위로 올라오게 했다.

"그대는 누구인가."

"통도사 강원에서 공부하는 학인이옵니다."

"법명이 무언가."

"일타라고 합니다."

"은사는."

"고경 스님입니다."

"고경 스님이라면 진우 수좌의 은사가 아니신가."

"그렇습니다."

"진우 수좌의 사제구먼."

"진우 스님은 저의 막내 외삼촌입니다."

"허허허. 외삼촌을 찾아온 것인가. 진우 수좌를 찾아온 것인가."

전강의 질문에 일타는 말문이 막혔지만 곧 대답했다.

"둘 다 맞습니다."

"그대는 '맞다'라는 생각에 묶였으니 틀려버렸네."

"큰스님, 왜 그렇습니까."

"그대가 공空을 체득했다면 입을 다물고 있어야 옳았네. 알겠는가."

일타는 이마에 진땀이 났다. 전강이 묻는 말에 구렁이 담 넘어가듯 대답하려고 했으나 어림없는 일이었다. 등에도 땀이 나 장삼을 적셨다. 일타를 바라보고만 있던 진우가 위기를 모면케 해주었다.

"대원大圓 스님에게도 인사를 드려야지."

"네."

대원은 일타의 외할머니였다. 진우가 법성원을 지은 이유 중에 하나는 자신의 친어머니인 대원을 봉양하기 위함이었다. 일타는 전강에게 다시 삼배를 올리고 평상에서 내려와 대원의 방으로 갔다.

대원은 몸이 불편하여 누운 채로 일타의 절을 받았다. 노환으로 고생하고 있는지 방 윗목에는 한약 탕기가 놓여 있었다. 손에 염주를 쥐고 있던 대원이 말했다.

"중노릇 잘해서 꼭 성불하거라."

"네, 외할머님."

그날 밤 일타는 진우에게 고백 아닌 고백을 들었다. 일타와 잠자리를 함께하던 진우가 말했다.

"일타야, 외할머니가 돌아가시면 나는 삼수갑산으로 간 경허스님처럼 살 거다. 심심산골로 들어가 글을 모르는 까막눈에게는 글을 가르쳐주고, 몸이 아픈 이들에게는 침을 놓아줄 거다. 내가 중이라는 것도 잊어버릴 거다."

"막내 외삼촌 스님, 무슨 말씀입니까."

"깨달음을 갈구했던 법집法執마저도 놓아버리고 싶어서 그런다. 강을 건넜으면 뗏목을 버려야지 뗏목을 메고 다니는 바보 중이 되고 싶지 않구나."

그날 밤 일타는 진우가 존경스러워 잠을 이루지 못하고 몸을 뒤척였다. 진우는 이제 어린 시절에 좋아하고 따르던 멋쟁이 외삼촌이 아니었다. 그는 일타가 닮고 싶은 걸림 없는 수좌가 돼 있었다. 진우는 머잖아 중생의 바다 속으로 뛰어들려고 하고 있었다.

일타는 법성원을 나와 시외버스 정류장으로 갔다. 어제 내렸던 곳이라 쉽게 찾을 수 있었다. 외할머니 대원이 하룻밤 더 묵고 가라고 일타의 장삼 자락을 잡았지만 일타는 기어이 뿌리치고 나왔던 것이다.

일타는 다시 통도사로 돌아가고 싶었다. 만행을 더 하고 싶었지만 막상 갈 만한 데가 없었다. 고향인 공주를 가보려고도 했으나 그곳은 선객이 되어 당당하게 돌아보리라 생각하고 미뤘다. 출가해서도 고향을 잊지 못했던 것은 입적한 은사 고경이 자신을 가끔 '충공'이라고 부르곤 했기 때문이었다. 충공이란 충청도에서 '충' 자를, 공주에서 '공' 자를 따온 별명이자 애칭이었다.

일타는 주름살이 깊은 외할머니 대원이 자꾸 떠올라 길을 걷다가도 눈을 감았다가 뜨곤 했다. 새벽예불을 마치고 나서 대원이 불러서 갔을 때 외할머니 스님은 치매라도 온 것처럼 일타에게 같은 얘기를 반복해서 물었다.

"추금 스님이 어떻게 돌아가셨다는 것이냐."

"외할머니, 추금 스님은 자화장으로 입적하셨습니다."

"자화장이라니, 부처님께 소신공양을 했구나. 소신공양을."

소신공양이란 자신의 몸을 태워 부처에게 바치는 의식으로 『법화경』의 「약왕보살본사품」에 약왕보살이 자기 몸을 불살랐던 예에서 근거하고 있는 공양이었다.

"출가 전에도 만공 스님을 뵙고 다니면서 신심을 다지더니 기어코 해냈구나."

"추금 스님이 출가 전에 만공 스님의 제자였습니까."

"그렇다마다. 우리 집 기둥에 『법화경』 구절들을 주련으로 달았지 뭐냐."

대원은 이가 빠져 합죽이가 돼 있었는데, 말을 할 때마다 무엇을 우물거리는 것처럼 보였다.

"추금 스님이 자화장하신 데를 네가 직접 보고 왔다는 말이냐."

"네, 외할머니 스님."

"네 외할아버지 스님이 생전에 선자화상과 복운 선사를 얘기하더니 결국 그리하셨구나."

"복운 선사는 누구십니까."

"나도 잘 몰라, 하지만 추금 스님이 늘 말씀하셨지."

복운 선사가 누구인지 안 것은 통도사로 돌아와 강원의 강사에게 얘기를 들은 뒤였다. 10여 일이 지나 들은 복운 선사의 행장은 대략 이러했다.

　　당나라 때 스님으로 대주 총인사에서 살았는데, 화두를 들고 정진하다 상기병이 들어 여러 해 고생하다가 이래 죽으나 저래 죽으나 마찬가지라 여기고 오대산으로 들어갔다. 오대산에서도 깨치지 못하면 자결할 결심을 했다.
　　복운 선사는 어느 날 금강굴 앞에서 기도하다가 그만 깜빡 잠이 들었는데, 꿈속에서 문수보살이 감로수로 자신의 몸을 씻어주고 있었다. 전생에 지은 업장을 소멸시켜 주는 관욕이었다. 잠에서 깨어나니 눈이 밝아졌다. 자기 전의 눈이 아니었다. 자신의 전생이 환히 보였다. 홀연히 숙명통을 얻은 것이었다. 그런데 지난 전생을 관해보니 법사였던 자신이 청정하지 못한 생각으로 신도들을 대했고, 그 과보로 소와 개로 태어나 빚을 갚고 있었다. 그나마 그거라도 했기에 금생에는 사람으로 태어나 스님이 돼 있었다. 그렇다고 전생의 빚이 다 없어진 것은 아니었다. 자신이 성불하지 못한 이유는 바로 그 전생의 빚이 남아 있기 때문이었다.
　　이에 복운 선사는 문수보살에게 참회키로 하고 1백 일 동안 향으로 자신의 더러운 몸을 씻고 나서 장작더미 위에 올라 가부좌를 틀고 스스로 불을 붙였다. 그러자 자신의 이목구비에서 밝은 빛이 쏟아져 하늘에 이르렀다. 성불하는 순간이었는데 이를 본 대중들이 생불이라고 기뻐하며 합장하고 찬탄하기에 이르렀다.

추금은 대원과 달리 복운 선사의 소신공양을 소상히 알고 있었던 것이다. 그렇지 않았다면 생전에 누구에게나 복운 선사의 소신공양을 얘기했을 리가 없었다.

일타는 시외버스를 타려다 그만두었다. 대원이 호주머니에 찔러준 노잣돈이 있었으나 버스를 타지 않고 탁발하며 통도사로 가기로 했다. 일찍이 셋째 외삼촌 영천과 탁발하며 송광사를 가본 적이 있으므로 어색하고 어려운 일이 아니었다.

전주를 벗어나자, 논밭이 끝도 없이 이어지고 있었다. 농부들이 들판으로 나와 김을 매고 있었고, 논두렁에서는 소가 한가롭게 풀을 뜯고 있었다. 일타는 새참을 얻어먹기도 했는데, 그럴 때는 논으로 들어가 일손을 거들어주었다. 농부들은 힘든 것을 타령조의 민요로 이겨내고 있었다.

청사초롱 헤― 불 밝혀 들고
임의 방으로 잠자러 갈거나

간다 봐라 헤헤 나도나 갈까
정칠 놈 따라서 내가 돌아갈거나 에야

마음이 있거든 내 팔목 잡고
놈만일 강짜거리 만지지 말어라
세월아 네월아 가지를 말어라 아까운 청춘 다 늙어가네
가는 세월을 잡고 청춘에 놀다가 갈거나

다 되야 가네 다 되야 가네
이 몸뚱이가 다 되야 가네

농부들은 노래를 부르다가도 일타에게 진한 농을 걸어왔다.

"스님은 장가들지 못하지라."

"그렇습니다."

"그러니깨 스님 같은 홀애비를 두고 이런 노래가 있지라. 임자 없는 내 고향 단장허면 뭣헐까."

옆에서 김을 매던 농부가 또 거들었다.

"나비 없는 동산에 꽃피어 뭣허리. 스님, 이 말도 무신 말인지 알 것지라."

일타는 웃으며 대답했다.

"알고말고요."

농은 사내들만 하는 것이 아니었다. 논에 들어선 아낙네들도 해죽거리며 농을 주고받았다.

사내들이 '콩떡 치고 메떡 치고'라고 낄낄대니 어느 아낙네가
그 말을 받아치는 것이었다.

"워메, 연애도 잘허시요잉. 남은 논 다 매다 보니깨 물명주 속곳
이 다 젖것으라우."

"아따, 젖을지 알았으믄 속곳은 벗고 들어오제 그랬소."

"아이고, 징그러운 거. 시러배 잡놈같이 응큼하게 내 볼기짝을
훔쳐볼라꼬. 그라믄 못쓴 것이어라우."

일타는 웃음을 참지 못하고 몇 번이나 크게 소리 내어 웃었다.
그러다 보니 힘든 줄 모르고 일을 도울 수 있었다. 한나절을 농부
들의 진한 농담을 들으며 웃다 보니 일락서산日落西山, 서산에 해가
기울고 붉은 놀이 타올랐다. 농부들은 다 마치지 못한 김매기의
아쉬움도 노래로 불렀다.

　　　얼럴럴 럴럴 상사뒤야
　　　여보소 농부들 말 들어
　　　아나 농부들 내 말 들어
　　　서 마지기 논배미가
　　　반달만큼이나 남았다네

일타는 기분 좋게 만행을 했다. 농부들이 하룻밤 묵고 가라고
붙잡았지만 밤길을 걸었다. 가다가 빈 정자가 보이면 올라가 잠시

눈을 붙였다. 이번 통도사 가는 길에는 민가에 들지 않고 철저하게 풍찬노숙을 하기로 작정했다.

진주에서는 길을 가다가 넝마주이를 만나 길동무가 되어주기도 했다. 넝마주이는 자신이 얻어온 주먹밥을 일타에게 내밀었다. 일타는 도저히 먹을 수가 없어 거절했다가도 그것이 도업道業을 이루는 약이라고 생각하며 목구멍으로 넘겼다. 넝마주이는 일타를 자기 대장에게 데리고 가 소개했다. 대장은 다리 밑에서 일타를 반갑게 맞아주었고, 일타는 넝마주이들에게 『반야심경』을 독경해주었다.

"부처님 말씀입니다. 무슨 말인지 몰라도 들어두면 복을 짓는 일입니다."

한 무지렁이 넝마주이가 일타를 부처님이라고 부르며 말했다.

"부처님, 감사합니다."

"처사님, 저는 부처님이 아니라 스님입니다. 스님이라고 불러주십시오."

"부처님이나 스님이나 다 똑같은 말이 아닙니까요."

일타는 자신을 부처님이라고 부르는 바람에 당황하여 다리 밑을 도망치듯 빠져나오고 말았다. 아직 강원도 졸업하지 못한 학인을 부처님이라고 부르니 무엇을 잘못한 듯 얼굴이 확확 달아오르고 가슴이 뛰었다.

일타는 정신없이 시가지를 빠져나와 다시 농촌의 들판으로 들어서서야 안도의 한숨을 쉬었다. 문득 그 무지렁이 넝마주이가 자신더러 딴눈 팔지 말고 정진하라는 신장神將 같았다.

'아, 그 무지렁이 넝마주이가 나의 신장님이었구나.'

일타는 자신의 무릎을 소리 나게 쳤다. 부처가 되라고 자신의 등을 떠민 그 무지렁이 넝마주이가 자신의 신장이 분명하다고 믿었다.

'아, 신장님은 절문에만 있는 것이 아니라 곳곳에 있구나. 시장에서 밥을 파는 아주머니가 나의 신장님일 수 있고, 논에서 김매는 아낙네가 나의 신장님일 수 있고, 넝마를 줍고 사는 다리 밑의 넝마주이가 나의 신장님일 수 있는 것이구나.'

일타에게 도움을 주는 세상의 모든 것들이 다 신장이었다. 일타가 수도자로서 정진하는 동안은 물론이고, 성불한 후에도 외호해 줄 것이기 때문이었다. 일타는 길에 서서 시방법계를 향해서 감사하는 마음으로 합장했다.

동서남북과 사유(四維, 동북·동남·서남·서북) 그리고 상과 하를 합쳐 시방[十方]이라고 부르니 신장은 온 우주에 가득 차 있는 것이나 다름없었다. 햇볕도 신장이요, 바람도 신장이요, 물도 신장이요, 땅도 신장이요, 달도 신장이요, 별도 신장이니 풀잎 하나, 새 한 마리에 이르기까지 만상萬狀의 유무정물이 신장 아닌 것이 없었다.

일타는 만행하는 동안 행복감을 느꼈다. 신장의 외호 속에 길을 가고 있으니 두려움도 없고 조급함도 사라지고 마음은 편안하기만 했다. 걱정해주는 사람도 있었지만 일타는 그런 기우에도 걸리지 않았다.

"스님, 이 길은 사고가 많이 나는 길이니 돌아서 가십시오."

그래도 일타는 걱정해주는 길을 피하지 않고 걸었다. 길이 바로 신장인데 신장을 피해 갈 이유가 없었다.

"보살님, 무엇이 두렵겠습니까. 저에게는 길도 신장님입니다. 저를 지켜주는 신장님을 어찌 피해 갈 수 있겠습니까."

"스님, 저 골목은 몸을 파는 창녀들이 사는 곳입니다. 곤욕을 치를 터이니 그곳으로 가지 마십시오."

"걱정하지 마십시오. 저는 그녀들을 신장님으로 볼 것입니다. 음란한 마음을 저울질하는 신장님으로 볼 것인데 피할 까닭이 없습니다. 그것은 복을 덜게 하는 복감福減하는 일입니다."

마침내 무사히 통도사에 도착한 일타는 적멸보궁으로 올라가 먼저 삼배를 했다. 걸림이 없어진 듯한 마음은 구름 걷힌 하늘처럼 상쾌했다. 추금을 조문하러 가서는 구도의 신심을 크게 다졌고, 진우를 만나서는 수좌의 길을 걷겠다고 작심했고, 돌아오는 길에서는 시방법계에 가득한 신장의 외호를 받았던 것이다.

일타는 솟구치는 환희심으로 108배를 하기 시작했다. 전주에서부터 10여 일 동안 먼 길을 걸어온 탓에 처음에는 몸이 무거워 무릎이 마룻바닥에 부딪칠 때마다 쿵쿵 하고 소리가 났지만 차츰 나비처럼 몸이 가볍게 움직였다.

일타는 절을 한 배씩 할 때마다 만행을 도왔던 모든 존재들에게 감사하는 마음을 실었다. 자신이 고독한 외톨이가 아니라 유무정물의 외호 속에서 정진하는 행복한 수행자임이 틀림없었다.

일타는 108배를 끝내고서 적멸보궁 마룻바닥에 엎드린 채 중얼거렸다.

'부처님, 무소의 뿔처럼 당신을 향해 걸어가겠습니다. 시방법계에 가득한 신장님이 지켜주시니 외롭지 않습니다. 무소의 뿔처럼 불佛을 이룰 때까지 정진하겠습니다.'

마음속에 충만함이 차올랐다. 허공에 달이 떠오르는 것 같은 느낌이었다. 일타는 자신은 고독한 존재가 아니라 행복한 수행자라고 생각했다. 일타는 불문에 들어 부처님 제자가 된 정복淨福을 누렸다.

일타 스님의 맏상좌 혜인 스님의 기도 수행처인 도락산 광덕사

날마다 좋은 날 1

고명인은 미국으로 돌아간 지 넉 달 만에 다시 귀국했다. 자신의 사업체인 슈퍼마켓 체인 중 한 지점에서 화재가 나 뒷수습을 하고 다시 건너왔다. 혜각과 고승 일타의 수행처를 마저 순례하려고 했으나 큰 사고였으므로 부사장에게만 맡길 일이 아니어서 급히 출국했던 것이다. 황인종에게 상권을 잃은 흑인들이 적개심을 가지고 저지른 방화였지만 다행히 인명사고는 없었고, 화재보험에 들어두었으므로 소실된 상품에 대한 보상도 쉽게 받을 수 있었다.

사고가 수습되자, 고명인은 서둘러 인천행 비행기를 탔다. 혜각과 일타의 수행처를 순례할 수는 없겠지만 일타의 맏상좌 혜인과의 약속을 지키기 위해서였다. 혜인은 정혜사 선방에서 동안거를 마치고 자신의 수행처인 단양의 도락산 광덕사로 돌아갈 것이니 그때 찾아오라고 말했고, 고명인은 반드시 그곳을 방문하여 혜인의 얘기를 마저 듣기로 했던 것이다.

고명인은 서울의 한 호텔에 여장을 풀자마자 혜인에게 전화를 걸었다. 혜인의 휴대폰 번호를 수첩에 적어두었기 때문에 바로 연락을 취할 수 있었다. 그런데 혜인은 어쩐 일인지 단양의 광덕사에 있지 않고 제주도의 약천사로 내려가 있었다.

"스님, 정혜사 선방에서 스님을 뵀던 고명인입니다. 기억하십니까."

"아, 고 선생이군요."

"스님, 오늘 돌아왔습니다."

"국내에 무슨 일이 있습니까."

"아닙니다. 제가 귀국한 것은 스님께서 동안거가 해제하면 스님이 계신 광덕사로 오라고 했기 때문입니다."

"기억이 납니다. 일타 스님의 수행처를 돌고 있다고 했지요."

"스님, 내일 단양의 광덕사로 가 뵙겠습니다."

그러나 혜인은 며칠 뒤에 오라고 했다.

"제주도 약천사에 법문을 하러 내려와 있습니다. 그리고 김포에서 또 법문이 있으니 며칠 뒤에 만나면 어떻겠습니까."

혜인의 스케줄을 고명인이 이래라저래라 할 수 있는 입장은 아니었다. 혜인의 지시를 따를 수밖에 없었다.

"스님, 그렇다면 언제 찾아뵐 수 있겠습니까."

"제가 연락하겠습니다."

고명인은 맥이 풀렸다. 오로지 혜인을 만나 고승 일타에 관한 이런저런 얘기를 듣고자 귀국했는데, 며칠 동안 빈둥거릴 수밖에 없다고 생각하자 은근히 화도 나고 실망스러웠다.

그렇다고 해인사로 내려가 혜각을 만나고 오는 것도 별 흥미가 나지 않았다. 혜각은 포교국장이란 자신의 소임을 사느라 바쁠 텐데 공연히 그에게 피해를 주고 싶지 않았다. 혜각과는 올 늦가을쯤 다시 만나기로 돼 있었다. 혜각이 은사인 일타의 수행처를 순례할 때 함께 동행하기로 약속해두었던 것이다.

할 수 없이 고명인은 호텔에서 하룻밤을 묵고 수덕사로 내려가기로 계획을 바꾸었다. 그때 혜인이 정혜사 대중 중에서 일타의 토막 일화들을 많이 알고 기억하는 선승이 있는데, 그분이 바로 설정 선원장이라고 귀띔해주었기 때문이었다.

수덕사는 서울에서 가까우니 이틀간의 일정으로 가도 되고 당일치기도 가능했다. 일단 임시변통이었지만 계획을 세우고 나니 어느 정도 기분이 전환됐다. 수덕사에서 정혜사로 가는 가파른 산길을 차로 오르고 난 뒤, 산 아래 펼쳐진 세상 풍경을 보고 상념에 잠겼던 기억이 아직도 생생했다. 마치 달에 올라 지구를 보는 듯한 호연지기가 느껴졌고, 무엇이든 작게 보면 하찮아지고 크게 보면 대단해지게 마련인데 극단에 치우치지 않는 중간의 접점을 생각했던 곳이 바로 정혜사 마당이었던 것이다.

다음 날 아침.

고명인은 새벽에 일어나자마자 샤워를 하고 수덕사로 내려갈 채비를 했다. 아침은 고속도로 휴게소에서 해결할 생각으로 서둘렀다. 그런데 그때 휴대전화 벨이 울렸다.

"고 선생. 혜인 스님이오."

"네, 스님. 무슨 일이십니까."

"제주도와 김포에서 할 법문이 미뤄졌소. 그래서 오늘 비행기로 서울에 갈 것이오. 서울에서 만나면 안 되겠소."

"광덕사의 산중 분위기도 느끼고 싶습니다만."

"그래요, 그렇다면 광덕사로 먼저 가 있어요. 서울에 도착해서 바로 갈 테니까요."

"스님, 고맙습니다."

뜻밖에 예정을 바꾸게 되었으나 고명인은 느긋했다. 이미 광덕사 가는 길은 알아두었으므로 서두를 이유는 하나도 없었다. 아침은 호텔 레스토랑으로 가지 않고 호텔 후문으로 빠져나와 대학을 졸업한 뒤 첫 직장을 다닐 때 즐겨먹었던 복어매운탕을 생각하며 일식집을 찾았다. 그러나 복어매운탕을 하는 일식집은 좀체 나타나지 않았다.

한참을 걸어 한 식당을 발견했으나 일식집이 아니라 수제비 등을 파는 분식점에서 복어매운탕 입간판을 내놓고 영업하고 있었다. 음식만큼 기억에서 자유롭지 못한 것도 드물 터였다. 음식에 대한 기억은 그만큼 중독성이 강했다. 엇비슷한 음식을 먹는다 하더라도 늘 예전의 맛보다 못하게 마련이었다.

고명인은 딱딱한 의자에 앉아 기억 속의 맛을 조금은 포기한 심정으로 복어매운탕을 주문했다.

"복어매운탕으로 주세요."

냄비에 넣은 복어 토막과 무, 대파, 마늘양념은 그대로였으나 가스불에 끓여진 맛은 역시 예전의 것이 아니었다. 고명인은 수저로 국물을 휘휘 젓다가 그만두었다. 차라리 수제비를 시켜 먹을 것을 하고 후회했다.

그래도 갓김치에 밥을 반 공기나 비웠으니 요기는 한 셈이었다. 갓김치를 잘 먹는 고명인을 보고 분식점 아주머니가 자랑을 했다.

"돌산에서 가지고 온 갓김칩니다. 요즘은 주문만 하면 다음 날 바로 택배로 오니 늘 싱싱한 김치를 먹을 수 있습니다."

고명인이 복어매운탕을 거의 먹지 않자 미안했던지 아주머니는 갓김치 자랑을 계속 해댔다. 그러나 고명인의 머릿속에는 어느새 광덕사로 갈 지도가 그려지고 있었다.

"아주머니, 영동고속도로를 가려면 어느 쪽으로 가야 합니까."

"어디로 가시는데요."

"단양입니다."

"영동고속도로를 타고 가다 원주에서 단양 가는 고속도로로 빠져나가면 됩니다. 아마 서울에서 단양까지 1시간 30분이면 될 겁니다."

"잘 아시네요."

"제천이 고향입니다."

복어매운탕을 잘하는 집을 찾는 데는 실패했지만 아주머니에게서 예전의 인심을 보는 것 같아 식사 시간을 허비했다는 생각은 들지 않았다. 맛에 대한 아쉬움을 인심으로 보상받은 것 같은 느낌이 들어서였다.

고명인은 빌린 승용차를 타기 위해 바로 호텔 지하 주차장으로 들어갔다. 아침의 주차장은 차들이 빠져나가는 소음으로 시끄러웠다. 단양까지 1시간 30분 정도 걸린다고 하니 광덕사까지는 2시간 정도면 충분할 터였다.

호텔 프런트에 예약하여 빌린 승용차이기 때문인지 엔진 소음이 거의 들리지 않았다. 핸들도 여성용처럼 부드러웠고, 승차감도 좋았다. 국산 승용차도 이제 미국산과 경쟁하는 단계를 넘어 중형 차종에서는 상품성에서 결코 뒤떨어지지 않았다.

도락산 광덕사는 생각보다 찾기 쉬웠다. 고명인은 휴게소에 들러 단 한 번도 길을 묻지 않고 원주와 단양인터체인지를 빠져나와 광덕사 이정표를 발견하고 달렸다.

'왜 도락산道樂山일까. 이 산에 들면 누구라도 도道를 즐기게 된다는 뜻일까.'

아침인데도 협곡은 산그늘이 짙었다. 고명인은 진달래꽃이 붉게 핀 좁은 계곡길로 들어선 지 10여 분 만에 승용차를 세웠다. 귀틀집 방식으로 지은 가람들이 산자락을 깎은 곳에 나타났기 때문이었다. 가람들의 첫 인상은 통나무 별장이나 휴양소 같았다. 귀틀집 처마 밑에 걸린 '광덕사'라는 편액이 첫인상을 바꿔주기는 했지만 통나무 별장 같다는 잔상은 쉽게 가시지 않았다.

종무소 옆의 조그만 연못에서는 물줄기가 힘차게 솟구쳤고, 거대한 육각형의 백만불전百萬佛殿 밑으로는 제법 많은 양의 계곡물이 콸콸콸 소리치며 흐르고 있었다.

고명인은 종무소로 바로 들어가 사무원 아가씨에게 찾아온 용무를 밝혔다.

"혜인 스님을 뵙기로 약속하고 왔습니다."

"네, 스님께서 전화로 말씀하셨습니다. 지금 광덕사로 오고 계시니 종무소에 앉아서 조금만 기다리시면 됩니다."

"나가서 경내를 돌아보고 오겠습니다."

고명인은 광덕사에 막 도착했을 때부터 눈길을 끌었던 백만불전으로 올라갔다. 아직 불사 중인데, 거대한 실내경기장을 연상케 하는 법당이었다. 조감도에 의하면 백만불전 옥상에 대불 좌상이 조성되는 모양인데 아직 대불의 자리는 비어 있었다.

고명인은 이런저런 생각을 하면서 텅 빈 백만불전 안으로 들어가 큰 기둥에 늘어뜨려진 대형 현수막의 글씨들을 읽었다. 원만한 불사회향을 염원하는 글이 대부분이었는데 혜인의 대원력을 찬탄하는 글도 있었다. 고명인은 혜인의 대원력이 어디에서 연유하는지 문득 궁금했다. 우공이산愚公移山의 고사처럼 조그만 체구에서 산 하나를 쌓아가는 듯한 힘의 실체가 무엇인지 호기심이 일지 않을 수 없었다.

다시 종무소로 내려온 고명인은 통나무를 깎아 만든 의자에 앉아 마치 사건의 단서를 찾는 형사처럼 책상과 벽을 주시했다. 이윽고 고명인의 눈길이 멈춘 곳은 혜인의 시詩가 적혀 있는 액자였다. '법의 등불을 온 누리에 비추겠다'는 혜인의 원력이 드러난 게송이었다.

마음은 만법의 왕이니
일체는 오직 마음이 창조하도다
본래의 너를 깨달아
법의 등불을 온 누리에 비추리라
心是萬法王
一切唯心造
悟得本來汝
法燈照法界

갑자기 아가씨가 일어나 밖으로 나가더니 경내로 들어오는 승용차를 향해 합장했다. 혜인이 탄 승용차가 분명했다. 그러나 혜인은 종무소로 바로 오지 않고 자신의 처소로 올라가버렸다.

"피곤하신 모양입니다. 조금만 기다리십시오. 부르면 올라오시라고 합니다."

"연세도 있으신데 무리하셨을 겁니다. 제주도에서 여기까지 쉬지 않고 오셨을 테니까요."

"처사님은 무슨 일로 오셨습니까."

아가씨가 고명인에게 용건을 물었다.

"그냥 뵙고 싶어서 왔습니다."

"약속이 된 줄은 알고 있습니다만 큰스님께서 불사를 하시느라고 많이 바쁘십니다. 전국 어디라도 부르면 달려가 법문을 하시거든요. 큰스님이 아니라면 광덕사 불사는 어림없는 일입니다."

광덕사의 불사는 전적으로 혜인에게 의존하여 진행되고 있다는 얘기였다.

"스님께서 힘드시겠군요."

"하지만 큰스님께서는 해내실 거예요. 의심 없이 간절히 원하면 이루지 못할 일이 없다고 늘 말씀하시거든요."

"저 달마도를 그리신 분도 혜인 스님입니까."

"그런 것 같아요."

"혜인 스님은 재주가 아주 많으신 팔방미인인 것 같습니다."

"호호호."

아가씨가 웃으며 의자에 앉아 장부를 펴더니 하던 일을 계속했다. 그 순간 인터폰이 울렸다. 인터폰을 든 채 아가씨가 말했다.

"큰스님께서 회주실로 올라오시라고 합니다."

"회주실이 어딥니까."

"백만불전 가는 길에 있습니다."

"아, 알겠습니다. 2층 목조건물이군요."

고명인은 종무소를 나와 곧장 회주실로 갔다. 혜인은 광덕사 회주로 주석하고 있는 모양이었다. 한 스님이 1층 현관에서 고명인을 기다리고 있다가 2층 회주실로 안내했다. 고명인은 정혜사에서 혜인을 한번 본 적이 있으므로 2층 계단을 오르면서 막연히 반가움 같은 감정이 들었다. 그것은 혜인도 마찬가지였다. 혜인은 고명인을 보고서 활짝 웃으며 말했다.

"기다리게 해서 미안합니다. 참회와 감사의 절을 해야 하는데 오늘은 급히 움직이는 바람에 108배를 못했어요. 그래서 방금 30분 동안 108배를 한 겁니다."

고명인은 문득 108배가 무엇인지 알고 싶어져 물었다.

"스님, 108배는 왜 합니까."

"부처님이 위대하시고, 팔만대장경의 진리에 의해서 아주 행복한 삶을 살고 있기 때문에 감사의 절, 참회의 절을 하지 않을 수 없습니다."

혜인은 수만 명의 신도가 자신의 법문을 듣고 있는 것처럼 큰 소리로 단호하게 말했다.

"108배를 아무 생각 없이 하지는 않습니다. 그것은 굴신운동이지요. 나는 먼저 동서남북과 중방을 향해서 절을 합니다. 극락은 우리 인생이 최고의 행복을 누리는 영원의 세계가 아닙니까. 그런데 극락에 갔다 하더라도 깨치지 못하면 무엇 합니까. 그래서 나는 절하는 대상 뒤에 '극락왕생'에 이어 '견성성불' 하고 외는데 '극락에 가서 견성 성불하여지이다' 하고 축원하는 것이지요."

혜인은 고명인이 앞에 앉아 있는데도 그의 존재를 까맣게 잊은 듯 절하는 대상을 하나하나 열거했다.

동서남북과 중방의 불국정토에 계시는 부처님, 즉 동방 만월세계 약사유리광여래불, 서방 극락세계 아미타불, 남방 환희세계 보승여래불, 북방 무우세계 부동존불, 중방 화장세계 비로자나불에게 먼저 하고, 그다음은 자신을 향해 자성진불自性眞佛에게 하고, 그다음은 자신이 머물고 있는 도락산의 대불과 백만불전 부처님에게 하고, 그다음은 제주도의 약천사 불보살님과 오백나한에게 하고, 그다음은 문수, 보현, 지장 등등 시방법계의 모든 보살들에게 하고, 그다음은 역대조사, 우리나라 국사, 선승, 고승에게 하고, 그다음은 우리나라 성산聖山의 산신들에게 하고, 그다음은 8만 4천의 조왕님에게 하고, 그다음은 조상님, 부모님에게 하고, 그다음은 세상의 모든 비구와 비구니에게 하고, 그다음은 문도문중 사형사제에게 하고, 그다음은 유주무주有主無主 영가, 고혼, 지옥 망자에게 하고, 그다음은 해와 달과 별, 공기와 물과 불과 비, 곡식과 뿌리와 꽃에게 하고, 그다음은 이로움을 주는 우주의 모든 유무정물에게 하고, 그다음은 해로움을 주는 우주의 모든 유무정물의 이름을 부르며 절을 한다는 것이었다.

혜인이 절하는 대상을 일일이 얘기하는 동안 고명인은 이따금 마음속으로 후렴을 따라 부르는 노래처럼 '극락왕생 견성성불'을 중얼거렸다.

혜인에게 절을 받는 대상들은 시방법계와 동서고금에다 거래원친去來遠親을 종횡무진으로 넘나들었는데, 고명인은 그 대상들이 어떻게 108배 안에 다 수용되는지 놀라울 따름이었다. 일배를 하는 동안 절을 받는 대상들은 전광석화처럼 찰나에 지나가는지도 모를 일이었고, 삼매에 빠지지 않으면 불가능한 일일 것도 같았다. 마침내 혜인은 절하는 대상을 다 얘기하더니 웃으며 말했다.

"이런 108배가 예전에 내가 해인사 장경각에서 했던 1백만배보다도 낫다고 생각합니다."

"스님께서 정말 1백만배를 하셨다는 것입니까."

혜인은 눈을 지그시 감았다.

"내 나이 스무 살 때입니다."

혜인이 동화사 금당선원에서 참선하다가 상기병이 난 스무 살 때였다. 일타가 파계사 성전암에 있는 성철을 찾아가 혜인이 상기병으로 고생한다고 말했다. 그러자 성철은 하루 1천배씩을 해 보라고 권했고, 혜인은 즉시 실천에 옮겼다. 절을 한 지 1백 일 만에 상기병이 나았다. 그리고 혜인은 일타의 당부대로 군대에 가서 늘 관세음보살을 불렀는데, 그 덕분에 일등병 계급장을 달고 도피안사로 가 편안히 군대 생활을 하게 되었다. 혜인은 이를 부처님 가피로 여기고 날마다 5천배씩을 20일 동안 했고, 자신감이 들어 10만배를 했다. 혜인은 10만배를 회향하고 나서 일타에게 "군대에서 제대하면 1백만배를 하겠습니다" 하고 약속했다.

성철에게도 1백만배를 하겠다고 말했다. 그러자 성철은 "생각은 잘했다만 하다가 중단하려면 시작하지 말라, 마음 단단히 먹고 하라. 절하다 죽은 놈 없고 설령 죽어도 지옥은 안 간다. 죽을 각오로 하고 1백만배를 채워라"고 격려했다. 마침내 군복무를 마친 혜인은 해인사 장경각으로 가 절을 하기 시작했다.

"어느 날 양말을 벗다가 문드러진 발가락 위에 염주 같은 것이 다닥다닥 붙어 있는 것을 보았습니다. 자세히 보니 절하다 박힌 굳은살이었습니다. 두 무릎에는 더 크게 밤톨처럼 딱딱하고 반질반질한 굳은살이 생겨나 있었습니다. 송곳으로 찔러도 아프지 않았는데, 어느 날인가는 절을 하다가 굳은살의 통증 때문에 앞으로 고꾸라지기도 했습니다. 쓰러져 만져보니 딱딱해진 각질의 껍

데기 속에서 찔꺽찔꺽한 피고름이 터져 나오고 있었습니다. 성철 스님은 말없이 지켜보셨고, 우리 일타 스님은 보시고 나서 피고름을 닦아주셨습니다. 그래도 죽기 아니면 살기로 절을 계속했습니다. 그런데 제일 곤란한 것은 코피가 나는 것이었습니다. 절을 하려면 엎드려야 하는데, 그럴 때마다 코피가 줄줄 흘러 어찌해볼 도리가 없었습니다. 하는 수 없이 장경각 옆문에 기대어 고개를 젖히고 한참 있다가 코피가 멎으면 또 시작하곤 했습니다. 이와 같이 3천배 하기를 한두 달 하다 보니 힘이 별로 들지 않았습니다. 그래서 4천배로 올려 하는데, 처음 며칠은 힘들었으나 또 얼마간 계속하니까 할 만했습니다. '힘들면 기도가 아니지. 힘이 들어야 기도지.' 이런 생각으로 5천배로 올렸습니다. 5천배로 올리고 나니 하루가 빡빡하게 되어 다른 시간은 낼 수가 없었습니다. 5천배를 마치고 대중방으로 돌아가서 몸을 씻고 나면 공양 시간에 겨우 참석할 수 있었으니 다른 생각을 할 틈도 없었고, 다른 것을 쳐다볼 새도 없었습니다."

마침내 혜인은 음력 3월 24일 1백만배를 무사히 회향했다. 1백만이란 숫자를 채운 것이었다. 성철의 격려대로 단 1배도 중단하지 않고 1백만배를 채웠던 것이다. 그때가 혜인의 나이 갓 서른을 넘기고 있을 무렵이었다.

혜인은 이야기를 하다 목이 말랐던지 음료수를 꺼내왔다. 간식거리도 가져와 고명인에게 권했다. 그러나 고명인은 그것이 목으로 넘어가지 않았다. 오히려 목젖을 타고 뜨거운 무엇이 치밀어 오르는 것 같아 이를 악물었다.

'1백만 번의 절을 하고도 어떻게 몸이 성할 수 있다는 말인가. 어떻게 피고름이 터져 나오는데 무릎을 1백만 번이나 법당 마룻바닥에 부딪칠 수 있다는 말인가. 1백만 번은 작은 물방울로 바위라도 뚫을 수 있는 숫자가 아닌가.'

혜인은 고명인이 1백만 번이란 숫자에 놀란 채 아무 말도 못하고 있음을 알고, 그 숫자의 의미는 덧없는 것이라고 고개를 흔들었다.

"1백만이라는 숫자에 놀아나서는 안 됩니다. 나는 1백만 번의 절을 했기 때문에 진짜 1배의 절을 찾아낸 것입니다. 그러니까 1백만 번의 절보다 정성을 담은 단 한 번의 절이 더 중요하다는 것입니다."

"스님, 1백만배를 하고 나서 무엇을 얻었습니까."

"『반야심경』에 나오는 구절입니다. 얻는 바가 없으므로 보리살타는 반야바라밀다에 의지하며 그런 까닭에 마음에 걸림이 없고…… 얻을 바가 없는데도 최고의 진리의 문으로 들어간다는 얘깁니다. 무엇이든 얻을 바가 있다고 하면 잘못된 거예요. 부처님도 모양이나 음성으로 나를 보지 말라고 했습니다. 모든 모습이 진실이 아니라는 것을 알면 그때 참모습을 본다 이겁니다. 백천 강물에 어린 달이 진짜인 줄 알 때는 허공의 달이 가짜인 줄 알 것이고, 허공의 달이 진짜인 줄 알 때는 강물에 비친 달이 가짜인 것을 알 것입니다. 이 세상의 모든 것이 실상이 아니라는 것을 알 때 실상을 보게 되는 겁니다."

"그래도 얻은 것이 있었으리란 생각이 듭니다만."

고명인이 간청을 하자 혜인이 마지못해 말했다.

"굳이 이야기하자면……."

혜인은 쑥스러운 듯 머뭇거리며 얘기를 꺼냈다.

"아주 추운 겨울날이었습니다. 장경각으로 찾아온 신도들이 법문을 해달라는 것이었습니다. 어디서 그렇게 말이 줄줄 나오는지, 말문이 툭 트이는 변재辯才를 얻은 것이에요. 사실 저는 말을 아주 못하는 사람이었어요."

혜인은 제주도에서 스물여덟 살 때 첫 법문을 한 기억을 떠올렸다. 양진사를 지어 낙성식을 하는데 신도들이 많이 모이고 있었으므로 내심 걱정이 들었다. 사람만 모이면 말을 하지 못하는 내성적인 성격 때문이었다. 얘기를 하다가도 막히면 멀리서나 가까이서 온 신도들을 향해 원근각처遠近各處를 들먹이기만 했다. 법문이 끝나자 비구니스님이 "스님, 원근각처를 몇 번이나 말했는지 아십니까. 여덟 번도 더 하셨습니다" 하고 창피를 주었다. 이후 혜인은 사람이 모인 자리에는 절대로 나서지 않고 말도 안 했다. 사람 앞에만 서면 마구 떨리고 알았던 부처님 말씀도 잊어버렸다.

그런데 1백만배를 회향하고 난 뒤에는 그런 조바심과 두려움이
사라졌다. 이후 장경각에서 기도했던 스님이 법문을 잘한다고 전
국으로 소문이 났다. 실제로 혜인은 1백만배를 회향하고 난 뒤부
터 한 달에 20회 이상 초청을 받아 법문하는 법사로 나섰다. 부르
는 곳도 전국 사찰뿐만 아니라 육해공군의 법당에서부터 교도소
에 이르기까지 다양했다.

　　"또 하나 얻은 것이 있다면 절의 의미를 깨닫게 된 것입니다.
숫자를 채우려고 팔랑개비 모양으로 하는 절은 절에 놀아나는 것
이지 참된 절이 아니라는 겁니다."

　　혜인은 절하는 마음가짐에 대해서 얘기를 계속했다. 진짜 절을
하려면 마음과 정성을 담아야 한다는 것이었다. 그 이유는 이러
했다.

　　"나를 낮추고 상대의 행복을 빌면서 하는 것이 절입니다. 우
리 육체 중에서 값으로 따져 가장 가치 있고 중요한 부분이 머리
입니다. 머리는 보물창고지요. 이 머리의 상단이 이마입니다. 이
소중한 이마를 사람들이 밟고 다니는 땅바닥에 대는 것이 절입
니다. 절의 자세도 이렇게 하라고 정해진 것이 없습니다. 부처님
과 보살을 바로 볼 줄 아는 마음이 싹터야 바른 자세가 나옵니다.
보살은 자비의 상징이고 덕화의 상징입니다. 우리들에게 이익을
주고 도움을 주는 것이면 무엇이든 보살인 것입니다. 문수와 보
현만 보살이 아니고 지금 여기 놓인 책상도 보살이고, 물을 끓이

는 전기주전자도 보살이고, 눈을 즐겁게 해주는 텔레비전도 보살인 것입니다. 이와 같이 우리에게 고마움을 주고 도움을 주는 것이 보살이니 참회하는 사람은 감사할 줄 알아야 합니다. 그것이 참회의 근본이고, 참회의 마지막 순간까지 가본 사람만이 진짜 절을 할 수 있는 겁니다."

고명인은 자신이 지금 왜 광덕사에 와 있는지를 자각했다. 혜인의 일정 때문에 일어나야 할 시간이었으므로 급히 듣고 싶었던 얘기를 꺼냈다.

"송광사에서 일타 스님을 방장스님으로 추대하려 했는데, 스님께서 거절하셨다는 얘기를 정혜사에서 하시다가 말았습니다. 다시 들을 수 없겠습니까."

"동산 큰스님, 전강 큰스님, 경봉 큰스님, 이런 고승들이 건당까지랄 것은 없지만 우리 스님을 좋아해서 곁에 두고 싶어했어요. 특히 구산 스님께서 당신의 상좌인 현호 스님을 통해 후계자로 택하려 했던 것이 사실입니다. 나와 현호 스님이 심부름을 맡아 진행이 많이 됐는데 스님께서 나는 어른감이 못 된다고 일언지하에 거절하셨어요. 우리 스님이 얼마나 양심적이었냐면 나는 도인이 아니라며 단 한 번도 주장자법문을 하지 않았어요. 어른인 척하거나 도인 흉내를 내지 않은 것입니다. 요즈음은 일부 문중에서 수단과 방법을 가리지 않고 종정이나 방장에 오르려고 합니다. 그러나 양심과 진실을 떠난 수도자는 생명을 잃는 겁

니다."

혜인은 해인사 선방 시절을 회상하면서 눈시울을 붉혔다. 하루
는 일타가 곰팡이 핀 장삼을 입고 있어서 "스님, 어디에 두셨다
가 이렇게 곰팡이가 잔뜩 핀 옷을 입고 계십니까" 하고 묻자, "수
좌들이 수각에 버리고 간 옷인데 장마에 썩고 있어서 내가 주워
빨아 입은 옷이다"라고 아무렇지 않게 대답하는 것이었다.

"우리 스님은 그런 분이었습니다. 속옷도 당신은 언제나 낡아
기운 것을 입으셨고, 새것은 모두 상좌들에게 나누어주었던 분입
니다."

이윽고 고명인이 혜인에게 절을 하고 일어나자, 혜인이 숙제를
내주는 교사처럼 게송을 읊조렸다.

> 원각산에 한 그루 나무가 살아 있는데
> 하늘과 땅 나누어지기 전에 이미 꽃이 피었네
> 색은 푸르지도 않고 희지도 않고 또한 검지도 아니한데
> 봄바람에도 있지 않고 하늘에도 있지 않네
>
> 오고 감이 없고 또한 머무른 바도 없건만
> 한 물건도 없는 속에 무진장의 보배가 들었나니
> 圓覺山中生一樹
> 開花天地未分前

非靑非白亦非黑

不在春風不在天

無去無來亦無住

無一物中無盡藏

　"고 선생, 우리 일타 스님을 정말 알고 싶다면 이 게송의 진의를 깨닫는 게 어떻겠습니까. 원각산에 한 그루 산 나무가 있는데, 천지가 나누어지기 전에 이미 꽃이 피어 있는 경지입니다. 빛깔은 푸르지도 않고 회지도 않고 검지도 않습니다. 봄바람, 하늘에도 있지 않습니다.

　오고 감이 없고 또한 머무른 바도 없건만 한 물건도 없는 속에 무진장의 보배가 들어 있다는 것입니다. 이 소식을 아시면 일타 스님을 친견한 것이나 진배없을 터입니다."

　고명인이 어리둥절해하자 혜인이 껄껄 웃으며 다시 말했다.

　"원각산의 나무는 우리 마음입니다. 불교란 마음을 찾는 종교요, 마음을 보는 종교요, 마음을 아는 종교요, 마음을 깨닫는 종교요, 마음을 잘 사용하도록 가르치는 종교입니다. 이제 좀 이해가 되십니까."

　그래도 고명인은 오리무중에 빠져든 느낌이었다. 무언가 얻으려고 혜인을 만나러 왔는데 오히려 무언가를 잃어버린 듯한 느낌에 사로잡혔다. 한 물건도 없는데, 그 속에는 무진장의 보배가 들어 있다니 참으로 이해가 되지 않았다.

밖으로 나온 고명인은 돌샘 가로 가서 표주박에 물을 떠 한 모금 마셨다. 그러고는 도락산 산자락에 눈부시게 피어난 진달래꽃을 보았다. 진달래꽃은 불국토를 염원하는 광덕사 대중들의 꿈인 듯 산자락 나무들 사이로 산불처럼 붉게 번지고 있었다.

2권에서 계속됩니다.